Vero Lind

VERTICAL LOVE

Über die Autorin

Vero Lind besuchte bereits im Alter von drei Jahren ihre erste Ballettstunde. Über zwanzig Jahre später ist die Hingabe zum Tanzen ungebrochen und das Repertoire um die Trendsportart Poledance erweitert. Gemeinsam mit ihrem Mann lebt sie in der Nähe von Stuttgart.

Vero Lind

Vertical Love

#Polerina

Bibliografische Information der Deutschen Nationalbibliothek: Die Deutsche Nationalbibliothek verzeichnet diese Publikation in der Deutschen Nationalbibliografie; detaillierte bibliografische Daten sind im Internet über dnb.dnb.de abrufbar.

Deutsche Originalausgabe – 1. Auflage

ISBN 9783748178729
Herstellung und Verlag: BoD – Books on Demand, Norderstedt
Gestaltung: Cover & Schlussgrafik unter Verwendung von Fotos von Amy Luo & Vitchakorn Koonyosying, Unsplash
Projektbetreuung: Ka&Jott

Polerina

[Poledance] + [Ballerina]

- 1 -

Mit rasendem Herzen verlässt Rena Süßholz die S-Bahn-Station. Verspätungen hat es heute ausnahmsweise nicht gegeben. Ihr großzügiger Zeitpuffer: komplett überflüssig. Jetzt ist sie zu früh. Ganze vierzig Minuten. Sie blickt auf den zerknitterten Zettel in ihrer Hand. Die eingezeichneten Straßen verschwimmen in einem Meer blauer Tinte. Nach Gefühl läuft sie los und versucht sich dabei an Bars und Imbissbuden zu erinnern, die sie wenige Stunden zuvor auf dem Stuttgarter Stadtplan gesehen hat. Drei Straßenblocks weiter fehlt von der Gastronomie immer noch jegliche Spur. Stattdessen reihen sich hohe Bürogebäude und mehrstöckige Wohnhäuser aneinander. Hektisch macht sie kehrt. Inzwischen hat sich die Abendsonne verabschiedet und überlässt die steilen Straßenzüge der kargen Beleuchtung von Reklametafeln und matten Laternen. Rena seufzt und versucht, sich neu zu orientieren. Die Häuserschluchten der Großstadt sind ihr nach wie vor suspekt. In der Kleinstadt, in der sie wohnt, ist alles halb so gigantisch. Halb so furchteinflößend. Gerade im Dunkeln. Zögernd biegt sie links ab. Wenige Schritte voraus erhellen große Schaufenster den Bürgersteig. Das Logo von FlyingCATS ziert die breite Glasfront und lässt Rena erleichtert aufatmen. Geschafft. Als sie näher kommt, traut sie ihren Augen nicht. Im Internet sahen die Fotos noch nach Kellergeschoss aus. Weit gefehlt! Der Raum liegt stattdessen ebenerdig und wird nur sporadisch von bedruckten Stoffbahnen verhüllt. Die Abbildungen darauf lassen keinen Zweifel daran, was sich im Inneren befindet. Auch die Eingangstür gewährt dank des spärlichen Sichtschutzes großzügig Einblick. Ernüchtert bleibt sie stehen. In dem Raum bewegen sich über ein Dutzend leicht bekleidete Frauen mehr oder weniger synchron zu einer Musik, die sie dumpf durch die Vibrationen an der Tür wahrnimmt.

Noch zwanzig Minuten bis zu ihrem Einführungskurs. Unschlüssig verlagert sie das Gewicht auf den anderen Fuß und huscht schließlich zum gegenüberliegenden Bürgersteig. Das wilde Hupkonzert in ihrem Rücken versucht sie, zu ignorieren. Schuldbewusst zieht sie die Schultern hoch und beschleunigt ihre Schritte. Vielleicht sollte sie lieber nach Hause fahren. Die Kursanmeldung war eindeutig ein Schnellschuss. Eine Überreaktion auf ihren Vorsatz, ihrem Leben mehr Pep zu verleihen.

Mit einem flauen Gefühl im Magen dreht sie eine Runde um den Block, sammelt Mut, durch diese Tür zu gehen. Verdammt, sie hatte den Mumm gehabt, zu Hause auszuziehen und in einer fremden Stadt zu studieren. Für ihren Job ist sie sogar in ein anderes Bundesland gezogen. Da wird sie es ja wohl schaffen, das Studio zu betreten.

Letztlich ist es die kaum mehr zu ertragene Kälte, die sie kurz vor Kursstart die Tür öffnen lässt. Die Musik dröhnt laut in ihren Ohren. Der Bass ist bis zum Anschlag aufgedreht. Verlegen schaut Rena zu den montierten Stangen und richtet sofort den Blick auf ihre Füße. So viel nackte Haut sieht sie sonst nur im Schwimmbad.

Unabhängig von Figur und Alter tragen hier alle knappe Outfits, meist in Kombination mit High Heels. Ohne Scheu werden aufreizende Bewegungen einstudiert und verbissen wiederholt.

»Hi, du bist neu hier, oder?« Rena nickt und lächelt zaghaft. »Zieh dich schnell um, die Einführung beginnt in fünf Minuten.«

Die junge Frau hinter einer provisorischen Theke zeigt auf eine unscheinbare Treppe am Ende des Tanzsaals. Der Weg dorthin ähnelt einem Spießrutenlauf durch die nackten Körper. Den Fokus fest auf den Boden gerichtet, prallt sie im nächsten Moment mit einer Tänzerin zusammen. »'tschuldigung«, murmelt sie in Richtung schwarzem Samtslip und flüchtet die Stufen hinab. In der Umkleide streift sie rasch Pullover und Hose ab und greift nach ihrer Wasserflasche. Geschützt vor neugierigen Blicken, hat sie ihren Sportdress bereits auf der Arbeit angezogen. Auch wenn die winzige Toilettenkabine keinerlei Komfort bot und sie sich mehrmals den Ellbogen anstieß, war ihr das wesentlich angenehmer, als sich in der Öffentlichkeit zu entblößen. Jetzt hofft sie, dass sie das Top vor Nervosität nicht bereits vollgeschwitzt hat.

Punkt achtzehn Uhr steht sie mit fünf anderen Frauen in einem fensterlosen kleinen Raum. Zumindest die Einführung findet nicht auf dem Präsentierteller statt.

»Hallihallo. Ich bin Alexa. Mir gehört das Studio und ich werde euch heute in das Poledancing einweisen.« Die Frau ist durchtrainiert. Schlank. Hübsch. Und nur mit Bustier und Tanga bekleidet. »Oben läuft gerade unser

Sexy-Choreo-Workshop. Euch ist bestimmt aufgefallen, dass dabei High Heels getragen werden. Die braucht ihr in den normalen Kursen nicht. Da sind wir ein wenig sportlicher unterwegs.« Erleichtert wird neben Rena aufgeatmet. Alexa grinst. »Hat denn jemand schon Pole-Erfahrung?« Allgemeines Kopfschütteln. »Dann bitte einmal in zwei Reihen aufstellen. Wir beginnen mit dem Warm-up.« Gut gelaunt schaltet sie die Musik ein und startet mit den Aufwärmübungen. Schnell ist Rena am Ende ihrer Kräfte. Jetzt rächt sich ihre jahrelange Sportpause. Die vielen Lebkuchen und Zimtsterne zwischen den Jahren waren sicherlich auch nicht gerade förderlich. Nach jeder zweiten Ausführung pausiert sie und verflucht sich, nicht an ein Handtuch gedacht zu haben. Bemüht, Alexa nicht pausenlos anzustarren, versucht sie mitzuhalten. Mittlerweile sind ihre Arme und Beine der reinste Wackelpudding. Ausgerechnet jetzt geht es an die Stangen.

»Also Ladys, es gibt ein paar Basics, die ihr können solltet, bevor ihr den Level-1-Kurs besucht. Heute lernt ihr den sogenannten *Backhook Spin*, eine *Body Wave* und verschiedene Varianten, elegant aufzustehen.« Geschmeidig führt sie das Stundenziel vor.

Der Spin sollte nicht so schwer sein. Einmal nach hinten lehnen, Kniekehle einhaken, mit beiden Händen an die Pole greifen und mit Schwung rückwärts gen Boden sausen – so zumindest die Theorie. Krampfhaft klammert sich Rena an die Stange, hat Angst, sich die Knie aufzuschlagen oder generell der Schwerkraft zu folgen. Ihr flüchtiger Blick zu den anderen zeigt, sie ist in bester

Gesellschaft. Die Bewegungen fühlen sich allesamt fremd und unbequem an. Gerade bei den *Body Waves* kann von einer einwandfreien Koordination nicht mehr die Rede sein.

»Stange ablecken, mit der Brust trocken wischen, hinsetzen und dann wieder von vorne«, ruft Alexa und Rena zuckt zusammen. In ihren Ohren hört sich die Assoziation dann doch etwas zu sehr nach Porno und Rotlicht an. Trotzdem. Es hilft. Drei Durchgänge später gelingt es ihr, den Schwierigkeitsgrad zu erhöhen und ein Bein versetzt mitzuschwingen. Das erste Erfolgserlebnis. Rena ist stolz. Langsam fängt es an, Spaß zu machen.

Bevor die Stunde endet, wechselt Alexa die Einstellung der Stangen. »Die Übungen haben wir jetzt im statischen Modus trainiert. Nachdem das ja gut geklappt hat, probieren wir mal die Spinning-Variante aus.« Auf den ersten Blick kann Rena keinen Unterschied feststellen. Unbedarft nimmt sie die Position des gelernten *Backhook Spins* ein und lehnt sich mit Schwung nach hinten. Vor Überraschung stößt sie einen spitzen Schrei aus. Die Drehung der Pole beschleunigt ihren Spin um ein Vielfaches. Die Kontrolle über die Bewegung hat sie längst verloren. Am Boden angekommen, kämpft sie gegen den Drehwurm. Wankend zieht sie sich an der Stange hoch und beobachtet die unbeholfenen Versuche der anderen Frauen. Kurz darauf klatscht Alexa in die Hände und beendet den Kurs. »Ich hoffe, ihr hattet Spaß. Ich würde mich echt freuen, euch wiederzusehen.« Die Teilnehmerinnen nicken begeistert.

Ausgepowert, aber zufrieden läuft Rena zur S-Bahn. Trotz des nervenaufreibenden Starts und des Spinning-Fiaskos am Ende war der Kurs kein Reinfall. Auch wenn nur für kurze Zeit: Sie hat Spaß gehabt, zumal alle sehr nett gewesen sind.

Froh, nicht gekniffen zu haben, steigt sie in die Bahn. Für die späte Uhrzeit ist diese überraschend voll. Doch nach und nach leeren sich die Sitze und Rena schließt entspannt die Augen. Fast nickt sie ein. Kurz vor ihrer Station steht sie auf und taumelt Richtung Tür. Ihre Hände, zittrig und vollkommen nutzlos, streifen an den Sitzen entlang. Nicht zu fassen, dass eine Stunde Sport sie dermaßen ausknocken kann. Der Zug geht in die Biegung und bremst hart. Unsanft landet Rena in der nächstbesten Sitzreihe. Die alte Frau schräg gegenüber schaut missbilligend von ihrem Strickzeug auf. »Die Jugend heutzutage, kein Benehmen mehr, immer dieser Alkohol«, murmelt sie vor sich hin. Entrüstet reißt Rena die Augen auf und setzt spontan zu einer Erwiderung an.

»Entschuldigung, ich … äh.« Sie schließt und öffnet den Mund mehrmals.

»Guck mal Papa, die Frau macht den Fisch.« Der Knirps vor ihr turnt freudestrahlend auf dem Sitz herum und schaut sie feixend an. Oh. Mein. Gott. Mehrere Fahrgäste blicken auf. Erhoffen sich auf den letzten Metern ein wenig Abwechslung von der sonst so monotonen Fahrt. Rena fragt sich, was sie eigentlich entgegenhalten wollte. Starr sieht sie an der Oma vorbei und verlässt mit glühendem Kopf den Zug. Mit unsicheren Schritten stemmt sie sich gegen den eisigen Wind. Im Sekundentakt reibt sie sich die klammen Hände und wischt sich über die vor Kälte triefende Nase. Zeit, nach Hause zu kommen.

Erschöpft schließt sie die Haustür auf. Im Treppenhaus brennt Licht. Von weiter oben hört sie Stimmen. Möglichst leise versucht sie, die Treppe hochzugehen. Vereinzelt stehen Kartons auf den Stufen und erschweren das Vorankommen. Außer Atem zieht sie sich schließlich am Geländer hoch und stolpert kurze Zeit später mit einem lauten Poltern.

»Oha. Hast du dir wehgetan?«

Rena verzieht das Gesicht und lässt sich aufhelfen. Vor ihr steht ein Teenager in zerrissenen Jeans und Kapuzenpulli. Der sollte lieber mal das Chaos hier beseitigen, ehe jemand ernsthaft zu Schaden kommt. Sie schüttelt den Kopf. Zu ihrer Wohnung im zweiten Obergeschoss ist es nicht mehr weit. Eine Wendung und schwups wäre sie da. Ihre Beine, diese elenden Verräter, sind anderer Meinung. Nach wenigen Stufen brechen sie unter ihr zusammen. Fassungslos hält Rena einen Moment inne. Als hätte sie Runde um Runde im Ring gestanden und im Endkampf schließlich einen üblen Haken kassiert.

»Hey, wirklich alles klar? Brauchst du Hilfe? Ich kann meinem Bruder Bescheid geben …«

Ach du liebes bisschen, bloß keine weiteren Zuschauer. Die Gaffer im Zug waren schon schlimm genug. Durch die angelehnte Wohnungstür hört sie eine angenehme Männerstimme telefonieren.

»Nein, ist okay. Bin nur ausgerutscht«, murmelt sie und schleppt sich die letzten Stufen hoch.

- 2 -

»Rena! Super Timing. Ich wollt dich heute auch anrufen.« Die Stimme ihrer besten Freundin ist ungewöhnlich hoch, fast schon piepsig. Seit Wochen hat sie Esther nicht mehr gesprochen, geschweige denn gesehen. Ihre Freundschaft pflegten sie hauptsächlich per E-Mail. Hunderte von Kilometern und verschiedene Lebensstile lassen kaum Raum für Alternativen. Dabei sah das zu Studentenzeiten noch ganz anders aus.

»Ja, also es gibt was Neues bei mir«, unterbricht Rena die aufkommende Stille. Mit einem Mal ist sie sich nicht mehr sicher, ob der Anruf eine gute Idee war. Esthers Bilderbuchleben steht im krassen Kontrast zu ihrem. Und jetzt dieses neue Hobby. Würde Esther das überhaupt verstehen? Mit Springreiten übte ihre Freundin eine Freizeitbeschäftigung aus, die gesellschaftlich große Anerkennung fand.

»Cool. Ich hab auch Neuigkeiten«, klingt es aufgeregt aus der Leitung.

»Was ist denn passiert?«, versucht Rena, sie abzulenken. Esther lacht.

»Hach, vergiss es. Du zuerst! Schieß los.«

Um Worte ringend spielt Rena an einer Haarsträhne herum. Ist das etwa Spliss? Sie runzelt die Stirn. Schluss jetzt, genug gezögert. Mit wem sonst könnte sie darüber sprechen? Ihr Freundeskreis besteht praktisch nur aus Esther. Sonst hat sie nur noch ihren Blog. Mit der geringen

Leserschaft läuft es auf dasselbe hinaus. Rena holt tief Luft. »Ich mach seit ein paar Wochen Poledancing.« Sie räuspert sich. »So als Fitness im Tanzstudio«, fügt sie schnell hinzu. Stille.

»Ah, toll. Davon hab ich in einer Zeitschrift gelesen. Scheint gerade voll im Trend zu sein. Hätte ich dir gar nicht zugetraut.«

Rena brummt erleichtert, ehe sie überlegt, ob sie jetzt beleidigt sein sollte. Aber nun gut, vermutlich hatte Esther recht. Sie war schon immer eher graue Maus statt schillerndes Einhorn.

»Frag mich mal, wie Silvester war«, meint Esther unvermittelt. Ihr breites Grinsen kann sich Rena bildlich vorstellen. Wie, das war es jetzt? Sie offenbarte ihr größtes Geheimnis und ihre Freundin geht einfach zum nächsten Agendapunkt über?

»Wie war Silvester?«, fragt Rena lustlos. Der Euphorie in Esthers Stimme tut das jedoch keinen Abbruch.

»Supi. Guess what, Robin hat mir einen Antrag gemacht! Wir sind verlobt!«, quietscht es durch den Hörer.

»Wow.« Rena rutscht an der Wand zu Boden. Die kalten Fliesen nimmt sie kaum wahr. Das sind wirklich heftige Neuigkeiten.

»Ich wollt's dir eigentlich sofort erzählen, aber dann hatten wir so viel Besuch, Familie, du weißt ja, wie das ist. Na ja, also wir waren in diesem schnuckeligen Hotel in St. Moritz. Das war seine große Überraschung zu Weihnachten. Ich hatte mir natürlich nichts dabei gedacht. Also klar, fünf Tage St. Moritz sind auf jeden Fall was Besonderes, und ich hatte gar nicht erwartet, dass er alles, also wirklich alles bezahlt.«

»Er verdient als Wirtschaftsprüfer ja auch nicht schlecht«, streut Rena ein und verdreht genervt die Augen. Als ob Esther nicht ganz genau wusste, wie es finanziell bei Robin aussah. Der Göttergatte in spe machte ja auch sonst keine halben Sachen. Jemand mit viel Geld zählte bislang nicht zu Renas Dates. Ihre Liebesbeziehungen ließen sich darüber hinaus an einer Hand abzählen und waren jetzt nicht so prickelnd, dass sich das in absehbarer Zeit wiederholen müsste.

Gegen Ende des Studiums war Robin auf der Bildfläche erschienen, hat Esther immer mehr für sich beansprucht, sodass Rena regelrecht Angst um ihre Freundschaft gehabt hatte. Plötzlich beschäftigten Esther ganz andere Themen und Rena fühlte sich ausgegrenzt. Mit der Zeit hat sich das wieder relativiert, aber nun, wo Esther im Club der Verlobten weilt … Vielleicht auch bald im Mamiclub? Eine komplett andere Welt. Von dem ausführlichen Bericht über den ach so romantischen Antrag kriegt Rena kaum mehr was mit. Gedankenverloren starrt sie auf ihre defekte Spülmaschine und gibt hin und wieder bejahende Laute von sich. Ist sie eine schlechte Freundin? Wer bitte schön freute sich nicht für die beste Freundin, sondern denkt nur an seine eigenen Bedürfnisse? Eigentlich hat sie sich noch nie für sonderlich egoistisch gehalten. Ihre Eltern wären mit Sicherheit begeistert. In Gedanken hört Rena sie reden. Wie wunderbar, da freuen wir uns aber. Da geht sie wirklich eine anständige Verbindung ein. Gut aussehend, vermögend und dann noch charmant. So jemanden würden wir uns auch für dich wünschen. Willst du dich nicht mal bei so einem Singletreff anmelden? Du siehst doch ganz fesch aus. Mach doch mal was aus dir. So alleine, das ist doch nichts. Du wirst auch nicht jünger.

»... und du wirst meine Trauzeugin! Da der Termin schon dieses Jahr ist, muss orgatechnisch natürlich alles schnell gehen. Stichwort Junggesellinnenabschied. Den machen wir zu zweit. Überleg dir was Schönes, ja?«

»Klar«, sagt Rena freudig überrascht. Trotz Beziehungsupgrade wird sie also noch wertgeschätzt. Der Job als Trauzeugin besänftigt sie etwas. Doch wann ist die Hochzeit? Nachfragen wäre peinlich und unhöflich. »Wird sicher lustig. Ich freu mich schon. Verschickt ihr noch Einladungskarten?«, fragt sie beiläufig.

»Ja, aber erst im Sommer. Save the date machen wir telefonisch. Geht so am schnellsten.«

Noch immer abgelenkt von Esthers froher Kunde sitzt Rena abends an ihrem Laptop und starrt unschlüssig auf den weißen Bildschirm.

Fünf Wochen zuvor hat sie zum wiederholten Male Silvester allein zu Hause verbracht. Eine Fortsetzung wäre mehr als traurig, daher hat sie beschlossen, etwas zu ändern. Sie würde ihr Leben auf den Kopf stellen, damit so etwas endgültig der Vergangenheit angehörte. Der nächste Jahreswechsel sollte in Gesellschaft sein. Ob mit einem Partner oder einem gewachsenen Freundeskreis spielte keine Rolle, nur eben nicht wieder einsam die Hitparade schauen und dann auch noch vor Müdigkeit den Countdown verpassen. In Anlehnung an den nächstbesten Internettipp hat sie morgens direkt vier Kärtchen geschrieben. Bildend, mutig, verboten und gemeinnützig. Welche Karte sie auch zog, sie musste sich zu diesem Thema etwas ausdenken und es in die Tat umsetzen. Insgeheim hoffte sie auf gemeinnützig oder bildend. Der Gedanke daran, ihre Komfortzone zu verlassen, jagte ihr dann doch Angst ein. Damit sie nicht kneift, hatte sie sich geschworen, online darüber zu berichten. Was es auch sein mochte. Mit einem Puls bei gefühlten hundertachtzig hat sie eine Karte gewählt. Mutig. Okay, was bedeutet das für sie? Sich ihren Ängsten stellen? Nur welchen? Nicht, dass sie hier Listen füllen könnte, aber es sollte schon etwas sein, an dem sie auch irgendwie Spaß hat. Sonst wäre das neue Jahr die reinste Qual. Mit Poledancing ist sie schließlich fündig geworden. Sportlich sicher anstrengend und nicht gerade ungefährlich, aber so exotisch, dass es nicht jeder machte, und so verrucht, dass es in puncto Akzeptanz ganz gewiss mutig wäre, sich dem Umfeld zu stellen und zu sagen: Ich bin Poledancerin.

Zu Schulzeiten wurde sie regelmäßig zum Ballett gefahren. Die Bewegungen zur Musik haben ihr immer gefallen, nur die klassischen Stücke waren dann nicht mehr ihrs. Über den Namen ihres Blogs musste sie nicht lange nachdenken: #Polerina. Blieb nur die leidige Sache mit der Impressumspflicht. Für private Zwecke zwar unnötig, wollte sie jedoch den einen oder anderen Zusatzgroschen verdienen, musste eine richtige Adresse her. Allerdings sollte, zumindest vorerst, keiner aus ihrem Umfeld von dem neuen Hobby erfahren.

Beim Putzen kam ihr dann der Geistesblitz. R. Süßholz, Lerchbergweg 11, Dreieich. Oma Rosalie behauptete stets, sie sei zu alt für das Internet. Nie und nimmer käme sie auf die Idee, sich selbst oder ihre Adresse zu googeln.

Zögernd beginnt Rena zu tippen.

Blog #Polerina

DAS PERFEKTE OUTFIT

Vor meiner ersten Kursstunde war ich richtig aufgeregt. Habe sogar darüber nachgedacht, meine Anmeldung wieder zu stornieren. Den Abend zuvor stand ich minutenlang vor dem Kleiderschrank und fragte mich, was ich bloß anziehen sollte. Auf der Website des Studios wird zu Top und Hotpants geraten.

1. Selbst im Sommer sieht man mich höchstens am Strand mit kurzer Hose, was in meinem Fall eher knielang bedeutet.
2. Aus meiner Jugend sollte ich irgendwo noch eine solche Hose haben. Sofern ich sie finde, ist allerdings nicht geklärt, ob sie trotz neuen Bauchansatzes passt.
3. Was die Haarentfernung betrifft, bin ich eher von der faulen Sorte.

Letztlich habe ich die Hose gefunden. Mittlerweile sitzt sie knapper, als mir lieb ist, sodass ich recht zeitnah für Ersatz gesorgt habe.

Ich muss zugeben: Ich gewöhne mich nur langsam an die viele nackte Haut. Trotzdem habe ich recht früh verstanden, dass Poletänzer, im sportlichen Sinne, nicht in erster Linie wegen des Sexappeals so kurze Sachen anhaben, sondern weil es schlicht hilft, an der Pole kleben zu bleiben. Im Anfängerkurs meinte die Trainerin dazu: »Je höher der Kurs, desto kürzer die Hosen!« Kommen in der Einführungsstunde die meisten noch mit Radlerhosen, die bis zum Knie reichen, stößt man im Folgekurs bereits überwiegend auf Hotpants, die knapp den Po verhüllen. Tja und wenn ich den fortgeschrittenen Tänzern zusehe, sieht vieles einfach nur nach Unterhose aus. Klar will ich irgendwann auch so coole Kopfüberfiguren hinzaubern, aber dann müsste ich erstmal ins Waxingstudio zur Grundsanierung.
Je öfter man ins Training geht, desto intensiver beschäftigt man sich mit dem perfekten Pole-Outfit. Die Anforderungen sind vielfältig. Zunächst einmal muss es funktional sein. Sprich, es muss guten Grip bieten (freizügiger Schnitt). Dann sollte es noch nett aussehen und nicht verrutschen, um keinen Blick auf Dinge freizugeben, die PRIVAT sind. Das ist besonders bei Figuren mit gespreizten Beinen eine große Herausforderung.
Mittlerweile hat sich hierzu eine ganze Industrie gebildet. Ob junge Designer, die über Social Media kreative Sets vertreiben, oder etablierte Marken mit eigenem Online-Shop. Bestellt habe ich schon so einiges. Insgeheim hoffe ich ja auf ein Polegeschäft vor Ort! Ich denke, das würde einem viel Frust ersparen.

- 3 -

Mit großen Schritten läuft Rena zur Packstation am Bahnhof. Ein wenig fröstelt es sie. Die Sonne verabschiedet sich gerade, und auch wenn die Tage immer länger hell bleiben, sind es höchstens sechzehn Grad. An der Station ist nichts los. Lautsprecher kündigen die Verspätung eines Zuges an, während Rena die größte Klappe öffnet und ihr langersehntes Paket entgegennimmt. Es ist schwerer als erwartet. Der Rückweg dauert gefühlt doppelt so lange. Immer wieder braucht sie eine Verschnaufpause, nicht zuletzt, um die unhandliche Sendung neu zu greifen. Glücklicherweise gibt nichts Aufschluss über den Inhalt. Kein Logoaufkleber, kein Slogan, nur die unscheinbare Adresse des Versenders und die der Packstation.

Im Hausflur ist das Licht bereits eingeschaltet. Ohrenbetäubender Lärm lässt sie zusammenzucken. Etwas poltert gegen das Metallgeländer, kurz darauf hört sie jemanden fluchen. Gespannt hält sie inne, das wuchtige Paket balanciert sie an ihren Füßen. Ausgerechnet jetzt muss jemand seiner Besenpflicht nachkommen. Sie seufzt. Mit der sogenannten Kehrwoche tut sie sich auch nach fast zwei Jahren Schwabenland schwer. Zwar legt sie Wert auf Sauberkeit, doch wäre ihr ein Putzservice um Längen lieber als der steife Rücken, der sie nach den vielen gefegten Stufen unweigerlich plagt. Sie gibt sich einen Ruck. Ihre schwerfälligen Schritte bleiben nicht lange unbemerkt. Plötzlich steht ein Mann vor ihr.

»Hallo. Ich bin Eric. Eric Renz«, stellt er sich vor. In seiner beigen Stoffhose und dem enganliegenden Norwegerpulli sieht er unverschämt gut aus. Vermutlich ist er schon dreißig. Großgewachsen und mit breitem Kreuz, steckt bestimmt auch ein Ring an seinem Finger. »Ich wohne seit drei Monaten im ersten OG«, sagt Eric. Rena nickt und reicht ihm ihre Hand.

»Rena«, murmelt sie.

Ihr Nachbar lächelt. »Soll ich dir dabei helfen?« Sein Blick wandert zu dem Ungetüm neben ihr.

»Okay«, haucht sie und räuspert sich sofort. »Ich wohne eins obendrüber.«

Mühelos umfasst er das Paket und steigt vor ihr die Treppen hoch. Unverhohlen starrt Rena auf seinen Rücken. Alsbald wandert ihr Blick zu den schmalen Hüften und verharrt schließlich auf seinem Po. Ihr neuer Nachbar hat keinerlei Ähnlichkeit mit den Bubis, mit denen sie bisher aus war. Eric Renz ist definitiv ein Mann. Ein sympathischer obendrein. Ehe sie den Gedanken fortführen kann, übersieht Rena die nächste Stufe und krallt sich mit einem Aufschrei reflexartig an Erics Beinen fest. Merkt, wie der Stoff durch ihren Zug leicht nach unten rutscht. Vor Schreck lässt sie in der nächsten Sekunde los und landet auf dem Boden. Super, Rena. Toll gemacht. Blut schießt ihr in den Kopf.

Eric

Rasch lehnt er das überdimensionierte Paket an ihre Wohnungstür und zieht seine Hose wieder hoch. Viel gesehen hat sie sicher nicht, trotzdem ist es ihm etwas unangenehm. Die peinlichen Boxershorts, die er heute ausnahmsweise trägt, waren ein Geschenk seines besten Kumpels gewesen. Später muss er sie unbedingt ein für alle Mal aussortieren.

»Hast du dir wehgetan?« Besorgt hilft er der jungen Frau hoch. Sie schüttelt verlegen den Kopf und murmelt eine Entschuldigung. »Kein Problem. Mein Fehler, ich hätte erwähnen können, dass die oberen Stufen noch nass sind.« Er verzieht den Mund leicht zu einem Lächeln. »Ist ja ganz schön schwer. Verrätst du mir, was du da bestellt hast?«

»Einen neuen Schuhschrank«, sagt sie zögernd und schließt ihre Wohnung auf. Sorgsam bugsiert er die Lieferung in den Wohnungsflur und begutachtet das vorhandene Schuhregal. Sieht nigelnagelneu aus. Seine hochgezogenen Augenbrauen quittiert sie mit einem gleichmütigen Schulterzucken. »Als Frau kann man nie genug Platz für seine Schuhe haben.« Er muss grinsen. Das übermütige Funkeln in ihren Augen fasziniert ihn. Es ist Monate her, dass ihn jemand auf diese Weise angesehen hat.

»Brauchst du Hilfe beim Aufbau?« Scheinbar interessiert wirft er einen Blick auf die Konstruktion des Regals. In Wahrheit allerdings sucht er nach Tretern, die aus der Reihe stechen. Männerschuhe. Bevor er die untere Reihe inspizieren kann, stellt sie sich davor. Ob die so entstandene Nähe zwischen ihnen beabsichtigt war oder nicht, kann er nicht einschätzen.

»Vielen Dank. Ich komme klar. Du hast sicherlich Besseres zu tun.«

Okay, das war definitiv ein Wink mit dem Zaunpfahl.

Rena

Mist, das klang vielleicht ein wenig harsch. Ihr Nachbar sieht aus, als würde er gleich die Flucht ergreifen wollen. »Schöner Pulli übrigens«, versucht sie, das Ruder wieder herumzureißen.

»Danke, hat mir mein kleiner Bruder zu Weihnachten geschenkt.« Seine Züge werden weich und Rena schmilzt beinahe dahin. Eric scheint ein Familienmensch zu sein. Eine gute Partie, würde ihre Mutter sagen. »Ihr seid euch auch schon über den Weg gelaufen. Er heißt Michael.« Mehr irritiert durch ihre Gedanken als seine Behauptung schüttelt sie kurz den Kopf. »Micha hat beim Einzug geholfen und gemeint, er hätte meine Nachbarin getroffen, und da wir die Familie unten bereits kannten …« Ah, der Teenager. Ob er ihm ebenfalls von ihrer Unfähigkeit, Stufen gescheit zu nehmen, erzählt hat?

»Okay. Noch jemand, von dem ich nichts weiß, aber schon getroffen habe?« Sie grinst etwas hilflos. Verdammt. Das sollte eigentlich witzig klingen und nicht nach einem amateurhaften Versuch, herauszufinden, mit wem er wohl eingezogen ist.

»Glaub nicht.« Eric fährt sich durch die dichten Haare. Ihr Hals wird enger. »Interessanter Schnitt. Wie groß ist deine Wohnung?«, will er übergangslos wissen.

»Zwei Zimmer, nichts Besonderes.« Abwartend schaut sie ihn an. Sollte sie ihm eine Führung geben? Sie ist sich unsicher, inwieweit sie gestern noch aufgeräumt hatte. Eric nickt und scheint etwas sagen zu wollen. Vielleicht, wie sie sich überhaupt eine so ›große‹ Wohnung leisten konnte. So ganz allein? Innerlich rollt sie mit den Augen. Wunschdenken. Dabei wäre das tatsächlich eine berechtigte Frage gewesen. Im Grunde genommen verdient sie mit ihrem Marketingjob nicht genug. Dank der monatlichen Finanzspritze ihres Vaters kam sie gerade so über die Runden. Bei den Schwaben ist einfach alles a bissle teurer, hatte der Makler damals gemeint. Die Wohnung in dem gepflegten Mehrfamilienhaus stand auf der Wunschliste ihrer Eltern ganz weit oben. Wenn die Tochter schon nicht in der Heimat Fuß fassen will, dann bitte schön in einem respektablen Viertel. Demnach war die günstige Dreizimmerwohnung in der Hochhaussiedlung am Stadtrand keine Option. Und eigentlich war Rena das auch recht. Hochhaus hätte zig Nachbarn, dünne Wände und viel Lärm bedeutet.

»Ich schätze, ich muss mal weiter das Treppenhaus machen. Nicht dass noch jemand ausrutscht«, sagt Eric abrupt und wendet sich zum Gehen. Gut, das war deutlich. »Schön, dass wir uns mal kennengelernt haben. Auf gute Nachbarschaft!« Sie nicken sich zu.

An die Tür gelehnt lugt Rena durch den Spion. Als das Licht angeht, bemerkt sie, wie Eric länger als nötig auf ihr Namensschild sieht. Hatte er etwa was vergessen? Ehe sie die Tür nochmals öffnen kann, geht er bereits die Stufen hinunter. Kurz darauf hört sie wieder das eintönige Geräusch von Schipp und Besen.

Beim Anblick ihrer Bestellung rückt die Begegnung mit Eric Renz jedoch schnell in den Hintergrund. Mithilfe von YouTube-Tutorials, der schriftlichen Anleitung und einer verstaubten Wasserwaage gelingt es Rena, ihre neue Pole innerhalb einer Stunde im Wohnzimmer aufzubauen. Die geeignete Stange zu finden, war eine Wissenschaft für sich gewesen. Breite, Material, Marke und letztendlich die Entscheidung darüber, ob es eine statische sein soll oder sie sich auch drehen darf. Mit Blick auf ihr Konto hat sie sich für eine gebrauchte Markenstange entschieden. Die kann sowohl *spinning* als auch *static*. Stolz auf ihre Aufbaukünste schwingt sich Rena an die Stange. Ernüchtert stellt sie fest, dass diese wohl doch nicht so oft in Benutzung war. Die Pole ist glatt wie sonst was. Keinerlei Grip. Mit denen im Tanzstudio nicht vergleichbar. Fast scheint es, als hätte sie bisher keine Kraft entwickelt. Enttäuscht probiert sie es ein weiteres Mal. Nun mit deutlich mehr Druck an den Händen. Eine halbe Drehung später springt sie zu Boden und reibt sich die schmerzenden Hände. Da wartet noch viel Arbeit auf sie.

- 4 -

Routiniert geht Rena in die Grätsche und dehnt die Beine. Ihr regelmäßiges Work-out zu Hause hat sich bezahlt gemacht. Im Level-1-Kurs konnte sie von der Power her nun mühelos mithalten. Auch die Figuren klappten mittlerweile besser. Durch ihr starkes Zupacken an der eigenen Pole wurde ihre Muskulatur in den Fingern gekräftigt. Die Hornhaut auf den Handflächen ließ natürlich auch nicht lange auf sich warten. Aber trotz der Blessuren, die mit diesem Sport einhergingen, macht ihr Poledancing nach wie vor einen Riesenspaß. An die gezogene Karte zu Silvester denkt sie schon längst nicht mehr. *Wir unterbrechen kurz für eine Verkehrsnachricht. Vorsicht bitte auf der A81. Zwischen Korntal-Münchingen und Ditzingen ist ein Geisterfahrer unterwegs. Bitte überholen Sie nicht, wir informieren Sie, wenn die Gefahr vorüber ist. Ich wiederhole, ein Geisterfahrer auf der A81 zwischen Korntal-Münchingen und Ditzingen.* Als die Musik wieder einsetzt, beendet Rena ihr Aufwärmprogramm. Now it's dancing time. Sie beginnt mit ihrer Lieblingsdrehung, dem *Chair Spin*. Einmal rechts, einmal links rum und dann in der Variante *Ladychair*. Statt die Beine nur angewinkelt zu haben, so als säße man auf einem Stuhl, überschlägt man das eine Bein über dem anderen, ladylike eben. Beide Hände sind jeweils an der Pole. Darauf folgen die *Pirouette* und der Richtungswechsel zum *Reverse Sunwheel Spin*. Ersteres ist kein Problem, die Bewegung kennt sie aus dem Ballett. Das mit dem jähen Richtungswechsel ist jedoch ein komplett anderes Thema. Die Rückwärtsbewegungen fühlen sich allesamt noch ungewohnt und seltsam an. Ganz zu schweigen davon, wie es wohl aussehen muss. Rena vermisst den Studiospiegel. Die drei Fenster mit den zugezogenen Rollladen können einem Tanzspiegel nicht annähernd gerecht werden. Schwer atmend öffnet sie das linke Fenster und fächelt sich Luft zu. Den Ritzen des Rollladens entweicht nur eine leichte Brise. Aus der Ferne hört sie die Sirenen von Einsatzwagen. In ihrem Ort ungewöhnlich. Wenn es hoch kam, dann gab es vielleicht einmal alle drei Monate einen Einsatz, den sie bewusst wahrnahm. Doch die hohen Töne werden schnell leiser und verschwinden in der Abenddämmerung. Bevor eine Stechmücke den Weg in ihre Wohnung findet, schließt Rena das Fenster und widmet sich den nächsten Übungen. Figuren. Ungeliebte Figuren. Müsste sie zwischen Spin und Trick wählen, würde ihre Wahl immer auf Spin fallen. Bei den Figuren tat sie sich meistens nur weh, musste viel Kraft aufwenden und sah am Ende alles andere als graziös aus. Wollte sie in absehbarer Zeit ins nächste Level aufsteigen, musste sie die Zähne zusammenbeißen und üben. Also los geht's. Motivierend reibt sich Rena die Hände und zieht sich an der Stange hoch. Mit Schwung umschließt sie mit ihren Beinen die Pole. Dabei schlägt sie, ähnlich wie beim *Ladychair*, das linke Bein über das rechte und presst den rechten Fußrücken an die Stange. Um den *Pole Seat* zu vollenden, beugt sie den Oberkörper an der Stange vorbei nach vorne und breitet die Arme aus, sodass nur die linke Achsel Stangenkontakt hat. Den brennenden Schmerz an den Innenseiten ihrer Oberschenkel versucht sie, zu ignorieren. Drei, zwei, eins. Mit einem Keuchen springt Rena auf den Boden. Warum musste das bloß so wehtun? Rote Stellen gab es auch schon. Aber es hilft ja alles nichts. »Je mehr man übt, desto schneller gewöhnt sich die Haut an die Belastung.« Alexas Worte im Ohr geben ihr den Willen, es mit der anderen Seite zu versuchen. Kann sie noch nicht mal den simplen *Pole Seat* ausführen, würde das daraus resultierende *Layout* beziehungsweise *Lean Back* für immer unerreichbar bleiben. Und eben das will Rena heute noch trainieren. Flugs zieht sie sich in den *Pole Seat* hoch. Diesmal mit dem rechten Bein oben. Sobald sie das Gefühl hat, nicht mehr zu rutschen, streckt sie die Beine nach vorne aus. Vorsichtig lehnt sie sich nun nach hinten und lässt eine Hand los. Kurz darauf schwindet ihre Körperspannung und sie saust mit Karacho runter. Die unsanfte Landung vernichtet jegliche Motivation, es erneut zu versuchen. Auch auf die geplante *Brucey Bones* und das *Crucifix* hat sie nur noch wenig Lust. Klappte es eben das nächste Mal. Ihre Konzentration ist sowieso am Ende, ebenso die Kraft.

Nach einem kurzen Cool-down belohnt sie sich mit einer ausgiebigen Dusche. Während das warme Wasser auf Rena niederprasselt und sie langsam entspannt, schweifen ihre Gedanken ab. Genauer gesagt ein Stockwerk tiefer. Eric Renz. Den gut aussehenden Nachbarn hatte sie seit ihrem ersten Aufeinandertreffen vor ein paar Wochen weder gehört noch gesehen. Lediglich das Namensschild an der Tür bestätigte, dass es sich bei der Begegnung nicht um eine Einbildung handelte.

Layout

or Lean Back

- 5 -

Blog #Polerina

DAS GROSSE HANDBUCH DES POLE 1X1 & POLESTYLE-MAGAZIN

Das Polefieber hat mich vollends gepackt! Ich verschlinge alles, was ich über diese Sportart in die Finger bekomme. Vor Kurzem habe ich mir das Pole 1x1 geholt. Das Handbuch ist für mich praktisch wie eine Bibel. Mit stolzen fünfzig Euro kein Gelegenheitskauf, aber durchaus sein Geld wert. Von vielen Figuren kenne ich nun die Namen und habe eine detaillierte Beschreibung, wie sie funktionieren. Trotzdem ist es besser, sie im Unterricht vorher gezeigt zu bekommen und nur noch mal nachzulesen. Dann klappt vieles einfach schneller. Außerdem ist es schön, darin zu schmökern und sagen zu können: »Kann ich. Kann ich. Kann ich fast …« Und noch etwas: Zum ersten Mal in meinem Leben habe ich ein Zeitschriften-Abo abgeschlossen. Jährlich flattern jetzt vier Ausgaben PoleStyle zur Packstation meines Vertrauens.
PS: Das erste Heft hatte ich noch zu meiner Wohnung liefern lassen. Als der Umschlag mit einem fetten Slogan-Stempel dann aber halb aus dem Briefkasten herausragte, war mir das zu indiskret. Die nächste Ausgabe kam nur in einer durchsichtigen Plastikverpackung. Zum Glück direkt in die Packstation.

Polemaggie30 Schaue selber ab und zu bei reddit vorbei. Ist zwar englisch, aber für mich wirklich inspirierend.
Nina_K Habe auch die PoleStyle im Abo! Beste Zeitschrift. Finde die Fotos von den Wettkämpfen super. Nimmst du auch oder willst du mal an Wettkämpfen teilnehmen? Vielleicht sieht man sich ja mal auf einem ;)

Erfreut klatscht Rena in die Hände. Nach einem halben Jahr des Bloggens endlich ein paar Leser, die kommentieren. Glücklich lässt sie sich mit der neuesten Ausgabe der PoleStyle auf ihr Sofa fallen. *Wie kommt Flow in meine Choreos? Die besten Tipps & Tricks für Contortion. Outdoor Equipment – alles für dein Training im Freien.* Interessiert vertieft sie sich in die Zeitschrift. Die Vibration ihres Handys lässt sie wenig später innehalten. Mit den Gedanken noch ganz bei dem Artikel über die Choreographien, entsperrt sie das Display. Der Messenger zeigt eine neue Nachricht von Caro Benedikt an. Eigentlich Carola, aber das mache sie so alt, hatte diese gemeint, als sie sich vor ein paar Wochen im Training vorgestellt hatte. Caro und Rena hatten sich eine Stange geteilt und schnell festgestellt, dass sie sich auch privat gut verstanden. Nach Verabredungen für bestimmte Kurseinheiten folgten After-Work-Treffen auf einen Cocktail und schließlich hatte Rena Caro in deren Studenten-WG besucht. Dass sie sich dabei lebendig und ein klein wenig verwegen vorgekommen war, ist nur ein positiver Nebeneffekt, seit sie die zwanzigjährige Studentin kannte. Caro besaß ihren ganz eigenen Esprit, wirbelte mit Energie durch das Leben und genoss jede Sekunde in vollen Zügen. Alkohol und Zigaretten eingeschlossen.

Caro
Check that out: Polecamp Spanien, fünf Tage Party, Pole & Fun – Last-Minute-Angebot!

Gespannt ruft Rena den mitgesendeten Link auf. Ihr Puls beschleunigt sich, als sie das Video zum Polecamp anschaut. Das wäre wirklich mal was anderes. Um die hundert Poletänzer zwischen zwanzig und dreißig Jahren an einem Ort versammelt, um der gemeinsamen Leidenschaft nachzugehen. Letzten Sommer war sie mit ihren Eltern an der Ostsee. Eine Woche lang waren sie im Strandhotel »Zur Möwe« einquartiert gewesen. Reservierte Strandkörbe inklusive. Inmitten von Familien mit nervtötenden Kleinkindern, die mit Eimer und Schaufel ausgestattet den Bereich zwischen den Körben unsicher machten und regelmäßig laut kreischend Möwen hinterherjagten, sowie rüstigen Senioren, die mit Handtuch und Sonnenschirm bewaffnet oft direkt vor Renas Korb Platz nahmen, war die Entspannung nur sporadischer Natur. Dass ein Polecamp ebenfalls nicht entspannend werden würde, versteht sich von selbst. Doch warum wieder wie eine alte Jungfer mit Mama und Papa verreisen, wenn stattdessen eine coole Freizeit mit Freunden winkt. Dass Caro dabei direkt an sie dachte, freut Rena. Grinsend sucht sie nach den Kosten und muss schlucken. Fünf Tage im Doppelzimmer mit

Halbpension, dazu mehrere Workshops und rabattierten Eintritt in zahlreiche Clubs für achthundertzwanzig Euro. Klingt zwar fair, liegt aber trotzdem über ihrem jährlichen Urlaubsbudget. Dass Caro sich das als Studentin leisten konnte, wundert sie. Vielleicht zahlt ja Daddy. Was Caros Eltern beruflich machen, weiß Rena nicht. Wenn sie mit dem Auto fahren würden, könnten sie sich zumindest die Spritkosten teilen.

Ich
Bin dabei!

Caro
Perfekt. Soll ich für uns buchen und
du überweist mir die Kröten einfach?

Ich
Jop.

Kurz überlegt Rena, ob ihr das nicht doch zu schnell geht. Bei sämtlichen finanziellen Entscheidungen lässt sie sich eigentlich gerne etwas Bedenkzeit, um Konsequenzen und Risiken abzuwägen. Doch, wie sonst auch, wenn sie mit Caro zu tun hat, lässt sie sich von ihrem Gefühl leiten. Schaltet ihr Ich aus dem Büro und monotonen Alltag ab und genießt die Freiheiten, die sich daraus ergeben. Würde sie eben in den vier Wochen bis zum Camp mal wieder ausschließlich zum Discounter gehen und nur das Nötigste kaufen. Beschwingt schickt sie einen Daumenhoch-Smiley hinterher und freut sich, dass es bald losgeht.

Wieder in die Pole-Lektüre versunken, jagt ihr die schrille Wohnungsklingel einen gehörigen Schrecken ein. Etwas verärgert tapst sie zur Gegensprechanlage.

»Ja, hallo?«

»Ein Einschreiben für Rena Süßholz.«

Sie zieht verwundert eine Augenbraue hoch, betätigt den Türsummer und geht dem Postboten auf halbem Wege entgegen. In Höhe von Erics Tür überreicht der Typ ihr einen hochwertigen schweren Brief. Neugierig dreht sie ihn um und erkennt Esthers Handschrift. Beim Hochgehen reißt sie ihn auf. *Esther Hegemann & Robin Marquard – Wir heiraten und Du bist herzlich eingeladen!* Rena schluckt. Die Hochzeit hatte sie komplett verdrängt. Hoffentlich kollidiert der Termin nicht mit ihren Polecamppläne. Hektisch wendet sie die Karte und liest sich durch die Details. Bis zum fünfzehnten August Bescheid geben, ob und mit wem man am zwanzigsten Oktober kommt. Uff, Glück gehabt. Erleichtert macht sie es sich wieder auf dem Sofa bequem. Die Feier findet in einem Golfclub bei Frankfurt statt. Davor ist die Trauung in der St. Johann-Kirche angesetzt.

Golfclub, soso, musste da einer zeigen, wie dick er's hat? Spöttisch schüttelt sie den Kopf und mutmaßt einmal mehr über die Höhe von Robins Gehalt. Zumindest kennt sie nun den Termin und kann sich Gedanken um den Junggesellinnenabschied machen. Hoffentlich trifft sie Esthers Geschmack! Wer solch eine pompöse Party plant, hat bestimmt auch entsprechende Erwartungen an den JGA.

- 6 -

Blog #Polerina

SWEET LITTLE DREAMS

Bevor ihr einschlaft, träumt ihr da auch bewusst? Lasst ihr den vergangenen Tag an euch vorbeiziehen, optimiert die ein oder andere Situation á la: Was wäre gewesen, wenn ich nur dieses oder jenes gesagt hätte? Als Kind war ich ein Tagträumer, wie er im Buche steht. Mittlerweile träume ich nur noch kurz vorm Einschlafen, in den Minuten nach dem Aufwachen sowie beim Musikhören. Seit ich Poledancing mache, kreisen meine Gedanken nonstop um das Tanzen. Wenn ich träume, kommen kaum Bilder an perfekt ausgeführte Figuren hoch. Vielmehr geht es um den Flow. Ich spüre in mir einen großen Bewegungsdrang. Wenn ich mir das Tanzen an der Stange ausmale, dann fühle ich den Schwung und die Schnelligkeit der Spins. Ich genieße die Ausdruckskraft meines Körpers in der Bewegung. Wenn ich im Traum tanze, bin ich stark, sexy und vollkommen. Okay, das klingt etwas poetisch, aber das drückt am besten aus, wie ich empfinde. Stellt euch vor, ihr hört einen neuen Song. Die Melodie ist so mitreißend, dass ihr gar nicht anders könnt, als mitzuwippen. Und wenn ihr allein seid – oder keinerlei Hemmungen habt –, dann tanzt ihr zu diesem Song. Jede Bewegung von euch ist auf den Beat abgestimmt, jeder Hüftshake im Takt. Ihr seid eins mit der

Musik, ihr lasst alles raus. Die Vibes geben euch den letzten Kick. Ihr seid im Tanzrausch. So fühle ich mich, wenn ich vom Poledancing träume.

AneL-LenA sry, da komm ich nicht mehr mit …
Zwobelus #justdreamingaboutU

Mit einem Kribbeln im Bauch fährt Rena ihren Laptop herunter. Zeit, die Taschen für das Camp zu packen. Morgen würde es endlich losgehen. Gespannt, was sie da wohl erwartet, macht sie in der Nacht kaum ein Auge zu.

Biegen Sie in dreihundert Metern links ab. Die sonore Männerstimme von Caros Navigationsgerät vibriert durch die Boxen und bewirkt eine leichte Gänsehaut bei Rena. Seit knapp elf Stunden testeten sie verschiedene Stimmen, hauptsächlich der Unterhaltung wegen. Da Caros VW in der Werkstatt war und auf Renas Auto nur sie als Fahrerin von der Versicherung akzeptiert wurde, musste Rena ununterbrochen fahren. Sowohl ihre Konzentration als auch die anfängliche Aufregung auf das Polecamp wurden durch nervenaufreibende Stop-and-gos, enormen Hunger und einer phasenweise schlafenden Caro stark getrübt. Um achtzehn Uhr erreichen sie das Hotel, in dem das Polecamp stattfindet. Seufzend reibt sich Rena die müden Augen und lässt vorsichtig den Kopf im Nacken kreisen. Neben ihr wird sich gestreckt und ausgiebig gegähnt. Die jüngere Caro sieht um Maßen fitter aus, als Rena es ihr insgeheim zugestanden hätte. Mit enthusiastischen Schritten eilt ihre Freundin vorweg und lässt Rena, mit Koffern und Trainingstaschen beladen, am Eingang stehen. Statt sich daran zu stören und das Gepäck mühsam zur Rezeption zu schleppen, bleibt Rena an Ort und Stelle und bewundert das rege Treiben um sich herum. Auch wenn das offizielle Einchecken bereits seit über einer Stunde angefangen hat, tummeln sich viele junge Frauen im Hotelfoyer. Die meisten tragen ein lilafarbenes Armband mit Emblem des diesjährigen Campsponsors. An den Wänden, die vom Eingang am weitesten entfernt sind, sind Tische aufgebaut, auf denen Sportartikel verkauft werden. Selbst die Hotelrezeption macht mit Rollups und einem eigenen Pole-Schalter auf die Veranstaltung aufmerksam. Von eben diesem kommt Caro nun mit zwei Armbändern und einer Zimmerkarte zurück.

»Hab uns fix eingecheckt. Die wollten noch nicht mal unsere Persos sehen. Sind hier richtig locker drauf.« Grinsend greift sie nach ihren Sachen. »Zimmer zweihundertdrei, da vorne ist der Aufzug.«

Zusammen mit drei anderen Frauen quetschen sie sich in den engen, schlecht belüfteten Lift und warten, bis die Türen zugehen.

»Babsi, Bauch einziehen!« Die fremden Frauen kichern, als ihre Freundin mit theatralischer Gestik noch ein Stück weiter ins Fahrstuhlinnere rückt und die Türen mit einem Knall schließen.

»Also ich würde sagen, erstmal frisch machen, dann Hotel abchecken, später gibt es die offizielle Begrüßung im Saal Costa Brava und anschließend endlich was zu futtern«, informiert Caro Rena darüber, wie sie sich den restlichen

Abend vorstellt. Wie auf Kommando regt sich Renas Magen mit einem verhaltenen Grummeln. *Erster Stock. Primer Piso*, ertönt es scheppernd. Die drei Urlauberinnen verschwinden und Rena gähnt ausgiebig. Die Autofahrt hat sie echt geschlaucht. Hoffentlich hält sie noch durch.

Zimmer zweihundertdrei kommt einer schmalen Kajüte gleich. Außer zwei Einzelbetten und genau einem Nachttisch gibt es ein Fenster mit Ausblick auf das Nachbarhochhaus und eine knarzende Tür, die zum Badezimmer führt. Nach einer kurzen Inspektion befindet Rena die Unterkunft für ganz passabel. Zwar ist alles sehr klein und das Hotel legt beim Design den Schwerpunkt auf Zweckmäßigkeit statt auf Ästhetik, doch ist es sauber und in moderatem Zustand. Die fünf Tage wird sie es hier jedenfalls aushalten. Mit Schwung lässt Caro ihr Zeug auf das Bett am Fenster fallen und beginnt sich häuslich einzurichten. Mit großen Augen verfolgt Rena, was ihre Freundin alles zu Tage befördert. Lockenstab, Glätteisen, Epilierer, Ladekabel sowie drei äußerst schicke Paar Ballerinas. Daneben ein wahres Arsenal an Sport-Bras, zugehörigen Shorts und kleinen Handtüchern. »Irgendwo hier müsste doch der Bikini sein«, sagt Caro und zieht triumphierend einen blauen Zweiteiler hervor. »Falls wir gleich an einem Pool vorbeikommen, sollten wir vorbereitet sein.«

Froh, gestern noch Beine und Bikinizone auf Vordermann gebracht zu haben, steigt Rena vorsichtig die Beckenstufen hinab. Das kühle Nass erfrischt ihren Geist und lässt die Müdigkeit schnell verziehen.

»Vorsicht!«, schreit es von links. Überrascht, aber gerade noch im rechten Augenblick gelingt Rena ein Ausweichmanöver, ehe ein knallgelber Wasserball mit voller Wucht auf die Oberfläche prallt. Prustend kommt eine Frau mit Pixie-Cut zu ihr und versucht, den Ball zu fassen. Nach dem missglückten Versuch greift Rena hilfsbereit ein. Kurz darauf wirft die Spielerin ihn gekonnt hoch und zielt beim zweiten Schlag auf die gegenüberliegende Poolseite. Die Wasserspritzer lassen Rena blinzeln. Sofort reibt sie sich die Augen, um für klare Sicht zu sorgen. »Hey, du bist ja auch dabei.« Begeistert wird ihr Armband berührt. »Ich bin Daisy und die mit der Sonnenbrille ist Natascha.« Daisy winkt eine sympathisch wirkende Frau mit großer Oberweite herbei.

»Freut mich. Ich bin Rena und die da vorne ist Caro.« Ihre Freundin schwimmt auf Zuruf zu ihnen. Im Schlepptau: Zwei äußerst zierliche Mädels, die einander so ähnlich sehen, dass es sich hierbei um Zwillinge handeln muss. Die Nachhut bildet ein schmalgebauter Typ, dessen sorgfältig gemachte Augenbrauen selbst auf hundert Metern erkennbar sein würden. Nicht zu vergessen seine stylische Haartolle, die vermutlich mit Tonnen von Haarspray fixiert wurde. Schnell stellen sie sich einander vor. Ashley und Leila sind erst achtzehn und extra aus England angereist. Damian dagegen ist in der Schweiz zuhause, kommt ursprünglich aber aus Kanada. Mehr jedoch kann Rena nicht verstehen. Der wilde Mix aus Englisch und holprigem Deutsch lässt sie irgendwann aufgeben und nur noch mit einem höflichen Lächeln an seiner Erzählung teilhaben. Natascha scheint es ähnlich zu gehen, ertappt zieht diese eine kurze Grimasse und verkneift sich ein Grinsen. Viel Zeit zum weiteren Austausch bleibt allerdings nicht. Mit einem schallenden Gong werden sie daran erinnert, dass die offizielle Begrüßung in Kürze startet. Rasch eilen sie zu ihren Liegen und werfen sich die leichten Sommerkleider über. In Damians Fall ein ausgefallenes weißes Longshirt mit Kapuze.

Eine Minute später und sie wären nicht mehr reingekommen. Der Costa-Brava-Saal platzt aus allen Nähten. Freie Sitzplätze gibt es keine mehr. An die Wand gelehnt, wie dutzende andere Teilnehmer auch, verfolgen sie die Ansprache. Eine Frau und ein Mann, beide durchtrainiert, wechseln sich damit ab, über den Ablauf der nächsten Tage zu informieren. Wie es Rena erhofft hat, wird den Teilnehmern einiges geboten. Neben den zahlreichen Workshops gibt es als Special auch Seminare zur ausgewogenen Sportlerernährung. Nachdem jeder Trainer sich und seine jeweiligen Kurse vorgestellt hat, werden noch einzelne Fragen beantwortet. Rena wünscht sich, sie hätte an etwas zu schreiben gedacht. An die Hälfte der genannten Zeiten und Orte kann sie sich schon jetzt nicht mehr erinnern. Zum Glück bietet das Abendbuffet genügend Aufschub, um sich alle Angebote in Ruhe durch den Kopf gehen zu lassen. Der Run auf die Anmeldebögen, welche als Poster die Wände im Saal zieren, beginnt erst in anderthalb Stunden. Das sollte zu schaffen sein.

»Wow, die Qual der Wahl.« Caro begutachtet das üppige Buffet. Um auf nichts verzichten zu müssen, belädt Rena ihren Teller mit einem Happen aus jeder Schüssel.

Unschlüssig steht auch Natascha vor der Auswahl. »Wie soll ich mich denn für die richtigen Kurse entscheiden, wenn ich schon beim Essen überfordert bin?« Zustimmend nicken Rena und Daisy. Letztere balanciert bereits zwei vollgehäufte Teller. Da sich der Speisesaal zunehmend füllt, sind auch hier die Plätze rar. Doch Damian hat mit den Zwillingen vorgesorgt und einen länglichen Tisch freigehalten.

»Also«, Daisy wirft einen Blick in die Runde, »in welche Kurse gehen wir?« Durcheinander werden die jeweiligen Vorlieben genannt und begeistert hin und her diskutiert. Gerne würde Rena an allen Workshops teilnehmen, doch wenn sie an die heimischen Kurseinheiten denkt, kann sie sich kaum vorstellen, wie ihre Kraft für mehr als zwei oder gar drei Workshops pro Tag reichen soll. Wie sich herausstellt, bringen Ashley und Leila die längste Poleerfahrung mit und das trotz ihres geringen Alters. Beide tanzen auf Intermediate-Level, bestimmte Figuren aus dem Advanced-Bereich können sie wohl auch schon. Stichwort Splits, also Spagat an der Pole. Etwas neidisch denkt Rena an ihr eigenes Können. Würde sie sich blamieren? Wie weit gefasst war die Einstufung *Beginner*? Kommen hier nur blutige Anfänger, die zuhause bislang nicht über zwei Stunden herausgekommen sind? Ab wann ist der Intermediate-Kurs im Camp gedacht? Die Trainer hatten vorhin zwar ein paar Figuren genannt, die die Mindestanforderung darstellen, aber selbst beim Beginnerkurs kannte sie nicht alle Figuren. Bei manchen ist Caro als Dolmetscher eingesprungen. Übungen, die hier anders bezeichnet wurden als daheim. Während des Desserts entscheidet Rena, welche Workshops sie besuchen will. Zum Glück deckt sich der Großteil mit denen, die Caro vorschweben. Dass mit Stretch & Flex alle zusammen einen Kurs belegen, ist für sie ein nettes Add-on.

Viel zu früh reißt der Wecker Rena aus dem Schlaf. Doch die Vorfreude auf die Workshops lässt das Adrenalin hochschießen. Nach einem Becher Kaffee und einer ersten Zigarette ist Caro ebenfalls hellwach und bereit für den Tag. Bei einem Croissant und einem Obstsalat gehen die Freundinnen ihren persönlichen Stundenplan durch. Nach dem Dinner war Rena ins Zimmer gerannt und hatte die geplanten Sessions schnell notiert, ehe sie sich im Costa-Brava-Saal offiziell anmeldete. Caro hatte die Tabelle dann um ihre Kurse erweitert.

TAG	KURS	RENA	CARO
1	Beginner: Combos & Tricks	09:30 Uhr	09:30 Uhr
	Magical Floorwork	14:00 Uhr	-
2	Contemporary Pole	09:30 Uhr	09:30 Uhr
	Beginner: Tricks 2	-	14:00 Uhr
	Stripper Rulez	17:00 Uhr	-
3	Stretch & Flex	09:30 Uhr	09:30 Uhr
	Medium: Handsprings	14:00 Uhr	14:00 Uhr
	Tasty Superfood	-	16:00 Uhr
	Chairdance	17:00 Uhr	-
4	Stretch & Flex	09:00 Uhr	09:00 Uhr
	Abreise	11:00 Uhr	11:00 Uhr

»Wusste gar nicht, dass du so drauf bist.« Prüfend wandert Caros Blick über Rena hinweg. Fragend zieht diese eine Augenbraue hoch. »Na, so verrucht.« Ihre Freundin kichert und deutet auf die exotischen Tanzeinheiten: »Dark Pole.« Ihre Wortneuschöpfung garniert sie mit einem dramatischen Unterton. »Für mich wäre das nichts. Aber Damian ist da sicherlich dabei.« Grinsend schüttelt Caro nochmals den Kopf, ehe sie aufstehen und sich für die erste Beginnerstunde vorbereiten. Renas Wangen glühen. Ein wenig Überwindung hatte es sie schon gekostet, sich bei diesen Kursen einzutragen. Doch die Vorstellung reizt sie. Irgendwie. Dass Caro mit ihren sinnlichen Kurven und ausgeprägtem Nightlife eine solche Anti-Haltung hegt, erstaunt Rena. Etwas enttäuscht folgt sie ihr in den Trainingssaal. Mit sechzehn Teilnehmern, drei davon sind Männer, ist der Kurs gut besucht. Deshalb müssen sich immer zwei eine Stange teilen. Diese sind vor großen Spiegeln aufgebaut und sehen neu aus. Anders als im FlyingCATS sind sie nicht zwischen Decke und Boden festgeklemmt, sondern enden mitten in der Luft, während am Boden eine dicke runde Scheibe für Stabilität sorgt.

Das Aufwärmprogramm hat es in sich und sowohl Rena als auch Caro sind schnell am Schwitzen. Mit einem Schmunzeln muss Rena an Caros Stapel kleiner Handtücher im Zimmer denken. Da hatte jemand vorausgedacht. Nach einer kurzen Trinkpause geht es an die ersten Tricks. Zu Renas Freude sind es bekannte Figuren, die sie inzwischen gut beherrscht. Klettern, *Pole Seat, Lean Back, Hello Boy* und zwei weitere, die ihr unbekannt, aber leicht zu lernen sind. Die Anweisungen sind allesamt auf Englisch, für die meisten kein Problem, da die Übungen vorgeturnt werden und sich immer jemand findet, der hilfsbereit übersetzt. Generell hat Rena den Eindruck, dass der Gemeinschaftsgeist, den sie gestern am Pool und bei der Begrüßung gespürt hatte, sich heute im Kurs fortsetzt. Froh darüber, hier zu sein, versucht sie, die eben erlernte Kombination von verschiedensten Tricks umzusetzen. »Super Rena, sieht richtig gut aus.« Caros anfeuernde Rufe am Rande der Pole pushen Rena, die Kombination komplett durchzuziehen. Am Ende sind ihre Beine der reinste Wackelpudding und ihr Sportdress klebt unangenehm an ihrem Körper. Nichtsdestotrotz fühlt sie sich gut. Das Üben hat sich ausgezahlt, die Erfolge beim Training nehmen zu. Beim heutigen Workshop ist sie nicht die Schlechteste gewesen.

Zufrieden, aber komplett platt liegen Rena und Caro auf den Liegestühlen am Pool und genießen die Nachmittagssonne. »Ich bin fix und fertig«, seufzt Caro und blickt träge zu Daisy und Natascha. Die beiden haben es sich auf einer angrenzenden Palette mit Kissenstapeln gemütlich gemacht. Während sie an leckeren Cocktails nippen, tauschen sie sich über ihre ersten Kurse aus. Als sich die Zwillinge und Damian am Pool einfinden, ist die Runde komplett und die Erschöpfung weicht einer ausgelassenen Stimmung. Es dämmert bereits, als die Lichterkette über dem Pool hell in bunten Facetten erstrahlt und die warme, stickige Luft einer angenehmen kühlen Brise weicht. Mit Tabletts aus dem Speisesaal tragen sie die Leckereien vom Abendbuffet nach draußen und stoßen auf ihr erstes Polecamp an.

HELLO BOY

OR WRIST SEAT

»Rena, over here darling!« Damian winkt und zeigt auf die Stange neben sich. Erste Reihe. Praktisch direkt hinter der Pole des Trainers, der soeben in den Saal stöckelt. Angelo ist wie Damian eher schmal gebaut. Muskelbepackte Arme sucht man vergebens. Mit einem flatternden Tanktop und kurzen Shorts bekleidet, begrüßt er die Teilnehmer des Kurses Stripper Rulez. Rena kann ihren Blick kaum von seinen Mörderabsätzen abwenden. Bestimmt sind das über zwanzig Zentimeter. An einem Mann hatte sie das noch nie zuvor gesehen. Gewöhnungsbedürftig ist es schon. Zumindest ein bisschen. Während des Warmups schielt Rena zu den anderen Teilnehmern. Zwei weitere Typen, ansonsten nur Frauen. Ihr fällt auf, dass diese überwiegend älter aussehen als in den bisher besuchten Kursen. Viele hatten deutlich Wert auf ihren Dress gelegt und ihn mit gummiartigen Schnüren aufgepeppt. Rena vermutet, dass es dadurch besonders sexy wirken soll. Sexy fühlt sich Rena in ihrem schwarzen Baumwolltop und den Hotpants hingegen nicht. Statt aufreizenden Schuhen trägt sie alte Ballettschläppchen. Damian dagegen steht Angelo in Sachen Outfit in nichts nach. Wieder hat er ein weißes Longshirt an und darunter einen … Rena muss sich bremsen, um nicht schockiert die Luft einzuziehen. Das dunkelrote Etwas, welches bei den gerade gelernten Hüftshakes stetig hervorblitzt, ist eindeutig ein Slip. Dabei kam sie sich vorgestern bei der Anmeldung noch so emanzipiert und weltoffen vor. Stripper Rulez ist aber eine gänzlich andere Kragenweite als gedacht. Doch im Laufe der Kurseinheit bringt Angelo ihr mit viel Witz und Charme den Kosmos des Strippens immer näher, bis der Funke des Teasens schließlich überspringt und sich die Freude am Tanzen wieder einstellt. Mit Hingabe spürt sie den Bewegungen nach. Lässt sich von der Musik mitreißen, fühlt sich der Wirklichkeit ein Stück weit entrückt. Sie überlässt sich ganz der Sprache ihres Körpers. Den Kopf hat sie längst ausgeschaltet. Andernfalls würde sie sich nonstop darüber Gedanken machen, was andere wohl über sie denken. Mit einem feinen Lächeln macht sie stattdessen Damian Konkurrenz, der von Anfang an durchpowert und alles gibt. Selbst ihr Top zieht sie lasziv über den Kopf und zeigt, mit Sportbustier bekleidet, eine *Body Wave* nach der anderen.

»Den Move mit dem Top kannst du dir für heut Abend merken!« Damian reicht ihr eine Wasserflasche und steuert den Ausgang an.

»Was meinst du?«, fragt Rena verwirrt. Geht es nach ihr, kommt nach dem Abendessen nur ihr Bett, höchstens die Poolliege infrage.

»Caro didn't tell you? Wir wollen ins Attera gehen. Clubbing, dancing, having fun, you know.«

Noch ganz aufgeputscht von ihrem Tanzrausch beugt Rena sich dem Gruppenzwang und sagt schließlich zu. Im Club selber bereut sie allerdings die Entscheidung. Während das Tanzen zu aktuellen Beats Spaß machte, ist sie enttäuscht, von sämtlichen männlichen Clubbern ignoriert zu werden. Dabei probiert sie sogar die ein oder andere Bewegung aus dem Stripperkurs aus. In erster Linie geht es ihr auch nicht darum, einen heißen Flirt an Land zu ziehen.

Sie möchte eigentlich nur Bestätigung. Egopflege eben. Die Herren der Schöpfung haben aber nur Augen für Caro, die Zwillinge oder Natascha. Daisy, die ebenfalls nicht im Fokus steht, tanzt mit Damian. Stören tut sie die fehlende Aufmerksamkeit anscheinend nicht. Vermutlich bemerkt sie es gar nicht. Wobei das bei den vielen Drinks, die die Ladys ausgegeben bekommen, eigentlich unwahrscheinlich sein dürfte. Rena fragt sich, ob sie übertreibt. Esther würde sagen, sie hätte so was nicht nötig. Stimmt das?

Spät nachts kommen sie angetrunken im Hotel an und fallen erschöpft ins Bett. Den ersten gemeinsamen Kurs Stretch & Flex am nächsten Tag verschlafen sie. Ebenso das Frühstück. Mit knurrendem Magen und einem brummenden Schädel besuchen Rena und Caro den Workshop Handsprings. Wie sich schnell zeigt, ist das im verkaterten Zustand genau das Richtige. Während Caro alsbald die Beherrschung verliert und zur Toilette rennt, gelingt es Rena kaum, sich ohne Hilfestellung in die gezeigte Figur zu begeben. Diese dann auch zu halten, stellt ein unmögliches Unterfangen dar. Unversehens beginnt sie, mit schräg geneigtem Kopf zu rutschen. Ihr dumpfer Aufprall ist im Saal deutlich zu hören. Ein stechender Schmerz breitet sich sofort in ihrem Nacken aus, ihre Hände beginnen zu kribbeln. Mit geschlossenen Augen hört sie, wie die Trainerin herbeieilt und sich besorgt nach ihrem Wohlbefinden erkundet.

Den Rest der Stunde schaut sie vom Rand aus zu. Wäre sie gestern doch nur im Hotel geblieben! Dass sie Stretch & Flex verpasst hat, ärgert Rena mehr, als sie nach außen hin zeigt. Bei dem hohen Camppreis wollte sie eigentlich aus dem Vollen schöpfen. Jetzt war sie nicht fit und hat sich zudem auch noch verletzt. Große Klasse! Caro steht das schlechte Gewissen ins Gesicht geschrieben und leistet ihr ein wenig Gesellschaft. Zum Glück geht es Rena nach ein paar Stunden wieder besser, sodass sie beschließt, beim Chairdance-Kurs vorbeizuschauen. Mit Kraft und Stange würde da sicherlich nicht gearbeitet werden. Die Gefahr, sich erneut wehzutun, wäre damit um einiges geringer. Sie behält recht und verletzt sich kein zweites Mal.

An ihrem letzten Tag wacht Rena mit starken Nackenschmerzen auf. Mühsam schleppt sie sich zu den anderen in den Stretch & Flex-Kurs. So über ihre Beine gebeugt, sieht sie die vielen blauen Flecken, deren Schmerz sie bislang erfolgreich verdrängt hat. Caro bemerkt ihre großen Augen und flüstert ihr zu: »Mit unseren Blutergüssen sehen wir aus, als hätte sich sonst wer an uns vergriffen.« Rena stimmt ihr zu und wechselt abermals die Position. Den Kopf zu drehen, fällt ihr zunehmend schwerer. Wenn das nicht besser wird, kann sie so nicht Auto fahren. Sie seufzt und gönnt sich eine kleine Pause.

Nach dem Kurs geht alles ganz schnell. Koffer packen, Check-out und Verabschiedung von ihrer Polegruppe. Ehe Rena es sich versieht, sitzt sie hinter dem Steuer und tippt die Zieladresse ins Navi ein. Die Heimfahrt ist kaum auszuhalten. Kilometerlange Staus und dann auch noch ein heftiges Unwetter. Zwischendurch eröffnet ihr Caro, bis Ende Dezember ein Auslandstrimester einzulegen. Dafür muss sie noch einiges beiseitelegen. Ins Training würde sie daher dieses Jahr nicht mehr gehen. Renas Laune ist nun endgültig im Keller.

Wie durch ein Wunder kommen sie unfallfrei in Stuttgart an. Mittlerweile ist es weit nach Mitternacht.

»Okay, dann komm noch gut nach Hause. Und melde dich, wenn du da bist, ja?« Vorsichtig wird Rena von Caro umarmt.

»Klar. Ciao.« Ihre Freundin steigt aus und Rena fährt die letzten Kilometer allein.

- 7 -

»Tut mir leid, Frau Süßholz, die Vertretung von Dr. Elser ist die nächsten Tage komplett voll. Wenden Sie sich bitte an das nächste Krankenhaus. Ansonsten kann ich Ihnen nur raten, direkt bei den Physiotherapiepraxen durchzuklingeln. Manche behandeln leichtere Probleme auch ohne Rezept.« Enttäuscht beendet Rena das Telefonat. Da geht sie monatelang nicht zum Hausarzt und nun, wo sie ihn tatsächlich mal braucht, ist er im Urlaub. Die Schmerzen im Nacken haben sie die Nacht über wachgehalten und auch das Ziehen in der Kniekehle erinnert sie beständig an ihren missglückten *Handspring*. Sie denkt an die Notaufnahmen in den Serien. Überfüllt, stickig, laut und mit enormen Wartezeiten verbunden. Nein, das würde sie sich nicht antun. Online recherchiert sie nach Physiotherapeuten in ihrer Nähe. Die erste Praxis, die sie anruft, wimmelt sie direkt ab. Kein Rezept? Keine Leistung. Und Tschüss. Die zweite bietet ihr einen Termin in sechs Wochen an. Frustriert legt sie auf. Sie hat jetzt Schmerzen. Sie kann unmöglich so lange warten. Bis dahin wäre die Wirkung der Ibuprofen & Co. verpufft. »Physiotherapiepraxis Renz-Meier, hier ischd Sabine Friadrich. Guada Morga.« Spontan muss Rena grinsen. So einen breiten Dialekt hatte sie schon länger nicht mehr gehört. Hoffentlich versteht sie alles. Nachzufragen ist ihr immer peinlich, erfahrungsgemäß steigt sie bei der Wiederholung nämlich auch nicht durch.

»Hallo, Süßholz hier. Ich –« Eine unbedachte Bewegung und erneut durchzuckt eine fiese Schmerzattacke ihren Nacken. Rena stöhnt auf.

»Isch älles rächt bei Ihne?«

»Ich brauche dringend einen Termin. Ich habe so starke Schmerzen im Nacken und in den Beinen. Mein Arzt hat keine Kapazitäten mehr und ich …« Ihre Stimme bricht. Ihre Augen werden feucht. Schnell fügt sie noch ein »heute« hinzu, ehe sie nicht mehr zu verstehen ist.

»Also Frau Siaßholz, I hann hier uff'd Schnell nix meh frei. Vielleichd näggschd Woch Middwoch um fuffzeah Uhr. Abbr wenn es etz waih duad, na hälft Ihne des ja au ned weidr.«

»Bitte«, flüstert Rena. Es folgt eine längere Pause. Geschäftig klickt Frau Friedrich durch ihr Kalendersystem.

»I kennd Se als Notfall in d'Obed schiaba. Där Junior hodd um achzeah Uhr sain leddschde Dermin, där solld ned lang daure. Kommet Se um halba.« Erleichtert schließt Rena die Augen.

»Gut, junge Dame, da wären wir. Unteres Schafgäßle sieben. Ich krieg sechs Euro achtzig von Ihnen.« Rena fischt einen Fünfer und ein Zweieurostück aus dem Geldbeutel.

»Stimmt so«, murmelt sie. Vorsichtig steigt sie aus dem Taxi. Die Praxis liegt im Souterrain eines modernen Einfamilienhauses mit gepflegtem Vorgarten.

»Guada Obed. Sia senn gwieß d' Frailain Siaßholz?«

Rena bejaht. Ihr Blick fällt auf das Namensschild der mütterlich wirkenden Empfangsdame. Frau Friedrich.

Nett sieht sie aus. Ob dieser Junior auch so sympathisch ist? Während sie im Wartebereich Platz nimmt, bekommt sie etwas zu trinken sowie mehrere Formulare zum Ausfüllen. Als sie die beigelegte Preisliste für Selbstzahler sieht, seufzt Rena auf. Das wird dann wohl ein weiterer Monat mit Sparkost vom Discounter.

»Rena?« Erschrocken schaut sie auf und lässt überrascht den Stift fallen. Vor ihr steht ihr Nachbar. Eric Renz. Klar, Praxis Renz-Meier. Wie konnte ihr das nur entgehen?

Eric

In wenigen Schritten ist er bei ihr. Erfreut reicht er seiner Nachbarin die Hand. Sie sieht mitgenommen aus. Ihm fallen die dunklen Augenringe, der fahle Teint und die unnatürlich steife Haltung auf.

»Hallo«, sagt sie leise und beugt sich nach dem Stift. Sie stöhnt. Schnell geht er in die Hocke und greift nach dem Kuli.

»Oh, mach lieber langsam. Wir schauen uns das gleich im Behandlungszimmer an.«

»Also, wirklich super. Ich fühl mich wie neu. Haben Sie wieder gut gemacht.«

Eric schaut mit halbem Lächeln zu seinem vorherigen Patienten. Karl Buderus zählt zu seinen Stammpatienten. Der drollige Rentner kommt einmal die Woche, um sich die Waden ordentlich durchkneten zu lassen. Zur Prävention, wie er stets beteuert. Eric und Sabine nehmen dagegen an, dass er eher wegen der netten Gesellschaft kommt. »Das freut mich, Herr Buderus! Kommen Sie gut nach Hause.«

»Werde ich.« Nachdem die Tür ins Schloss gefallen ist, hilft er Rena behutsam auf. Jeder Schritt scheint äußerst anstrengend zu sein. Was war passiert?

Rena

Erics intensive Blicke verwirren sie. Dass Physiotherapeuten junge gut aussehende Männer sein konnten und nicht wie Dr. Elser, jenseits der sechzig mit schrulligen Angewohnheiten, ist eine gänzlich neue Erkenntnis. Ihre Augen wandern durch das Zimmer. Weiße Wände, aufgelockert durch zwei Ölmalereien, eine größere Zimmerpflanze, die obligatorische Liege sowie ein einfaches Bücherregal und ein gläserner Schreibtisch – vielmehr gibt es in dem kleinen Raum nicht zu entdecken.

»Wie geht es dir?«

»Gut.« Ihre automatische Antwort überrascht sie selbst. Natürlich ist nichts gut.

»Frau Friedrich meinte, du hast Schmerzen im Nacken und«, Eric wirft einen kurzen Blick auf seinen Computer, »in den Beinen.«

»Ja, der Nacken ist etwas steif aktuell.« Sie lächelt gequält.

»Seit wann?«

»Ein, zwei Tage«, antwortet sie ausweichend. Ihre Finger zupfen unruhig am Reißverschluss ihrer Handtasche.

»Was ist passiert?«

»Ich bin die Treppe runtergefallen«, sagt sie wie aus der Pistole geschossen. »Hab einfach eine Stufe übersehen und dann rumms …« Verlegen senkt sie den Blick. Eric schweigt. Nervös kaut sie auf ihrer Lippe und lunzt nach oben. Seine Augen ruhen unverwandt auf ihr. Suchen den Kontakt. Das Blut schießt ihr in den Kopf. Vergebens versucht sie, sich vorzustellen, bei Dr. Elser zu sitzen. Das muffige Kabuff mit Postern aus den Achtzigern und Büchern, die dem Bestand einer Bibliothek in nichts nachstanden, wäre ihr jetzt tausendmal lieber. Eric steht auf und auch Rena erhebt sich. Mit seiner Hilfe zieht sie ihr Poloshirt aus und überlegt dabei fieberhaft, ob bereits unschöne Haarstoppeln zu sehen sein könnten.

Eric

»Gut, dann versuch zunächst, aufrecht zu stehen und den Kopf langsam nach rechts und dann nach links zu drehen. Dabei gleichmäßig atmen.« Als er sieht, dass Rena Schwierigkeiten hat, den Kopf auch nur ansatzweise nach links zu drehen, legt er ihr die Hände beruhigend auf die Schultern. »Nur so weit es geht. Und dann den Kopf in den Nacken und zur Brust. Ganz langsam.« Erstaunt stellt er fest, dass er anders klingt als sonst. Irgendwie tiefer. Männlicher. Dabei sieht er praktisch täglich seine Patientinnen in Unterwäsche. Rena zittert leicht und Eric beschließt, direkt zur Liege zu wechseln. Als er behutsam ihre Wirbelsäule abtastet, zuckt sie öfter zusammen. »Das fühlt sich alles sehr verspannt an und zwei, drei Wirbel müssen wir wohl richten, aber ich denke, das sollten wir schon hinkriegen.« Aufmunternd streicht er kurz über ihren Arm. Ihre Haut ist angenehm weich. Am liebsten würde er … Nein, stopp! Bleib professionell, Eric. Konzentration! Er stellt sich an das obere Ende der Liege. Seine Hände umschließen ihren Kopf.

»Bitte einmal tief durch die Nase einatmen und durch den Mund laut aus.«

»Au!«

»Und noch einmal tief einatmen …« Er spürt, wie sie sich verkrampft, und verringert zunächst den Druck. »Was gab es bei dir heute zu essen?«

Rena runzelt die Stirn. »Hm, ich hatte heute noch nicht so den Hunger. Ich glaub, ich hab mir vorhin ein paar Instantnudeln gegönnt.«

Ihre Muskulatur wird lockerer, sie beginnt, sich merklich zu entspannen. Genießt womöglich seine kleine Nackenmassage.

»Das tut gut. Ich könnt hier stundenlang liegen. Deine Frau kann sich wirklich glücklich schätzen«, seufzt sie und schließt die Augen.

Dann knackt es kurz und Rena keucht auf. »Sorry. Das war es aber auch schon. Jetzt sollte alles wieder an der richtigen Stelle sitzen.« Nach einer kleinen Liegepause richtet Rena sich auf und probiert zaghaft, den Kopf zu drehen.

»Damit solltest du noch ein Weilchen warten und vielleicht erstmal beginnen, die Schultern leicht zu kreisen. Schau, so.« Er stellt sich ihr gegenüber.

»Okay, danke.«

Ein kleines schüchternes Lächeln umspielt ihre Mundwinkel. Die Arme hat sie vor der Brust verschränkt. Die feine Gänsehaut hätte Eric fast übersehen, schnell reicht er ihr das T-Shirt. Ihr unbedarfter Kommentar irritiert ihn.

Hielt sie ihn schon für so alt, dass eine Freundin nicht mehr infrage kam? Natürlich gibt es Ausnahmen. Tom zum Beispiel ist bereits vor Jahren in den Hafen der Ehe eingelaufen. Dabei sind sie im gleichen Alter. Ehe er weiter abschweift, besinnt er sich wieder auf die Arbeit.

»Gut, jetzt zu deinen Beinen. Wo genau tut es denn weh?«

»Ach, da hab ich übertrieben. Das ist praktisch nichts.« Rena wirft einen Blick auf ihre Armbanduhr. »Oh wow, ist ja schon ziemlich spät. Tut mir echt leid, dass du noch nicht Feierabend machen konntest.«

»Kein Problem. Ich helfe gerne.« Reglos steht er da und schaut sie nachdenklich an.

»Also dann …« Rena rutscht von der Liege und greift zu ihrer Handtasche.

»Bei so einem Treppensturz kann es zu ernsthaften Verletzungen am Meniskus kommen und auch die Knöchel können langfristig Schaden davon tragen. Wir sollten so eine Verletzung unbedingt ausschließen«, sagt er ernst. Natürlich übertreibt er, doch konnte er sie einfach so gehen lassen? »Komm, ich helfe dir mit der Hose.« Er geht auf sie zu. Simultan weicht Rena ein Stück zurück. Sie presst die Lippen zusammen. Ihre Atmung geht schneller. Sofort bleibt Eric stehen und sieht sie besorgt an. Hat er etwas falsch gemacht?

»Das sieht echt übel aus. Ich möchte nicht, dass du das siehst«, flüstert sie.

»Okay. Möchtest du, dass sich das eine Kollegin ansieht?«, fragt er sanft. Zögernd nickt sie.

Hoffentlich ist überhaupt noch jemand da. Punkt achtzehn Uhr verschwinden die meisten in den Feierabend.

Im Behandlungszimmer drei ist das Licht noch an. Eric klopft kurz und Johanna bittet ihn hinein. Erleichtert atmet er auf. Die frisch eingestellte Absolventin sitzt an einem Stapel Berichte und erklärt sich sofort bereit, einen Blick auf Rena zu werfen. Während die Frauen unter sich sind, wandert Eric im Flur auf und ab. Seine plötzliche Unruhe kann er sich nicht erklären. Sacht schließt Johanna die Tür hinter sich.

»Also, der Treppensturz«, sie malt zwei Gänsefüßchen in die Luft, »hat wirklich sehr viele unschöne Blutergüsse hinterlassen. Die eine Kniekehle ist komplett schwarz. Die Oberschenkel innen als auch außen grün-gelblich und die Schienbeine haben ein, zwei rote Flecken. Der Meniskus sieht allerdings gut aus und auch die Fußknöchel scheinen in Ordnung. Ich denke, dass die Schmerzen wirklich nur von den Hämatomen kommen.«

»Danke dir«, sagt Eric und betritt beunruhigt das Zimmer. Sollte er Rena noch mal auf diesen Sturz ansprechen? Vielleicht vertraute sie sich ihm doch noch an. Er würde ihr so gerne helfen. »Möchtest du darüber reden? Ich bin ein guter Zuhörer.« Er räuspert sich und weiß in dem Moment nicht, wohin mit seinen Händen.

»Na ja, also es ging alles so schnell. Als Erstes haben meine Hände gekribbelt und dann war da dieser Stich im Nacken und …« Sie bricht ab und stößt hervor: »Es war meine Schuld. Ich hätte nichts trinken sollen. Das war dumm von mir.« Sie starrt auf seine Arme, ehe ihre

Augen einen Punkt hinter ihm fixieren und sie errötet. Sie macht eine Bewegung Richtung Tür.

Mist, was soll er jetzt tun? Eric beschließt, Feierabend zu machen. Hiernach kann er sich sowieso nicht mehr auf die ausstehenden Berichte konzentrieren.

»Wie bist du hierhergekommen?«, fragt er.

»Taxi«, brummt sie.

Das Gespräch scheint ihr peinlich zu sein. Wirklich schlauer ist er auch nicht geworden. »Ich würde dich gerne nach Hause fahren.« Eine mögliche Widerrede versucht er, im Keim zu ersticken. »Ist ja kein Umweg.« Eric zwinkert verschmitzt und begleitet sie nach draußen. Es weht eine angenehme Brise. Vogelgezwitscher durchbricht die Stille. Es ist ein typischer Sommerabend. »Ich hab gleich hier drüben geparkt.« Eric zeigt nach links und hilft ihr in das Auto. »Normalerweise nehme ich das Rad, ist ja nicht allzu weit. Aber heute musste ich in der Mittagspause ein paar Besorgungen machen.« Schnell wirft er Rena einen Blick von der Seite zu. Langweilt er sie? Es fällt ihm nicht leicht, professionell zu bleiben. Schließlich ist er auch nur ein Mann. Den vorhin erwachten Beschützerinstinkt kann er nur schwer abstellen. Und wenn er ehrlich ist, sieht sie verdammt süß aus. Ein bisschen fühlt er sich wie ein Teenager. »Nächstes Wochenende haben wir nämlich Sommerfest. Also eher ein Grill & Chill für die Mitarbeiter. Wir sind ein tolles Team. Macht echt Spaß.« Eric beißt sich auf die Zunge. Was ist nur los mit ihm? Rena ist komplett verstummt. Wenn er weiter so drauflos plappert, würde sich das bestimmt auch nicht mehr ändern. Wer sagt eigentlich, dass sie Single ist? Nein, seine Nachbarin wohnt allein. Auf ihrem Klingelschild gibt es nur einen Namen. Außerdem hätte ein fester Freund sie wohl persönlich in die Praxis gebracht. Er biegt in ihre Straße ein.

Rena

Fast geschafft. Nur noch die Treppen, dann ab unter die Dusche und nichts wie ins Bett. Die Müdigkeit, die sie während der Fahrt überrumpelte, lässt Rena mehr als einmal taumeln. Zum Glück ist ihr Nachbar stets zur Stelle und stützt sie rechtzeitig.

»Hast du jemanden, der sich um dich kümmert? Ich würde dich ungern alleine lassen«, meint er. Überrascht starrt sie ihn an. Bot er sich da gerade selbst an? Quatsch, bestimmt nicht. Du kannst wohl nicht mehr klar denken, gehörst schleunigst in die Heia.

»Hm, ja. Ich fühl mich auch schon echt viel besser. Ich bin nur voll müde.« Rena lächelt und schließt ihre Wohnung auf.

»Das freut mich. Wenn ich noch irgendetwas tun kann, gib Bescheid, ja?«

Erics Mimik ist unergründlich. Hat sie da etwa kurz Enttäuschung aufflackern sehen? Nein, er sieht definitiv erleichtert aus. Rena schiebt den Gedanken beiseite. Erstmal ausruhen.

- 8 -

Blog #Polerina

PD Top Secret? Share your Story!

Vorurteile gegenüber Poledancing gibt es wie Sand am Meer. Nackig an einer Stange rumtänzeln, das sei ja kein Sport, stattdessen ein Affront gegen den Feminismus. Meist wird Poledance mit Striptease gleichgesetzt, der akrobatische Aspekt wird außen vor gelassen. Dabei ist das der Ursprung. Wissen halt nur die wenigsten. Wie auch immer, je nach Richtung des jeweiligen Poledancers wird vielleicht auch direkt ins Schwarze getroffen, und wer weiß, wohin ich mich entwickle? Jedenfalls habe ich mich entschlossen, damit nicht hausieren zu gehen. Offline ist nur meine beste Freundin im Bilde. Für alle anderen bin ich die Couchpotato, die nur gelegentlich den Weg ins Fitnessstudio findet.

Meine Oma, Eltern sowie Tanten und Cousinen würden nie im Traum darauf kommen, dass ich so etwas Exotisches wie Poledancing mache. Dafür komm ich einfach zu durchschnittlich, zu nullachtfünfzehn, zu LANGWEILIG daher. Wenn ich darüber nachdenke, eigentlich die beste Tarnung! Ich frage mich öfter, wie sie wohl reagieren würden, wenn sie davon erfahren? Ehrlich gesagt: keine Ahnung. Ich vermute, dass meine Cousinen (jünger als ich) begeistert wären und sich prompt im nächsten Studio

anmelden würden. Die alten Eisen aus meiner Familie wären sicherlich geschockt. Stichwort Enterbung. Bei meiner Mutter könnte ich mir auch gut vorstellen, dass sie darauf besteht, dass ich sofort wieder in die Heimat ziehe, wo sie mich besser im Auge hat.
Auf der Arbeit habe ich es ebenfalls keinem erzählt. Am Schluss heißt es noch, dass ich als Marketingrepräsentant das Unternehmen nicht zufriedenstellend nach außen hin vertreten kann, und dann schwups, kommt die Kündigung. Wobei, gesetzlich gesehen ist das sicherlich nicht so einfach. Trotzdem kann ich auf Getuschel und dumme Sprüche á la »die sieht doch gar nicht so bombe aus, hat es wohl nötig, sich so aufreizend zu präsentieren, kriegt ja sonst keinen ab« bestens verzichten.

Wie offen geht ihr mit eurem Hobby um? Einerseits finde ich es echt schade, dass kaum einer Bescheid weiß, da es zu einem Teil von mir geworden ist. Andererseits bin ich von der konfliktscheuen Sorte und habe einfach Angst vor »unpassenden« Reaktionen.

Polemaggie30 Verstehe die Problematik! Hatte zum Glück immer eine verständnisvolle und mich unterstützende Familie. Mein Papa hat höchstpersönlich meine erste Pole aufgebaut! Was andere Leute betrifft – ich überlege sehr genau, wem ich es erzähle. Mein Frauenarzt weiß übrigens Bescheid. Ich hatte einen Vorsorgetermin am Tag nach einer intensiven Trainingseinheit mit Übungen wie Layout, Pole Seat, Cross Leg und

Cross Ankle Release. Die Innenseiten meiner Oberschenkel waren übersät mit blauen und schwarzen (!) Flecken. Klar, dass da als Arzt ein ganz anderer Verdacht aufkommt.

Nina_K Ich sag nur »BH-Kauf«. Bei der Vermessung in der Kabine meinte die Verkäuferin so zu mir »Sie haben aber kräftige Schulterpartien und die Arme, wow. Schwimmen Sie?« Ich so: »Nein, ich mach Poledancing«. Sie: »Echt jetzt? So ganz professionell?« Ich hab mich weggeschmissen vor Lachen.

AneL-LenA Soll'n ruhig alle wissen. Wer damit ein Problem hat, dem geig ich die Meinung. Wir leben in einem freien Land!!! Mein Typ findet's geil xP So kommt er auch nicht auf dumme Gedanken von wegen Fremdgehen und so.

Zwobelus #nodiscrimination

Erschöpft, aber zufrieden lehnt sich Rena zurück. Ihre Gedanken kreisen seit gestern nonstop um die Frage, ob sie es Eric hätte sagen sollen. Also das mit ihrem Sport. Hätte er direkt an Rotlicht gedacht und sie abwertend angesehen? Wäre ein Selbst-schuld-Ausdruck über sein Gesicht gehuscht? Hätte er in einer Überreaktion dann vielleicht sogar die Nachbarn alarmiert? Nicht dass sie aus Unwissenheit als Stripperin aus dem Haus gejagt oder ihr nur noch argwöhnische Blicke von der Seite zugeworfen wurden.

Nein, fürs Erste hatte sie alles richtig gemacht. Genau wie heute Morgen, als sie den Entschluss fasste, doch das Krankenhaus zwecks Attest aufzusuchen. Vier Tage sind dabei rausgesprungen. Besser als nichts. Binnen dieser Zeit sollten sich ihre Beine auch hoffentlich wieder erholt haben. Rena streckt sich vorsichtig und lässt die Knochen knacken. Pure Entspannung. Mit der PoleStyle macht sie es sich auf dem Sofa gemütlich.

Wenig später klingelt es schrill an der Tür. Aufstehen, um nachzusehen, erscheint Rena zu anstrengend. Sie beschließt, das Läuten zu ignorieren. »Rena, bist du da?«

Eric.

»Ich mach mir Sorgen, geht es dir gut? … Ich hab Licht gesehen … Rena?« Bevor er noch das ganze Haus auf den Plan ruft, schleppt sie sich an die Tür. Sie seufzt. In ihrem Schlabberdress ist sie alles andere als gesellschaftsfähig.

»Hallo. Ich wollte mal schauen, ob alles in Ordnung ist.« Verlegen kratzt er sich am Hinterkopf.

»Lieb von dir. Mir geht's ganz gut. Ich war morgens in der Notaufnahme und hab mich krankschreiben lassen«, erzählt sie.

»Sehr gut. Ich hätte dich aber auch fahren können. Das ist echt kein Thema.« Rena lächelt und tritt zur Seite. Wo er schon mal hier ist, könnte sie die Gelegenheit nutzen und ein wenig mehr über ihn erfahren. Zum Beispiel bei einer netten Tasse Tee. Würde sie sich eben noch mal kurz umziehen.

Als Eric lächelnd auf sie zukommt, fällt ihr siedend heiß ihre Poledance-Stange ein. Hatte sie die Wohnzimmertür hinter sich zugemacht? Sollte sie den Tee in der Küche servieren? Etwa im Stehen? Was hatte sie sich nur dabei gedacht?

In Panik knallt sie die Wohnungstür ins Schloss.

Hört, wie Eric überrascht ächzt. Oje, hat sie ihn verletzt? Hektisch überprüft sie die Wohnzimmertür, die natürlich geschlossen war. Schuldbewusst öffnet sie die Wohnungstür einen Spalt. »Oh Gott, Eric, es tut mir so leid. Ich … Ich war mit meinen Gedanken wohl ganz woanders. Geht's wieder?« Ihr Nachbar reibt sich die Stirn und winkt ab. »Danke noch mal, für gestern und so, also …« Er schenkt ihr ein kleines Lächeln. Wenigstens etwas.

Die Stille zwischen ihnen dehnt sich unangenehm aus. Sein Blick liegt unverwandt auf ihr. Doch etwas Geistreiches will Rena partout nicht einfallen. Gut, dann eben eine schnelle Verabschiedung, bevor es noch komischer wird. Sie nicken sich kurz zu und Rena schließt frustriert die Tür.

- 9 -

»Geht es euch gut?« Abwartend schaut Sina die Kursteilnehmer an. Viele sind sie heute nicht. Verhaltenes Nicken bedeutete ihr, fortzufahren. Mit nur einem Klick auf das Studiotablet startet sie die Musik zum Warm-up. »Okay, wir beginnen mit dem Kopf. Einmal nach links bewegen, dann rechts und wiederholen.« Angespannt folgt Rena dem fünfzehnminütigen Aufwärmprogramm. Ihre erste Stunde im Level-2-Kurs. Hoffentlich stellt sie sich nicht zu dumm an. Beinahe fühlt sie sich in ihre allererste Polestunde zurückversetzt. Gleichwohl geben ihr die Erfahrungen aus dem Polecamp ein wenig mehr Selbstvertrauen. Schließlich hatte sie dort die ein oder andere fortgeschrittene Figur gelernt. Doch bis auf den *Handspring* noch nichts, was kopfüber war. Trotzdem. Sie kann mit Fug und Recht behaupten, kein blutiger Anfänger mehr zu sein. Stolz wie Oskar war sie, als Alexa ihr nach der letzten Stunde geraten hat, eine Stufe höher auszuprobieren. Dabei kam sie frisch aus einer mehrwöchigen Trainingspause und hatte Sorge, keine Kraft mehr zu haben. »Sehr schön, Ladys. Jetzt zum Conditioning.« Den Großteil der Kraftübungen an der Stange kennt Rena aus dem Vorkurs. Oft hatte sie diese zu Hause wiederholt, um in der Stunde mithalten zu können. »Bauch zur Pole, Hände über den Kopf. Arme sind ausgestreckt. Jetzt ziehen wir uns ein paar Zentimeter, ohne zu springen, hoch. Die Schultern bleiben unten. Fünf Mal mit der linken Hand oben, dann wechseln.« Bislang sind die Übungen gut zu bewältigen, sodass sich Renas Aufregung etwas legt. »Wer kennt denn die *Miniflag*?« Angestrengt denkt Rena nach. Der Begriff kommt ihr bekannt vor. Zumindest ohne das Mini davor. »Also die Figur an sich heißt *Flag*. Ist aber im Level zwei noch zu schwierig, daher machen wir sie praktisch zur Hälfte und auch nur als kleine Kraftexercise.«

»Kannst du uns die richtige *Flag* erst zeigen?« Die Blondine links neben Rena blickt gespannt zur Trainerin. In ihrem neonfarbenen Top und weißen Shorts sticht sie unter den Outfits hervor. Mit den langen Beinen und einem Body, der aussieht, als würde er nichts anderes tragen als Größe vierunddreißig, ist ihr das auch definitiv bewusst.

Sina stellt sich dicht an die Pole und nimmt scheinbar mühelos eine horizontale Position ein. Ihr Körper ist bis in die Zehenspitzen gestreckt. Einzig und allein die Arme sind angewinkelt. Der obere hat die Achsel in die Pole geklemmt, der untere dient als Körperstütze, indem der Ellbogen seitlich an den Bauch drückt. »Bei dieser Figur sind verschiedene Variationen möglich.« Mit entspannter Stimme erklärt sie die Unterschiede. »Einmal mit ausgestreckten Beinen wie eben, dann kann man auch ein Bein anwinkeln, was für den Anfang leichter ist.« Sie wechselt die Position, um die Änderung zu demonstrieren. »Man kann auch mal den oberen Arm lösen und ausstrecken.«

»Wow. Sieht voll anstrengend, aber auch mega cool aus.« Die anderen Frauen nicken begeistert.

»Und dann kann man seinen gesamten Körper drehen, sodass der Bauch zum Boden zeigt, was für manche noch mal einfacher ist.« Rena ist sich inzwischen sicher, dass eine der Flagvariationen im Camp gezeigt wurde. Blamieren würde sie sich bei der Übung also schon mal nicht. »Die *Miniflag* kommt der letztgezeigten Variante am nächsten. Wir beugen und strecken die Beine in rascher Folge nach hinten. Hierbei müsst ihr nicht komplett horizontal sein. Es geht auch mit einem kleineren Winkel.« Unter Anleitung probiert jede es aus. Mal mehr, mal weniger erfolgreich. Erstaunt muss Rena feststellen, dass diese Minis mehr Kraft kosteten als die normale *Flag*, die sie kurzerhand ebenfalls ausführt. »Das sieht ja gut aus. Klasse. Rena, oder?« Das erste Lob im fortgeschrittenen Kurs. Fast kann sich Rena das Grinsen nicht verkneifen und nickt Sina verlegen zu. Mittlerweile ist eine halbe Stunde verstrichen und einige Teilnehmer merklich geschafft. Immer öfter wischen sie sich den Schweiß von der Stirn oder tupfen sich die Achseln trocken. »Okay. Putzt die Stangen und dann gehen wir in die Inverts.« Mit Elan geht es an die Reinigung. Die selbstgemischte Wasser-Alkohol-Mischung hinterlässt einen kaum wahrnehmbaren Geruch in der Luft sowie blitzblank polierte Stangen, von denen jede eine für sich hat. Was für ein Luxus. Nach den überfüllten Level-1-Kursen ein echter Segen. »Wer von euch hat denn noch nie einen Invert gemacht?« Außer Rena hebt niemand die Hand. »Gut, dann erstmal Schritt für Schritt und dann komm ich zu dir.« Sina tritt an eine der frisch geputzten Stangen, ihre Arme im *Strong Hold Grip*. Was bedeutet, dass die Achsel des inneren Arms die Pole einklemmt und beide Hände sie mit allen Fingern umschließen. »Als Erstes die Beine ohne Schwung angewinkelt hochziehen. Dann lassen wir uns mit dem Oberkörper vorsichtig nach hinten fallen, Arme dabei ausstrecken, bis wir so hängen wie ich jetzt. Anschließend die Beine an die Stange gelehnt nach oben strecken. Das äußere Bein vorne, das innere Bein hinten. Knie sind parallel und eng beieinander.« Wie eine Eins hängt Sina nun kopfüber. Rena ist etwas mulmig zumute. Auch wenn die anderen Teilnehmerinnen sich eher zu langweilen scheinen, sieht diese Pose für sie ziemlich waghalsig aus. »Jetzt der Abgang. Zwei Möglichkeiten. Einmal die *Mermaid* für die, die schon öfter da waren. Wir gehen in den *Inverted Crucifix* und lassen uns runterrutschen, Hände haben als Erstes Bodenkontakt. Dann ganz geschmeidig den Oberkörper auflegen und nach vorne schieben, sodass der Rest auch in einer flüssigen Bewegung den Weg nach unten findet. Wer will und sich sicher fühlt, kann hier auch ein Bein lösen.« Mit einer grazilen Bewegung landet Sina und zieht sich mit einem Spin wieder hoch. »Für den Anfang allerdings ziehen wir den Kopf zur Brust und öffnen leicht unsere Umklammerung, sodass wir kontrolliert rutschen.« Innerhalb von einer Sekunde ist die Trainerin wieder in der Luft und hängt im Basic Invert. Langsam lässt sie sich hinuntergleiten. Wenige Augenblicke später ist Rena am Zug. Mit Sinas Hilfe gelingt es ihr nach dem dritten Versuch, die Füße an die Pole zu legen. Für ihren Körper ist das zu schnell. Das Blut rauscht in ihren Kopf und lässt sie für einen kurzen Moment tanzende Punkte sehen. Hinzu kommt das Gefühl des Rutschens.

»Knie zusammenpressen. Körperspannung halten. Kopf an die Brust.« Unsanft landet sie auf dem kalten Boden. »Gut gemacht. Probiere es ruhig öfter. Ich komm später dann noch mal für die andere Seite.« Zögernd stellt sich Rena wieder in Position. Ein schneller Blick zu den anderen ergibt, dass niemand sonst Probleme hat. Die Inverts der Frauen sehen bereits wie die von Sina aus. Zudem trägt keine mehr ein Top. Alle nur noch im Sport-BH, vermutlich für die maximale Haftung an der Stange. Bei den Inverts sicher nicht verkehrt. Rena tritt von dem Stahl weg und greift nach ihrem Handtuch. Es war ihr unangenehm, als Sina ihren schwitzenden Körper berührte, um sie zu stützen. Noch unangenehmer ist es ihr aber, ebenfalls das Top auszuziehen. Klar, im Stripper-Rulez-Kurs war das am Ende kein Problem, aber irgendwie war das auch was anderes. Da wusste sie schließlich, dass sie die anderen Tänzer nie wiedersehen würde. Dazu kam, dass größtenteils jeder mit sich und seiner Performance beschäftigt war. Oder es lag an einem Überschuss an Endorphinen, der sie unerwartet getroffen hat? Wie auch immer. Als Kompromiss zieht sie ihr Top ein wenig hoch und fixiert es an der Seite. Danach nimmt sie die Ausgangsposition wieder ein. Drei, zwei, eins und hoch. Die Hälfte des Weges scheint gemeistert, ehe ihre Beine der Schwerkraft nachgeben. Es folgt ein ziehender Schmerz im Rücken. Nach vier weiteren misslungenen Versuchen schafft sie es, die Füße wieder an die Stange zu drücken. Einerseits happy, andererseits leicht panisch hängt Rena kopfüber an der Stange. Wieder spürt sie die nachlassende Kraft, wie kommt sie jetzt noch mal sicher runter? Krampfhaft umklammert sie in Erwartung des nahen Aufpralls die Pole.

Die anderen Teilnehmer versuchen sich währenddessen am *Helicopter* und dem *Inverted Crucifix.* »Wollen wir die andere Seite noch probieren?« Sina stellt sich neben Rena und drückt ihren Po hoch, sodass der erste Anlauf direkt erfolgreich ist. »Klasse. Bleib unbedingt dran. Das wird schon.« Sie lächelt Rena ermutigend an und ergänzt: »Am besten stellst du dich mit dem Rücken zum Spiegel. Das Ziel ist, sich selbst zu sehen, dann gelingt das auch psychisch besser.« Sie zwinkert ihr zu und dreht sich zur Blondine mit den weißen Shorts. Bis endlich wieder eine andere Figur gezeigt wurde, steht Rena frustriert an der Stange. Alleine traut sie sich nicht mehr hoch. Der Schmerz im Rücken, wenn sie die Beine nicht hochbekommt, reizt sie so gar nicht. Der Perspektivwechsel ist zudem ungewohnt und macht ihr Angst. Wäre sie doch nur fünfzehn Jahre jünger. Dann wäre sie mutiger und hätte einfach gemacht, statt nachzudenken, was alles passieren könnte. »Vor dem Cool-down wollen wir noch den *Martini Seat* üben.« Rena horcht auf und freut sich. *Martini Seat.* Den hatte sie im Camp gelernt. Wenigstens schließt der Kurs mit einem angenehmen Erlebnis. Die Motivation, zur nächsten Kopfüber-Stunde zu kommen, wäre sonst gleich null gewesen.

Helicopter

or Chopper

- 10 -

»Okay Ladys, den hier habt ihr euch verdient!« Sina präsentiert mit einem breiten Grinsen die große Sektflasche und winkt Esther und Rena zu sich.

»Ui, toll!« Die Freundinnen eilen herbei und lassen sich einschenken. »Auf uns«, sagt Rena und hebt ihr Glas.

»Ja, und auf die Liebe!«, ergänzt ihre Freundin und nimmt einen großen Schluck.

»Also, ihr Süßen, ich bau mal das Setting für euer Shooting auf. Ihr könnt solange Kraft tanken«, kichert Sina und zeigt auf den Alkohol.

Mit einem wohligen Seufzen lässt sich Rena an eine Pole gelehnt zu Boden sinken. Ihre Last-Minute-Buchung für den JGA ist ein voller Erfolg gewesen. Esther hatte die Idee, eine private Pole-Party zu feiern, direkt gefallen. Und wie es aussieht, hat sie eine Menge Spaß gehabt. Sicher auch deswegen, weil fast alles auf Anhieb geklappt hat. Ein klein wenig neidisch war Rena ja schon. Gerade bei den Figuren, die mehr Kraft als Geschick erforderten, glänzte Esther und überzeugte als Naturtalent. Dass sie selbst für den ein oder anderen Trick Wochen gebraucht hat, lässt sie unerwähnt.

»Diese Combo am Ende war der Hammer, aber so langsam bin ich echt geschafft«, strahlt Esther und schenkt Rena nach. Grinsend prosten sie sich erneut zu, ehe Esther kritisch ihre Schienbeine begutachtet. »Oh Mann, die sind ja ganz schön rot, hoffentlich verschwinden die

Flecken bis zur Hochzeit wieder. Ich will für Robin perfekt sein.«

»Das bist du!«, beteuert Rena und muss an die peinliche Situation in Erics Praxis denken. Gott sei Dank hat sie ihn nicht ihre Beine sehen lassen. Auf der Attraktivitätsskala wäre sie für immer unten durch gewesen. Na ja, der Schlabberaufzug und die ungewollte Kopfnuss hatten sie vermutlich eh schon ins Abseits gekickt.

»Mädels, I am ready«, ruft Sina und schwenkt eine Polaroidkamera. »Ich hab hier ein paar Accessoires, die könnt ihr gerne benutzen«, sagt sie und zeigt lächelnd auf eine Federboa, venezianische Masken und extrem hohe Plateau-High-Heels. Renas Blick folgend, ergänzt sie liebevoll: »Bei meinen Flamingos müsst ihr ein bisschen aufpassen, die Höhe und das Gewicht können einen am Anfang etwas überfordern.«

Während die Trainerin sich an der Musikanlage zu schaffen macht, flüstert Esther: »Das sieht richtig nuttig aus.«

Rena hält in der Bewegung überrascht inne und greift schließlich zu einer der Masken. »Schöne lange Beine machen die bestimmt trotzdem«, entgegnet sie erstaunt und stellt sich an die nächstgelegene Stange.

»Dafür reichen auch normale Stilettos. Mit den Tretern ist's echt Rotlicht«, setzt Esther einen drauf und schnappt sich ebenfalls eine Maske. Und wenn schon, ist doch nicht schlimm. Rena unterdrückt den Impuls, zu antworten, und folgt Sinas Anweisungen. Bloß nicht die Stimmung ruinieren. Sie wollte schließlich Bestätigung für ihr Hobby erfahren. Esthers volle Unterstützung, quasi stellvertretend für die ihrer Eltern, die sie Schisser natürlich immer noch nicht eingeweiht hat, vielleicht auch nie einweihen wird. Wer weiß.

»Das war cool. Diese S-Kurve ist echt dein Ding«, sagt Esther und reicht Rena einen der Abzüge. Kichernd nimmt sie ihn entgegen und steckt ihn vorsichtig ein. Die Posen waren nicht sonderlich anspruchsvoll. Klar, als Anfängerin konnte selbst Esther keine *Flag* oder Ähnliches. Dafür waren sie lustig anzusehen und eine wirklich tolle Erinnerung.

»Und was machen wir jetzt?«

Rena schaut ratlos. Geplant hatte sie nur die Sporteinheit. »Vielleicht was trinken?«

»Hihi, du meinst, jetzt was Ordentliches?« Rena zuckt mit den Schultern. »Weißt du was, ihr habt hier doch diese bekannte Therme. Lass uns da doch hin. Ich glaub, ich hatte auf der Website auch was von einer Cocktailbar gelesen.«

Von wegen spontan. Esther hatte sich anscheinend genauestens informiert. Rena versucht, dagegenzuhalten. »Ich hab keinen Bikini dabei.«

»Ich hab vorsichtshalber mal einen eingepackt.« Ihre Freundin grinst diebisch und fügt hinzu: »Vielleicht lassen sie dich ja in deinem Sportoutfit rein. Der Stoff ist ja gar nicht so unähnlich. Ansonsten gibt's doch in jedem Schwimmbad einen Bikinishop bei der Kasse.« Esther schultert ihre Sporttasche und verlässt die Umkleide. Mit fahrigen Bewegungen stolpert Rena ihr hinterher.

Geld für einen neuen Bikini ausgeben, vermutlich in der Stilrichtung »Oma« und dazu vollkommen überteuert – Rena konnte sich Besseres vorstellen. Das JGA-Polepaket war schon teuer genug gewesen. Wobei das natürlich relativ war. Aber gut, sie will kein Spielverderber sein. Außerdem ist es Esthers Junggesellinnenabschied. Wie sie ihre Freundin kannte, wird es keinen zweiten geben. »Also schön. Fahren wir zur Stuttgarter Lagune.«

»Yes.« Esther klatscht begeistert in die Hände. »Kannst du noch fahren, oder sollen wir lieber die S-Bahn nehmen?«

»Ich glaube, es ist besser, wenn wir mit der Bahn fahren. Ich hol mein Auto dann einfach morgen ab.« Auch wenn es weitaus bequemer war, Rena versucht, vernünftig zu bleiben und sich vorbildlich zu verhalten.

Nach einer gefühlten Odyssee durch die halbe Stadt kommen sie an der Therme an. »Toll, keine Schlangen am Eingang«, freut sich Esther. Rena schaut sich nervös um. Einen Badeshop kann sie nirgends entdecken. »Hallo, zweimal zwei Stunden bitte. Ach und haben Sie hier einen Bikinishop?«

Die Dame an der Kasse schaut amüsiert drein und verneint. »Aber den brauchen Sie bei uns auch nicht. Nur am ersten Freitag des Monats ist hier Textilbadetag. Und Handtücher können Sie bei uns leihen, wenn Sie da Bedarf haben.«

Rena wird blass um die Nasenspitze. Diese FKK-Sache hatte sie glatt vergessen. Für Esther war es anscheinend kein Problem. »Okay. Machen wir aber trotzdem, oder Rena?« Mit Dackelblick versucht sie, ihre Freundin zu überreden. »Komm schon, ist doch nichts dabei. Bestimmt sind da eh nur alte Knacker drin. Da schaut dir keiner was ab.« Renas Wangen beginnen zu glühen. Die Dame an der anderen Kasse schaut nun auch herüber.

»Klar. Wir gehen rein.«

Mit klopfendem Herzen folgt sie Esther zu den Umkleiden. Nackt in der Öffentlichkeit war sie zuletzt als kleines Kind am FKK-Strand. Mit ihrer geschummelten Oberweite und der beginnenden Cellulite an den Beinen fühlt sie sich mehr als unwohl. Hinzu kommt, dass sie sich nicht rasiert hatte. In Ermangelung eines festen Freundes herrschte bei ihr das reinste Dickicht. Selbst der Bikinischnitt für die Poleeinheiten ist nicht mehr perfekt in Form. Rena murmelt ein Stoßgebet und umhüllt sich mit dem geliehenen Badetuch. »Ich mach drei Kreuze, wenn der Tag um ist.« Ungeduldig wird sie von Esther in Empfang genommen. Diese hatte sich nicht die Mühe gemacht, das Handtuch geschickt zu drapieren. Stattdessen hängt es ihr locker über die Schulter.

»Los, suchen wir die Duschen.« Selbstbewusst schreitet sie voran, während Rena schüchtern hinterher drippelt, das Handtuch fest zwischen Achsel und Oberarm eingeklemmt. Natürlich gab es nur Gemeinschaftsduschen und zu allem Überfluss seiften sich nicht nur Omis ein. Der Großteil der Frauen ist in ihrem Alter, vielleicht drei, vier Jahre älter. Komplett enthaart, komplett geschminkt, mit großen Ohrringen und einer gestylten Frisur. »Die sehen aus, als würden sie in eine FKK-Disko gehen.« Esther grinst und stellt sich unter den heißen Strahl. Zögernd legt Rena das Handtuch ab und nimmt die nächstgelegene Dusche.

Als sie wieder zum Handtuch greift, hört sie eine der Frauen tuscheln: »Die ist sicherlich solo.« Boden öffne dich.

Das Bad war, trotz des leeren Eingangsbereichs, ziemlich voll. Zwei freie Liegen nebeneinander zu finden, erwies sich als langwierige Prozedur. Nach einer gefühlten Ewigkeit beschließen sie daher, die Handtücher stattdessen in einem Fach zu verstauen und erstmal ins Wasser zu gehen. Nachher würden sich schon zwei Liegen finden. Umgeben vom warmen, schützenden Nass beginnt Rena endlich, zu entspannen. Vielleicht sollten sie lieber früher als später die Drinks aufsuchen. Die Wirkung des Sekts ist bereits verpufft. Esther erzählt indes von ihren letzten Hochzeitsvorbereitungen.

»Nächste Woche suche ich das Blumengesteck für den Oldtimer aus. Ich hatte dir ja den Link geschickt. Den Wagen kriegen wir übrigens mit Chauffeur. Oh Gott, ich bin schon so aufgeregt.« Sie fährt sich durch ihre nassen Haare, ehe sie diese kokett nach hinten wirft. Aus den Augenwinkeln sieht Rena, wie bei einem Grüppchen älterer Herrschaften die Augen groß werden. Der wogende Busen ihrer Freundin tat sein Übriges. Neben Esther kommt sich Rena wie ein Kind vor. Zumindest obenrum. Untenrum war Esther das Kind und Rena die sich gehen lassende Hausfrau. »Ich schick dir dann auch mal deinen Text für die Kirche.«

»Was meinst du?«

»Da gibt's neben den Fürbitten auch so Worte zur Ehe. Sind nur vier, fünf Sätze. Das schaffst du schon.« Jetzt ist es Rena, die leicht schockiert Luft holt und sich danach durch die Haare fährt. Die Herrschaften schenken ihr freilich keine Beachtung. Vermutlich, um sie auf andere Gedanken zu bringen, schlägt Esther einen Wechsel zum Lianen-Whirlpool vor.

Nachdem ihre Freundin als Erste die Stufen in den Pool hinabsteigt, drängelt sich eine füllige Frau vor Rena. Genervt wartet sie am Pooleinstieg und fühlt sich zum wiederholten Male wie auf einem Präsentierteller. Dann ist der Weg frei. Ein Sitzplatz natürlich nicht mehr.

»Rena, hallo. Was für eine Überraschung!« Sie erstarrt zur Salzsäule. Ihr Gesicht ist rot wie eine Tomate. Esther schaut neugierig den Mann zu ihrer rechten Seite an. Eric Renz beugt sich ein wenig vor, um Rena zu begrüßen. Die Umarmung verläuft einseitig und ist nach zwei Sekunden bereits vorüber. Steif wie ein Brett taucht sie in das Wasser ein und versucht, ihren Körper bedeckt zu halten. Warum musste die Welt nur so klein sein?

»Hey, ihr kennt euch?«

Rena ringt sich ein Lächeln ab und macht ihre Freundin mit ihrem Nachbarn bekannt.

»Freut mich. Das ist übrigens Tom.« Der Mann neben Eric hat ein ebenso breites Kreuz und durchtrainierte Arme. Sein stählerner Blick durchbohrt Rena bis aufs Mark. Sekunden verstreichen, ehe sich seine Mimik lockert und er Eric kurz zunickt. »Komm, setz dich.« Ihr Nachbar bietet ihr seinen Platz an. »Alles klar bei dir? Ich hab gar nichts mehr von dir gehört.« Klar, nach ihrer Türeinlage auch nicht verwunderlich. Lächelnd erwidert sie:

»Ja, alles bestens. Mir geht's gut. Hatte viel zu tun.« Die intensiven Blicke lassen sie erneut erröten. Befangen schaut sie zu Esther, die die beiden mit gespannter Miene beobachtet. Das Schweigen dehnt sich aus. Als Tom das Wort ergreift, atmet Rena daher erleichtert auf.

»Und ihr zwei macht heute einen Wellnesstag?«

»Sozusagen. Ist der krönende Abschluss. Wir feiern nämlich heute meinen JGA.« Sie zwinkert den Jungs zu.

»Herzlichen Glückwunsch. Freut mich. Was habt ihr davor gemacht? Bauchladen?«, fragt Eric interessiert.

Renas Herz beginnt wild zu klopfen. Sie wirft Esther einen eindringlichen Blick zu und verstärkt diesen mit einem leichten Zwicken unter Wasser. Gleichzeitig klatscht Tom spontan in die Hände. Es spritzt nach allen Seiten. »Apropos, wie wäre es, wenn wir die Ladys hier zur Feier des Tages auf einen Drink einladen?« Esther und Eric nicken unisono. Unterdessen sorgt sich Rena, ob es sich bei der Bar wohl um eine weitere textilfreie Zone handelt.

Ihre Vermutung bestätigt sich. Zu viert sitzen sie an einem Tisch mit Blick auf den Schwabenkrater und warten auf ihre Drinks. Zumindest gibt ihr das Badehandtuch wieder mehr Sicherheit. Ihre Hoffnung liegt derweil auf dem kommenden Alkohol. Vielleicht sollte sie sich dermaßen betrinken, dass sie am nächsten Morgen nicht mehr wusste, welche Peinlichkeiten sie überstehen musste. Bereits der Weg vom Whirlpool zum Handtuchfach war eine Qual gewesen. Eric ging dicht an ihrer Seite und versuchte, sie in ein Gespräch zu verwickeln. Vielleicht sogar, um sie abzulenken. Dass sie sich mehr als unwohl fühlte, war offensichtlich. Ihr Blick blieb die gesamte Wegstrecke über fest auf den Boden gerichtet – ganz nach der Devise: Ich sehe euch nicht, dann könnt ihr mich auch nicht sehen.

»Einmal das Stuttgarter Hofbräu alkoholfrei.« Eric hebt die Hand. »Wulle?« Tom greift nach dem Bier.

»Die Sommerschorle ist für mich.« Esther zeigt auf das Glas am Tablettrand.

»Dann ist für dich sicher der Ginsation.« Der Kellner zwinkert Rena zu und wechselt zum nächsten Tisch.

»Auf Esther und die Ehe.« Sie stoßen miteinander an.

Anders als erwartet verläuft der Abend noch recht lustig. Bei einem Ginsation bleibt es natürlich nicht. Der Alkohol steigt Rena langsam zu Kopf. Klar zu denken, fällt ihr zunehmend schwerer. Und dann ist es auch noch so warm. Beschwipst schält sie sich halb aus dem Badetuch und fächelt sich Luft zu.

»Ui ui ui, da is' es wohl noch jemandem ziemlich heiß.« Grinsend nippt Esther an ihrem Drink und zieht vielsagend eine Augenbraue hoch.

Auf was spielt ihre Freundin da bloß an? Ist ihr denn nicht warm? Nachdenklich starrt Rena auf Esthers Badetuch. Das sitzt nach wie vor perfekt und bedeckt vollständig ihre … ach du liebes bisschen. Geschockt schielt Rena an sich runter und beginnt, hektisch an dem Stoff zu ziehen. Erfolglos – irgendwo musste es klemmen.

»Jo, scheint wohl falscher Alarm gewesen zu sein«, flüstert Tom Esther zu. Dabei ist er so laut, dass es sicher auch die Leute am Nachbartisch hören konnten.

»Soll ich dir helfen?« Erics warme Stimme bringt Rena vollends aus dem Konzept. »Ich nehms auch nicht persönlich.« Er zwinkert Rena zu. Seine zufälligen Berührungen, als er ihr das Handtuch zurechtrückt, lassen ihr Herz höherschlagen. Ihre Brustwarzen richten sich auf. Unbeholfen versucht sie, die Situation zu retten.

»Nein, also ich … Ja, bitte helfen. Ähm, ich wollt nur sagen, das is' wegen dir, ich mein nicht wegen dir und nichts Persönliches. Keine Anmache. Abfuhr … Ich bin einfach so heiß, also du, also hier … findet ihr es nicht warm hier?« Außer Atem schaut Rena in die Runde. Esther sieht aus, als würde sie gleich loslachen und auch Tom kann sich ein Grinsen nicht verkneifen. Einen Blick zu Eric riskiert sie lieber nicht.

»Ist schon ziemlich spät. Ich würde vorschlagen, ich fahr uns nach Hause, damit die Ladys gut ins Bett kommen und …«

Mhm, das ist bestimmt groß und riecht gut.

»Ähm, ja, also groß ist es auf jeden Fall …« Erics irritierter Unterton verunsichert Rena. Auweia, dass er Gedanken lesen konnte, muss sie sich merken. Zum Glück greift Esther ein und zieht sie mit Schwung Richtung Umkleide.

»Wir treffen euch dann draußen«, ruft sie über die Schulter.

Während der Fahrt in Erics Kombi gibt ihre Freundin Reiterwitze zum Besten. Je mehr Lacher sie erntet, desto mehrdeutiger werden diese. Das Missgeschick mit dem Handtuch hat Rena schon fast vergessen. Entspannt lehnt sie sich in ihrem Sitz zurück, hört mit halbem Ohr Esther zu und betrachtet vollkommen versunken Erics Profil. Er hat ein wirklich markantes Gesicht. Sehr männlich, sehr … Autsch. Esthers Seitenstumper reißt sie aus ihren Gedanken. »Was is' los?«

Verdutzt schaut ihre Freundin sie an und sagt mit vorwurfsvoller Stimme: »Ich habe gerade gefragt, warum du mir diesen heißen Nachbarn verschwiegen hast.« Perplex zieht Rena scharf die Luft ein und schielt zu den Männern. Wie es scheint, ist sie nicht die einzige, die mit gespitzten Ohren auf eine Reaktion wartet. Von wem auch immer. Um das Ganze auf die Spitze zu treiben, fügt Esther hinzu: »Ich mein ja nur, gut ausgestattet is' er ja.« Vielsagend zieht sie dabei die Augenbrauen in die Höhe und ignoriert Renas Hüsteln. Eric und Tom tauschen derweil belustigte Blicke aus.

»Also ich …«, Tom setzt eine künstlerische Pause, ehe er fortfährt, »hab von der hübschen Nachbarin gehört.« Dann dreht er sich zur Rückbank und grinst breit. Rena lacht und gibt sich gelassen. Hätte sie den Alkohol nicht intus, wäre sie sicherlich wieder rot geworden. Nun ja, zumindest röter als jetzt.

Bei der Verabschiedung im Treppenhaus drückt sie Eric spontan einen Kuss auf die Wange. Irgendwie muss sich der kommende Kater schließlich lohnen. »Gute Nacht, heißer Nachbar«, nuschelt Rena, ehe sie bestürzt darüber nachdenkt, ob sie es jetzt nicht doch übertrieben hat. Bevor eine Erwiderung erfolgen kann, sprintet sie mit Esther im Schlepptau nach oben in ihre Wohnung.

- 11 -

Rena wirft einen abwägenden Blick auf ihre Armbanduhr. Zwölf Uhr zwanzig. Genug Zeit, um sich ihre neuen Clip-in-Extensions reinzudrücken und die Lippen nachzuziehen. Als Trauzeugin wollte sie an Esthers Hochzeitstag eine besonders gute Figur abgeben. Fotos, die heute geschossen werden, würden für immer im Gedächtnis bleiben. Ihre perfektionistische Freundin wäre sicherlich enttäuscht, wenn Rena sich da nicht Mühe geben würde. Im Gästebadezimmer breitet sie fein säuberlich die fremden Haarsträhnen auf der Ablage aus. Danach nimmt sie einen Dreier-Clip und beginnt mit der ersten Reihe. In der vergangenen Woche hatte sie sich YouTube-Tutorials angeschaut, um auf der Feier nicht als Stümper entlarvt zu werden. Sah die Anleitung noch recht easy aus, so erforderte die professionelle Verlängerung doch ein wenig mehr Geschick als erwartet. Übung hätte sie auch gerne gehabt, als es darum ging, Esther das Brautkleid anzuziehen. Die Wahl fiel auf eine klassische A-Linie mit massig Spitze und wenig Glitzer. Ohne Ärmel und ohne Träger, dafür mit einer hübschen Schnürung am Rücken. Bis die Corsage alles an Ort und Stelle hielt und das schwere Kleid an der Taille Form annahm, verging eine halbe Ewigkeit. Mehrere Durchläufe eingeschlossen. Am Ende stellte sich zudem heraus, dass Rena vergessen hatte, das Satinband für die Schnürung gleichmäßig einzuflechten. Dass es gerade so für die letzte Öse gelangt hat, war pures Glück.

Renas Frisur kommt langsam in Form. Nur zwei Zweier-Clips übrig. Nachdem sie ihr Werk mithilfe eines Kosmetikspiegels rundum begutachtet hat, entscheidet sie sich, die verbliebenen Strähnen in ihre sich langsam entwickelnden Geheimratsecken zu platzieren. Geschafft. Mit routinierter Hand trägt sie den Lippenstift auf. Variante Brombeere. Ihr aktueller Favorit.

»Rena, bist du so weit? Wir wollen los«, ruft Esther aufgeregt durch den Hausflur.

»Komme.«

Zufrieden mit dem Ergebnis schnappt sie sich ihre Clutch und eilt der Stimme entgegen.

»Gemeinsam wollen wir nun für das Brautpaar beten. Bitte erheben Sie sich.« Die Hochzeitsgesellschaft steht auf und faltet ergriffen die Hände. Bis auf die getragenen Worte des Pfarrers ist es mucksmäuschenstill im imposanten Kirchenschiff. Wie Esther ist auch Rena getauft und ging mit ihren Eltern einmal im Monat zum Gottesdienst. Im Grunde genommen nur dem Hausfrieden zuliebe und auch nur bis zu ihrem Umzug in eine eigene Wohnung. Um ehrlich zu sein, langweilte sie der monotone Singsang, sodass sie regelmäßig fast einschlief. Auch heute drifteten ihre Gedanken schnell wieder ab. Zurück zum Brautherrichten. Als ihr Esther gezeigt hat, mit welchen Dessous sie Robin später überraschen wollte, hat Rena nicht schlecht gestaunt. Ihre Freundin fuhr das volle Programm auf. Hätte Rena es nicht mit eigenen Augen gesehen, würde sie an einen Scherz glauben. Strapse, Corsage,

Pumps, ein Tanga aus Spitze und dann noch das obligatorische Strumpfband. Alles in Weiß versteht sich. Esther sah wirklich sexy aus. Rena konnte kaum die Augen von ihr wenden und hatte keinen Zweifel, dass Robin ebenso sprachlos sein würde. Diese scharfe Kombi kam direkt auf ihre imaginäre Einkaufsliste. Für den Exotic-Dance-Kurs sicherlich angemessen. Nächste Woche würde sie ihn zum allerersten Mal testen. Mit einem Schmunzeln stellt Rena sich gerade vor, wie Eric reagieren würde, als ihr die Unruhe zwischen den Reihen auffällt. Es war wieder sehr still, doch diesmal blickt sie rechts und links in fragende Gesichter. Auch der Pfarrer tippelt nervös von einem Fuß auf den anderen. Erneut setzt er an und sagt mit Nachdruck »Wir hören nun Worte aus dem Buche Markus zehn, Vers sechs bis neun.« Rena fragt sich, wer hier wohl gerade seinen Einsatz verpasst, denn langsam wird es echt peinlich. Jetzt dreht sich das Brautpaar um. Für ihre Freundin vermutlich der absolute Romantikkiller.

»Rena!«, zischt Esther ihr zu und winkt wild. Rena will schon ansetzen, dass sie auch nicht weiß, wer nun dran ist, bis sie registriert, dass Markus zehn, Vers sechs bis neun ihre angekündigten Worte zur Ehe sein mussten. Mit klopfenden Herzen und einem entschuldigenden Blick hastet sie nach vorne und stellt sich hinter das Mikrofon.

»Zu Beginn der Schöpfung aber hat Gott sie als Mann und Frau geformt …« Nachdem der erste Satz flüssig rauskommt, verhaspelt sie sich direkt beim nächsten. Auch ihre Beine versagen fast den Dienst. Doch Rena versucht tapfer, durchzuhalten, und schließt mit einem Lächeln, ehe sie sich auf der Sitzbank wieder unsichtbar macht. Warum hatte ihr denn niemand gesagt, dass die vielbetonten »Worte zur Ehe« auch als Markus zehn bezeichnet wurden?

Beim Sektempfang vor dem angemieteten Golfclub herrscht eine andächtige Stimmung. Zwei Sänger stehen unter einem Pavillonzelt und geben ihr Bestes, die vielen Gäste bei Laune zu halten. Rena indes versteckt sich hinter ihrem zweiten Sektglas und fasst einen leeren Stehtisch ins Auge. Alleine auf eine Hochzeit zu gehen, ist dann doch etwas öde. Esther dagegen geht völlig in ihrer Rolle als Gastgeberin auf, tänzelt von einer Gruppe zur nächsten.

»Ach schau mal, hier ist noch Platz, Gerda.« Zwei ältere Damen treten ungefragt an ihren Tisch und greifen zur Snackschale. Wenige Sekunden später wird Rena in ein Gespräch verwickelt.

»Ihr Gesicht kommt mir so bekannt vor.« Mit zusammengekniffenen Augen wird sie von einer der beiden gemustert. Währenddessen lässt die Freundin mit der graumelierten Dauerwelle den Blick gelangweilt zu den anderen Stehtischen schweifen.

»Ich bin Esthers Trauzeugin. Ich hab vorhin die Worte zur Ehe gelesen.« Die Frau mit der Dauerwelle zieht leicht spöttisch die künstlich nachgezogenen Augenbrauen hoch.

»Ach, jetzt weiß ich wieder. Ich habe Sie auf einem Foto gesehen. Auf einem Ball. Mit Esther.« Rena denkt kurz nach. Bei diesem Ball konnte es sich nur um ihre Studienabschlussfeier handeln.

»Das kann gut sein, wir waren an derselben Uni.«

»Ah ja.« Ist das etwa Missfallen, den Rena da vernimmt? »Zu meiner Zeit reichte eine Berufsausbildung vollkommen.« Der erhobene Zeigefinger ist diesmal nicht zu überhören. In der Hoffnung auf ein wenig Klatsch schaltet sich Gerda ein.

»Ich habe Ihre Begleitung noch gar nicht gesehen. Kommt Ihr Mann nach?« Na super, sie könnte genauso gut auf einem ihrer Familientreffen sein. Resigniert schielt Rena auf das Tablett, welches in unmittelbarer Nähe die Runde drehte und die steif wirkende Gesellschaft mit reichlich alkoholischen Getränken versorgt.

»Nein, da gibt es keinen. Ich bin allein hier.«

»Ach, Sie armes Ding. Dabei sind Sie doch nicht unansehnlich.« Die Freundinnen nicken sich bestätigend zu. »Ich sag's ja immer wieder. Intelligenz verschreckt die Männer. Da hat unsere Esther echt Glück gehabt.«

»Oma!« Esthers empörter Ausruf kommt gerade zur rechten Zeit. Mit einem halb leeren Sektglas in der Hand quetscht sich die Braut in die Runde. »Aber sag mal, warum hast du eigentlich nicht Eric mitgebracht?«

Abwartend trommeln ihre Finger auf den Tisch. Zumindest ist sie ihr wegen der Szene in der Kirche nicht böse. Um Worte ringend stottert Rena: »Ähm, warum sollte ich?«

»Uh, es gibt da also jemanden.« Die Dauerwellenfrau spitzt interessiert die Ohren.

»Du magst ihn doch, oder? Soweit ich mich erinnern kann, hast du ihn als heiß bezeichnet. Und dann war da ja noch der Kuss.« Typisch Esther, legt sich alles so zurecht, wie es ihr gerade passt. Rena stöhnt genervt auf. »Also, wie sieht's aus?«

»Da läuft nichts. Wir haben uns nicht noch mal gesehen. Außerdem brauch ich jetzt nicht unbedingt einen Mann.« Neben Rena wird schockiert die Luft eingesogen. Flüsternd will Esthers Oma auf Nummer sicher gehen.

»Sind Sie etwa vom anderen Ufer?«

Esther rollt mit den Augen, lässt aber nicht locker. »Ich versteh dich nicht. Du musst ihn ja nicht gleich heiraten. Aber ich habe gesehen, wie ihr euch angeschaut habt. Der mag dich!« Ihre Trauzeugin zuckt die Achseln.

»Ja, wir verstehen uns ganz gut.«

»Du weißt, was ich meine. Der steht auf dich.«

Rena nimmt gleich mehrere Schlucke Sekt, ehe sie antwortet. »Vielleicht. Vielleicht auch nicht.« Schließlich hatte Eric Renz sie in der Therme ohne Bikini gesehen. Ein Hinweis, dass er sie attraktiv fand oder gar begehrte, war in ihren Augen nicht erkennbar gewesen. Allerdings war sie größtenteils damit beschäftigt gewesen, ihre Scham zu verbergen oder auf den Boden zu starren. Vielleicht hatte sie nicht alles um sich herum mitbekommen. Oder durch den Alkohol schon wieder vergessen.

»Wenn du nichts unternimmst, ist der sicherlich ruckzuck weg vom Markt. Bei dem Oberkörper stehen die Ladys sicherlich Schlange.«

»Esther! Wenn das dein Robin hört.« Entrüstet wirft ihre Oma schnell einen Blick um sich. Nicht, dass Robin in der Nähe stand und seine Meinung von ihrer Enkelin änderte. Mit seiner charmanten Art war es für ihn sicher ein Leichtes, die Oma von sich zu begeistern.

»Sind Sie bereit für den nächsten Gang?« Rena mustert den hageren Mann mit den kantigen Wangenknochen und der blassen Hautfarbe. Sein ernster Blick strahlt Seriosität aus, doch sie erkennt ebenfalls einen Funken Schalk in seinen Augen. Dieser würde auch die übertriebene Butlerpose erklären.

»Wenn Sie es sind.« Kokett zieht sie eine Augenbraue hoch und lächelt ihn an. Die Servicekraft neigt leicht den Kopf und lässt sich auf ihr Spiel ein. Das harmlose Schäkern macht den Abend etwas erträglicher und nicht so langweilig und anstrengend, wie es sich bis zuletzt abzeichnete. Esther hatte sie dem Reitertisch zugeteilt. Umgeben von weitestgehend gleichaltrigen Gästen würde sie, so die Braut, sicher Spaß haben. Soweit die Theorie. Dass die Tischnachbarn nur ein Gesprächsthema kannten und zuließen, blieb unberücksichtigt.

Synchron werden den Gästen silberne Servierplatten vorgesetzt, mit einer flüssigen Bewegung die Schalen entfernt und das Essen wirkungsvoll präsentiert. Kalbfleischröllchen mit Tomaten-Mozzarella-Füllung, dazu Kartoffelgratin und Salatgarnitur. »Welchen Wein darf ich Ihnen dazu anbieten?«

Rena befeuchtet wie beiläufig ihre Lippen und sagt mit leiser Stimme. »Am liebsten mag ich es leicht und fruchtig.« Mit großen Augen und leicht geöffnetem Mund wartet sie gespannt auf seine Reaktion. Um sie zu verstehen, muss er sich weit zu ihr runterbeugen. Doch die erwartete spritzige Antwort bleibt aus.

»Sie verlieren Haare«, sagt er lapidar und hält einen Dreier-Clip Kunsthaar hoch. Augenblicklich verstummt die aktuelle Diskussion über die beste Kraftfuttermischung. Okay, der Abend kann nicht noch schlimmer werden.

»Oh, welch Schock, darauf brauch ich jetzt erstmal was Starkes«, erwidert sie pikiert und erdolcht ihn mit wütenden Blitzen.

Der Kellner zuckt zusammen. »Entschuldigen Sie bitte. Ich habe nicht nachgedacht. Kommt sofort.«

Nachdem er davongeeilt ist, geht Rena zur Toilette. Mit zittrigen Beinen lehnt sie sich gegen das Waschbecken und versucht, sich zu beruhigen. Zumindest war sie nicht rot angelaufen. Ein Fortschritt!

Im Anschluss an das Essen wird zeitnah die Tanzfläche durch den Hochzeitstanz eröffnet. Die getragene Melodie rührt Rena. Um sie herum schmiegen sich die Frauen an ihre Partner und verfolgen mit einem sehnsuchtsvollen Blick Braut und Bräutigam, die in einer komplizierten Schrittfolge vorbeirauschen. Schmunzelnd stellt sie fest, dass ihre Freundin während des Tanzens knappe Anweisungen erteilt, Robin derweil hochkonzentriert versucht, sein Bestes zu geben. Der Walzer endet unter tosendem Applaus in einer romantischen Abschlusspose. Die Band sortiert sich kurz neu und zieht dann mit einem fetzigen Titel nach dem anderem die Paare auf die Tanzfläche. Indes steht Rena am Rand und wippt im Takt, die x-te

Weinschorle in der Hand, und ist froh darüber, vorerst mal für sich sein zu können. Die Braut hat allerdings andere Pläne und schiebt sie in das Partygetümmel. Zusammen lassen sie die Hüften kreisen und strecken zu einem wilden Cover von Macarena die Arme in die Luft.

Rena lacht und dreht sich ausgelassen im Kreis. Ihre Bewegungen sind geschmeidig, fast schon sinnlich. Wie in Trance gleiten beim nächsten Stück die Hände sacht über ihren Körper. Die Augen hat sie geschlossen. Sie genießt die Musik. Den Augenblick. Das Tanzen.

»Ach Mist!«, hört sie Esther vor sich fluchen. Widerwillig öffnet Rena die Augen. »Jetzt ham wa gar nich an 'ne Stange für dich gedacht«, lallt ihre Freundin und fasst sich an die Stirn. Rena versucht, das einsetzende Getuschel und die verdutzten Gesichter auszublenden. Bloß nicht rot werden. Es ist so laut, bestimmt haben die nur die Hälfte verstanden. Sie wippt wieder etwas verhaltener im Takt und nickt den Gästen zu. Mit schweißnassen Händen und wild pochendem Herzen bringt sie schnell Abstand zwischen sich und Esther. Zeit, zu verschwinden.

- 12 -

Gespannt steigt Rena aus dem Auto. Ausnahmsweise ist sie heute mal nicht mit der S-Bahn zum Polestudio gefahren und das trotz Feinstaubalarms. Etwas schuldbewusst schaut sie zu den anderen zwei Verkehrssündern. Eine Familienkutsche sowie ein Erlkönig, von der Form her vermutlich ein schnittiger Sportwagen. In der Region keine Seltenheit. Ansonsten herrscht am Gehsteig gähnende Leere. Fünf Minuten vor Kursbeginn betritt sie die Umkleide. Bekannte Gesichter kann sie nicht entdecken. Die Outfits gleichen denen, die Rena im Campworkshop Stripper Rulez gesehen hat. Fast jede Frau hält Plateau-High-Heels mit Absätzen von mindestens fünfzehn Zentimetern in den Händen. Stürmisch wird sich untereinander begrüßt und direkt über die letzte Choreo ausgetauscht. Rena fühlt sich ausgeschlossen. Ihre neu gekauften Hotpants aus blickdichter Spitze gehen in den knappen Bodys und Satin-Tangas komplett unter. Der Sexappeal, den sie zu Hause vorm Spiegel empfand, ist in weite Ferne gerückt. Zumindest macht es ihr nichts mehr aus, sich vor anderen umzuziehen.

Punkt einundzwanzig Uhr beginnt der Run auf die Stangen. Um nicht großartig aufzufallen, schnappt sich Rena eine Pole direkt an der Musikanlage. Zwar in der ersten Reihe, aber so weit abseits, dass sie ungestört wäre.

»Das ist meine«, lässt Alexa sie wissen und startet die Musik. Mist. In den anderen Kursen führen die Trainer immer in der Mitte die Tricks vor, niemals am Rand. Verlegen schaut Rena sich um. Die restlichen Stangen sind schon belegt. Schüchtern fragt sie den goldenen Bodysuit links von ihr, ob sie sich eine teilen wollen. Kurz darauf steckt Rena mitten im Aufwärmprogramm. Es ist wesentlich einfacher als in den sportlicheren Kursen. Schwitzen tut sie höchstens vor Aufregung. »Sehr schön, Ladys, ihr könnt jetzt die Heels anziehen, danach führe ich euch die heutige Choreo vor«, ruft Alexa und schnürt selber ihre kniehohen Stiefel fest. Lack und Leder, here we come. Als alle ihre Schuhe anhaben, ist Rena mit ihren alten Ballettschlappen umgeben von Riesen. Die Beine der Frauen sehen ellenlang aus, sie kann fast nicht wegsehen.

Die Moves sind recht simpel, schnell macht sie sich die Bewegungen zu eigen, spürt ihnen nach und fängt an, sich zu entspannen. Sich sexy zu fühlen. Eine halbe Stunde später jedoch beginnt sie, die Tricks zu vermissen. Verwundert hält sie inne. Bislang hat sie sich immer für einen Fan von tänzerischen Elementen gehalten, gerade wenn schwere Figuren zu erlernen waren, hat sie lieber den ein oder anderen Spin eingeschoben. Doch in diesem Moment verlangt ihr Kopf nach etwas Anspruchsvollerem. Die Choreografie ist schließlich auch kein Freestyling, wo sie machen kann, was sie will. Zumindest hat sie keinerlei Angst vor etwaigen Kopfüberfiguren, die ihr schon beim Hinschauen Kopfzerbrechen bereiten.

»Okay, den Rest der Stunde gehen wir die Choreo mehrmals komplett durch. Wer filmen mag, kann jetzt damit starten«, ruft Alexa und positioniert ihr eigenes

Smartphone. Die anderen Frauen tun es ihr gleich. Viele benutzen ein kleines Dreibeinstativ. Alles in Rena drängt in Richtung Umkleide. Warum wird denn jetzt gefilmt? Sicher nicht für private Zwecke. Sie muss an die Instagram-Accounts von Alexa denken. Recht ist ihr das nicht. Warum wurde nicht gefragt, ob jemand damit Probleme hat? Sollte sie einfach gehen? Eigentlich würde sie die Choreo schon gerne noch mal komplett durchtanzen. Schließlich hat sie für die volle Stunde bezahlt. Wie sähe das überhaupt aus, wenn sie mir nichts, dir nichts aus dem Raum rennt? Ehe sie sich entscheiden kann, geht es los. Den Anfang bekommt sie noch flüssig hin. Danach lenkt sie die Handykamera vor ihr zu sehr ab. Ständig sieht sie sich im Display und kommt wenig später aus dem Takt. Der einsetzende Blackout gibt Rena den Rest. Sie bricht ab. Gibt vor, eine Pause einzulegen, und überlässt das Feld dem sexy Bodysuit. Und dann ist auf einmal alles vorbei. Plötzlich ziehen die Frauen ihre Schuhe aus. Sitzend halten sie dabei ein Schwätzchen, kichern gelegentlich. Wie bestellt und nicht abgeholt, steht Rena als einzige und wartet auf das Cool-down. Nach peinlichen fünf Minuten wird ihr klar, dass das wohl kein Bestandteil des Kurses ist. Mit durchgedrücktem Kreuz verlässt sie den Tanzsaal.

Auf der Heimfahrt ist sie froh, das Auto genommen zu haben. Sie muss sich nun mit keinen Leuten mehr auseinandersetzen. Nicht auszudenken, wenn sie wie üblich mit einem großzügigen Zeitpuffer angekommen wäre. Das Außenseiter-Feeling wäre nicht auszuhalten gewesen. Schlecht gelaunt biegt sie in ihre Straße ein. Eigentlich schwebte ihr ein ausführlicher Blogartikel zum Exotic Dancing vor. Jetzt würde sie das deutlich knapper halten. Den Anfang und das Ende der Stunde würde sie am liebsten schnell vergessen. Es graut ihr davor, sich in irgendwelchen Insta-Accounts wiederzufinden. Als Tochter aus gutbürgerlichem Hause in einer Stripperklasse. Da wird der Sportfaktor nichts mehr rausreißen. Und dann ist da noch die Choreo, die immer schlechter in der Ausführung wird. Das will man einfach nicht für alle Ewigkeit im Netz wissen. Trotzdem kann sie sich der Leidenschaft, die sie während des Tanzens heute und im Camp überkam, nicht verschließen. Viele Bewegungen haben sich gut angefühlt. Gaben ihr Selbstvertrauen. Sie war dann nicht länger Rena Süßholz aka Ms. Nullachtfünfzehn. Sie war eine Göttin. Eine begehrenswerte Frau.

- 13 -

Blog #Polerina

Pole-Community Instagram

Ja, ich gebe es zu. Auf der Suche nach Videos von meiner unrühmlichen Exkursion in die Exotic Class habe ich Stunden auf Instagram verbracht. Zu meiner Überraschung tat sich eine ganz neue Welt vor mir auf. Richtige Polestars, in meinem Alter oder jünger. Weltweit werden täglich mehrere Tausend Poleclips hochgeladen. War ich zunächst nur auf YouTube und den Accounts des Studios unterwegs, hat mich die Pole-Community von Instagram regelrecht in ihren Bann gezogen.

Seit Wochen schon bin ich täglich nach Feierabend mindestens eine Stunde auf Insta unterwegs und lasse mich inspirieren. Lieblingstänzer habe ich auch bereits gefunden. Meine zwei absoluten Polelieblinge kommen aus Südkorea und den USA. Die Asiatin ist total elegant und tänzerisch sehr anmutig. Super viel Power. Zeigt andauernd nur perfekt ausgeführte Choreos. Die Amerikanerin dagegen hat ein richtiges Sixpack und ist auf Saltos und wilde Abgänge spezialisiert. Ihre Stangen sind, grob geschätzt, bis zu drei oder vier Meter lang. Beide total eindrucksvoll in ihren jeweiligen Performances. So gut werde ich niemals sein. Wie oft die wohl üben?

By the way: Ich hab bei meiner Suche natürlich keine Videos von mir gefunden!

Roger Post mal n Pic! Ich helf dir mit suchen …
MirusL Wer sind die heißen Schnitten?!
Polemaggie30 Bestimmt täglich und dann noch mehrstündig – das schafft doch kein normaler Mensch! Ich bin schon froh, wenn es bei mir einmal die Woche zeitlich hinhaut …

- 14 -

Eric

Gestresst lässt Eric die Tür hinter sich zufallen. Vorsichtig balanciert er die großen Einkaufstüten in die Küche. Mittlerweile bereut er, dass er sich zu diesem Backwettstreit hat überreden lassen. Sie hatte ihn in einem schwachen Moment abgepasst. Froh über die Ablenkung hat er sich unüberlegt darauf eingelassen. Sein Raum-Zeit-Empfinden war seit dem Kuss im Treppenhaus stark beeinträchtigt. Klar, es war nur ein Wangenkuss. Trotzdem nahm er euphorisch an, in den nächsten Tagen wieder von ihr zu hören. Als das nicht passierte, hat er selbst die Zügel in die Hand genommen, ist nach oben marschiert und hat kurzerhand bei Rena geklopft. Niemand öffnete. Vermutlich war sie nicht da. Vielleicht wollte sie aber auch nichts von ihm wissen. Hatte längst einen anderen kennengelernt. Wahrscheinlich hatte er sich da nur in was reingesteigert. Nach der Sache mit Nele womöglich eine Kurzschlussreaktion.

Mit Bedacht stellt er die Zutaten, die er später brauchen würde, auf die Anrichte. Er würde alles daransetzen, die Challenge zu gewinnen. Zeigen, dass er kein seelisches Wrack mehr ist, die Sorgen unbegründet sind und er bereit für jemand neues in seinem Leben ist.

Mit schnellen Schritten steigt er in das Kellerkabuff hinab. Seit seinem Einzug war er nicht mehr hier gewesen. Muffig riecht es. Die Spinnweben in den Ecken verstärken das typische Kellerflair. Nicht, dass es ihm etwas ausmachte.

Er greift nach der Tüte mit der Weihnachtsdekoration und arbeitet sich wieder durch verstaubtes Gerümpel vor Richtung Tür. Mit einem Stirnrunzeln bleibt er stehen. Eric ist sich sicher, Schritte vernommen zu haben. Ja, da sind sie wieder. Leichtfüßig springt jemand von Stufe zu Stufe. Je länger er da steht und hinhört, desto überzeugter ist er, dass es Rena sein muss. Wäre es jemand von der Familie gewesen, hätte er längst eine Tür zuschlagen gehört. Aufgeregt macht er einen großen Sprung über eine sperrige Kiste, schließt in Windeseile die Tür hinter sich zu und läuft in das Treppenhaus. »Rena?«, ruft er spontan hoch. Doch eine Erwiderung bleibt aus, das Geräusch ihrer ins Schloss fallenden Wohnungstür verhöhnt ihn.

- 15 -

Erfreut greift Rena in ihren Briefkasten. Eine Postkarte. Ein malerischer Strand, perfekt inszeniert durch eine untergehende Sonne. Einfach traumhaft. Rena seufzt und schaut auf das Gekritzel von Caro. Ihre Freundin würde bald zurück sein. Endlich. Das Beste jedoch ist ihr Vorschlag, Silvester gemeinsam zu feiern. Gutgelaunt springt Rena summend die Treppe hoch und beginnt, für ihre heutige Trainingsstunde zu packen. Sie würde wie die meisten jungen Menschen am Jahresende auf die Piste gehen. Einsame Sofastunden ade! Dass ausgerechnet heute die Postkarte kam, musste eine glückliche Fügung des Schicksals sein. Irgendjemand meint es gut mit ihr. Ihre Mutter hatte sie morgens vor der Arbeit angerufen und ihr überschwänglich zum Geburtstag gratuliert. Auch Oma Rosalie klingelte pünktlich zur Mittagspause durch. Wollte wissen, ob Rena feiert. Nein, sie hat gerade viel um die Ohren, hat sie gemeint und die aufkommende Traurigkeit rigoros beiseitegeschoben. Esthers Mail hingegen hob ihre Stimmung wieder. Ebenso das großzügige Angebot ihrer Chefin, früher gehen zu dürfen.

»Sina ist leider krank geworden, daher mache ich heute die Vertretung. Ich hoffe, ihr seid alle fit?« Prüfend blickt Alexa die Frauen an. Rena nickt übermütig und grinst. Heute ist ihr Tag, sie fühlt es. Dass Alexa heute den Kurs übernimmt, kann kein Zufall sein. Vor ein paar Monaten war sie es, die Rena ein Kurs höher geschickt hat und nun würde sie es sein, die ihr das Upgrade auf Level drei gab. Rena freut sich darauf, zeigen zu können, wie viel Kraft sie entwickelt hat und was sie alles schon kann. Beim Warm-up allerdings erreicht sie schnell ihre Grenzen. Mal wieder. Die Übungen, die Alexa zum Warmwerden durchführen lässt, hat sie noch nie gemacht. Geschweige denn zuhause vorbereitet. Die Muskelgruppen, die beansprucht werden, haben von Sport, so scheint es Rena, noch nie etwas gehört. Die zur Schau gestellte Leichtigkeit schwindet und weicht erstem Frust. Besonders als sie die heutige Figurenkombination sieht. Natürlich ist ein Kopfübertrick dabei, ausgerechnet der *Cross Leg Release*, dessen Ausführung sie sich ohne Hilfestellung nicht traut.

Abwartend steht Rena an der Stange. Sollte sie Alexa bitten, sie zu sichern, und ihr damit unter die Nase reiben, dass sie noch nicht bereit für die nächste Stufe ist? Grimmig schüttelt Rena den Kopf. Nein. Die Studioinhaberin ist sowieso gerade nicht in der Nähe. Zumindest physisch. Ihre begeisterten Ausrufe allerdings hört Rena quer durch den Raum. *Super gemacht. Richtig gut. Weiter so. Toll sieht das aus.* Zeit für einen Schwatz scheint sie auch zur Genüge zu haben. Die gertenschlanke und dazu noch bildhübsche Studentin schräg hinter ihr wird mit Komplimenten regelrecht überschüttet.

»Du bist noch nicht lange bei uns, oder?«, will Alexa wissen. Aus den Augenwinkeln sieht Rena die gestreckten Beine. Modelbeine.

»Ja, ich bin aus NRW. Hab dort schon trainiert.«

Cross Leg Release

or Cross Knee Release

»Du kommst mir so bekannt vor. Du trittst nicht zufällig bei Wettkämpfen an?«

»Doch, doch. Gelegentlich«, erwidert die Medaillenschönheit und lacht.

»Das sieht man. Komm doch auch mal Dienstag und Freitag. Da trainieren die Fortgeschrittenen.«

Vollends demotiviert nimmt Rena all ihren Mut zusammen und lässt sich schwungvoll nach hinten in den gefürchteten *Cross Leg Release* fallen. Die Augen sind zugekniffen. Ihr ganzer Körper steht unter Spannung. Nach einer unbeabsichtigten halben Drehung gerät sie endlich ins Stocken. Und alles hält! Vorsichtig zwinkert sie Richtung Decke und kann es selbst nicht fassen. Sie hängt kopfüber. Keine Hände, die Sicherheit geben. Einzig und allein ihr linkes Knie und die Innenseite ihrer Oberschenkel halten sie an der Pole. Nichtsdestotrotz ist die Freude nicht von Dauer. Sie rutscht. Langsam, aber sicher kommt der Boden in einem wirklich ungünstigen Winkel näher. Die Power, sich mittels Bauchmuskeln wieder hochzustemmen, hat sie nicht mehr. Vermutlich noch nie gehabt. Panisch hält sie Ausschau nach Alexa. Der Gedanke an Level drei hat sich mittlerweile verflüchtigt. Die Trainerin ist indes am anderen Saalende in einen Plausch vertieft.

»Kannst du mir schnell helfen? Ich komme nicht mehr hoch«, ruft sie den perfekt enthaarten Modelbeinen zu.

»Oh, das ist ganz einfach. Du musst dich nur hochziehen.«

Ungläubig starrt Rena sie an. Ernsthaft jetzt? »Geht nicht«, presst sie hervor. Sekunden später knallt sie auf den

Boden. Ein Stich durchzuckt ihren Nacken und lässt sie aufstöhnen. Niemand schenkt ihr Beachtung. Mühsam richtet sie sich auf und blinzelt gegen die Tränen an.

Niedergeschlagen steigt Rena aus der S-Bahn. Ihr Nacken zieht unangenehm. Eisige Windböen peitschen ihr in regelmäßigen Abständen ins Gesicht und lassen sie frösteln. Noch einmal schnäuzt sie sich und drückt dann die massive Haustür auf. Sie würde bei Eric haltmachen. Seine Hände haben das letzte Mal wahre Wunder vollbracht. Seit Esthers Junggesellinnenabschied hatte sie ihn nicht mehr gesehen. Eventuelle Peinlichkeiten, die ihr die Ginsations beschert hatten, sind bestimmt schon vergeben und vergessen. Jetzt hat sie auch endlich einen vernünftigen Grund, bei ihm auf der Matte zu stehen.

Vor seiner Tür hält sie inne. Unter der Winterjacke hat sie noch immer die verschwitzten Trainingsklamotten an. Die Augen sind total verquollen und vermutlich wartet ein Rest Rotz nur auf eine Gelegenheit, sie zu blamieren.

Ungeachtet der Schmerzen geht sie weiter, schleppt sich ächzend die Stufen zu ihrer Wohnung hoch. Sie würde erst duschen und was Nettes anziehen. Gedacht, getan. Zwanzig Minuten später steht sie erneut vor seiner Tür. In kuschliger Sofahose und passendem Oberteil. Eine Wärmflasche klemmt unter ihrem Arm. Bevor sie es sich wieder anders überlegt, klingelt sie.

Kurz darauf hört sie das helle Lachen einer Frau. Verstört schaut sie auf das Namensschild. Eric Renz. Er wohnt definitiv alleine hier. Die Frau ruft etwas, und ehe Rena reagieren kann, wird mit Schwung die Tür geöffnet. Die wallende Mähne umrahmt perfekt das rundliche Gesicht. Große Lippen verziehen sich zu einem breiten Lächeln. Die Augen schauen neugierig.

»Hallo?« Sie ist maximal drei Jahre älter, schätzt Rena. Einen Kopf kleiner und damit zwei Köpfe kleiner als Eric. Aus seiner Position höchstwahrscheinlich eine süße Frau. Einer, bei der der Beschützerinstinkt automatisch greift. Rena presst ihre Wärmflasche enger an sich. »Ich. Störung. Tut mir leid«, stottert sie. Ein zartes Rosa überzieht ihre Wangen. Die Frau mustert unverhohlen ihren Kuscheldress. Vermutlich denkt sie, dass sie mit Eric schon vertraut ist und spontan zum Filmabend kommt. Wenn Ms. Sweety seine Freundin ist, dann hat sie ihm jetzt wohl Ärger eingebrockt.

»Du willst sicher zu Eric. Er ist gerade nur sehr beschäftigt.« Sie macht ein vielsagendes Gesicht. »Komm doch kurz rein. Hier ist es ja nicht gerade warm.« Lächelnd reibt sie sich über die Arme und tritt beiseite. Zutiefst irritiert bewegt sich Rena keinen Zentimeter.

»Abby, wer ist da?« Erics warme Stimme. Das Herz klopft ihr bis zum Hals. Was hatte sie sich eigentlich dabei gedacht? Wie wollte sie ihren steifen Nacken erklären? Ein erneuter Treppensturz war, selbst bei ihrer bisher an den Tag gelegten Tollpatschigkeit, mehr als fragwürdig.

»Entschuldigung, ist nicht so wichtig. Schönen Abend noch«, murmelt Rena und hastet gleich darauf die Treppen hoch. Außer Atem wirft sie hinter sich die Tür zu und beginnt zu weinen. Verdammte Schüchternheit, warum musste ihr neues Selbstbewusstsein sich schon in den Feierabend verabschieden. Dann wohl doch die Schmerzmittel statt der erhofften Massage. Ewiger Single statt heißer Flirt.

- 16 -

Nach einem letzten prüfenden Blick in ihre Taschen schließt Rena die Wohnungstür zu und macht sich auf den Weg nach draußen. Die Nackenschmerzen hatten sich in den vergangenen Tagen zum Glück verflüchtigt. Die Gedanken an die peinliche Türszene lassen ihr allerdings keine Ruhe.

Bei den Mülltonnen sieht sie Eric. Er leert gerade seinen Papierkorb und scheint sie nicht bemerkt zu haben. Soll sie etwas sagen? Verlegen steht Rena da und räuspert sich. »Fröhliche Weihnachten.« Ihre Finger näseln am Riemen ihrer Reisetasche. Was Abby ihm wohl erzählt hatte? Bis spät in die Nacht lag sie auf dem Sofa und verfolgte die Geräusche unter ihr. Es wurde oft gelacht. Zu oft. Letzten Endes musste sich Rena eingestehen, dass sie eventuell ein klein bisschen eifersüchtig war. Verschossen in ihren Nachbarn. Der überstürzte Rückzug ließ keine andere Interpretation zu.

»Hey. Dir auch.« Eric lächelt sie an. Unverbindlich, so ihr Eindruck. Rena schluckt einen fetten Kloß hinunter. »Du verreist die Feiertage über?« Ihr Nachbar deutet auf ihre pralle Tasche, scheint unschlüssig, ob er noch etwas hinzufügen soll.

»Ja, diesmal hat meine Oma eingeladen. Quasi stellvertretend für meine Eltern.« Rena kann sich nur schwer stoppen. Unterdrückt Eric da etwa ein Gähnen? »Normalerweise feiert die ganze Familie. Aber meine Tante hat zum Hochzeitstag eine Kreuzfahrt geschenkt bekommen und durch einen echt guten Gruppenrabatt haben sich meine Eltern einfach angeschlossen.«

»Schön.« Eric verschließt die Tonne und nimmt seinen Papierkorb wieder in die Hand.

»Und du?«

»Da ist noch nichts konkret geplant. Weihnachten natürlich bei der Familie und Silvester mal sehen.« Sie nicken sich zu, ehe Eric in das warme Treppenhaus verschwindet. Aufgewühlt geht Rena zu ihrem Auto und verstaut ihr Gepäck. Das Navi prognostiziert ihr ein zügiges Durchkommen, vom allgemeinen Ferienverkehr würde sie wohl verschont bleiben.

»Rena, mein Kind. Schön, dass du da bist.« Oma Rosalie schließt Rena fest in die Arme. Die ganze Wohnung duftet angenehm nach Zimt und getrockneten Mandarinen. Diese liegen auf sämtlichen Heizungskörpern und sorgen für eine weihnachtliche Atmosphäre. Oma Rosalie führt ihre Enkelin in die Küche. Vor deren Ankunft war sie gerade dabei, Zimtsterne zu backen. Mit flinken Fingern sticht sie einen Stern nach dem anderen aus. »Du siehst ziemlich geschafft aus. War die Fahrt in Ordnung? Am besten, du entspannst erstmal bei einer heißen Schokolade. Wie klingt das?«

»Schon dabei.« Rena füllt lächelnd einen kleinen Topf mit Milch. Die Fahrt war in der Tat anstrengend gewesen, jedoch hatte dies einen anderen Grund, als Oma Rosalie meinte. Im Gegensatz zum Vorjahr gab es keine Schneeverwehungen. Und das Navi behielt recht, es war wenig los auf den Straßen. Nein, was ihre Konzentration hauptsächlich beanspruchte, waren Eric und seine distanzierte Art vorhin. Wollte er ihr damit signalisieren, dass er nicht interessiert ist? Dass er glücklich vergeben ist und mit Abby auf Wolke sieben schwebt? Dann hätte er sie aber erwähnt, oder? Vielleicht war sie ja auch nur eine Schwester, die Rena im nächsten Moment vergessen hatte. Und er einfach nur enttäuscht, dass sie sich nach dem überraschenden Abschiedskuss nicht mehr gemeldet hat.

»Rena, was ist los?« Oma Rosalie hatte aufgehört, die Plätzchen auszustechen, und schaut Rena nun aufmerksam an. Ein Pfeifen lässt ihre Enkelin aufschrecken. Die Milch kocht über. Schnell stellt sie den Herd aus und schenkt sich vorsichtig ein.

»Ach, ist nicht so wichtig.« In der Hoffnung auf eine rasche Abkühlung pustet sie in die Tasse. Stirnrunzelnd nimmt sie die Berge von Plätzchendosen in Augenschein. »Wow, Oma. Hast du die halbe Stadt eingeladen?«

Die ältere Frau gluckst und schüttelt den Kopf. »Nein, es bleibt wie geplant bei uns vier. Ich dachte nur, dass eine Sorte nicht ausreichend ist. Deine Cousinen können ja gar nicht genug kriegen.« Rena denkt an ihre gertenschlanken Cousinen. Diese hatten die Kunst, essen ohne zuzunehmen, geradezu perfektioniert. Liegt bestimmt am Alter. Früher hatte Rena da auch keine Schwierigkeiten. Sie greift nach einer Dose mit Vanillekipferl.

»Du könntest auch mehr essen.« Stirnrunzelnd wird sie gemustert. »Letztes Jahr hattest du noch deutlich mehr auf den Rippen. Hat dich deine Mutter schon so gesehen?« Rena wirft ihrer Oma ein müdes Lächeln zu. Durch das Poledancing hat sie das ein oder andere Kilo erfolgreich abspecken können. Mit unschuldigen Augen fragt Rosalie unvermittelt: »Wie heißt er?« Gleichzeitig klingelt es Sturm und das Gelächter ihrer Cousinen dringt durch das gekippte Küchenfenster. »Wir sind hier noch nicht fertig, Rena.« Mit forschem Blick wird sie bedacht, ehe die ältere Frau zur Haustür eilt und die neuen Besucher reinlässt.

Nach der Teilnahme am Gottesdienst knurrt allen der Magen. Schnell sind der Tisch gedeckt und die vorbereiteten Speisen aufgetragen. Oma Rosalie hatte sich dieses Mal selbst übertroffen. Das Ergebnis der stundenlangen Arbeit in der Küche findet großen Anklang.

»Richtig gut. So lecker kann halt nur die Oma kochen.«

Melanie nickt bestätigend und pflichtet ihrer Schwester bei. »Ja, da kann Pete wohl nicht mithalten.« Die kleine Spitze ist der alten Frau nicht entgangen.

»Wer ist Pete?«

Melanie kann nicht länger an sich halten. »Michi hat einen Freund. Der heißt Pete und ist der totale Langweiler.« Entrüstet wird sie von Michele in die Seite geboxt.

»Du bist ja nicht mit ihm zusammen. Und nein, er ist überhaupt nicht langweilig. Mel übertreibt.« Die neugierigen Blicke von Rena und Rosalie lassen sie weitererzählen. »Er ist toll. Ihr würdet ihn mögen. Er ist auch nur drei Jahre älter und hat einen festen Job. Wenn das mit uns weiter so gut läuft, zieh ich vielleicht bei ihm ein.« Rosalie holt tief Luft. »Mama kennt ihn auch schon. Findet ihn einen richtig guten Fang.« Triumphierend blickt sie zu ihrer Schwester.

»Ich bleib dabei. Er ist langweilig. Michi geht nicht mehr aus. Keine Disko, keine Festivals, nur noch …«, Melanie macht eine dramatische Pause, »Ausflüge. Kultureller Art.«

Sie verdreht dabei die Augen und Rena muss schmunzeln. Jedoch nur so lange, bis sich Michele direkt an sie wendet und mit größter Überzeugung sagt: »Wenn ich so alt bin wie du, will ich schon verheiratet sein.«

»Wir leben doch nicht mehr im neunzehnten Jahrhundert.« Rena schüttelt genervt den Kopf.

»Nur Verlierer behaupten, dass dabei sein alles ist, was zählt.«

»Michele, es reicht.«

»'tschuldi.« Ihre Cousine schaut zerknirscht auf ihren Teller. Um die Wogen wieder zu glätten und alle auf andere Gedanken zu bringen, beginnt Oma Rosalie, von ihrer kuriosen Post zu erzählen.

»Stellt euch vor, irgendein Scherzkeks hat mir vor Kurzem zwei Briefe geschrieben. Moment, ich hole sie eben.« Wieder am Tisch faltet sie sorgsam das erste Papier auseinander und liest vor. »An die geheimnisvolle Frau, die mein Leben auf den Kopf stellt.«

Sofort gehen die Schwestern dazwischen. »Uh, Omi hat einen Verehrer.« Begeistert klatschen sie in die Hände und blicken gebannt zu Rosalie.

»Nun, so weit würde ich nicht gehen. Unterzeichnet hat eine Annie Merfeld. Wobei der Name natürlich auch falsch sein könnte.«

Melanie ruft besserwisserisch: »Eine Lesbe!«

Tadelnd schaut die Oma ihre vorlaute Enkelin an und mahnt zur Mäßigung. »Es geht zwar um sehr viel Emotion, aber was mit Liebe les ich hier nicht raus. Es ist eher eine Art von Dankesbrief. Nur weiß ich nicht wofür. Ich hab schon überlegt, ob ich antworten soll, nur dann hab ich die Angelegenheit wieder vergessen, bis vorletzte Woche erneut ein Brief kam.«

»Wieder von Annie Merfeld?«

»Nein, diesmal von einem Max Hubert.«

»Und was schreibt er? Dankt er dir auch?«

»Nun, danken kann man das nicht gerade nennen. Er ist recht anzüglich.« Oje, könnte das etwa Fanpost sein? Renas Puls beschleunigt sich.

»Und warum denkst du, dass die beiden Briefe zusammengehören?«

»Dachte ich erst nicht, aber er nimmt Bezug auf Sachen, die Frau Merfeld geschrieben hat, von daher kann ich mir vorstellen, dass beide Briefe von einer Person geschrieben sind.«

»Ist es die gleiche Handschrift?« Melanie streckt fordernd die Hände nach den Briefen aus. »Was denn für Sachen, Oma?«

Wer verfasst heutzutage denn bloß noch Briefe? Statt eines Kommentars hätten Max und Annie auch einfach eine Mail schreiben können. War es möglich, dass beide älter waren und sich mit E-Mails nicht auskannten? Doch dass so jemand ihren Blog gefunden hat, ist eher unwahrscheinlich. Handelte es sich hierbei also um … Rena wagt es kaum, ihren Gedanken auszuführen. Psychopathen. Stalker?! Ihr Herz beginnt, wie wild zu klopfen. Was, wenn so jemand tatsächlich hier vorbeischaut und ein privates Tänzchen einfordert? Oder gar mehr? »Rena, du bist so blass, Liebes. Geht es dir nicht gut?« Besorgt streichelt Rosalie ihre Hand.

»Ich hab mir gerade nur vorgestellt, dass irgendwelche Verrückten hier klingeln und du alleine …« Rena beißt sich auf die Zunge und blinzelt verstohlen eine Träne weg.

»Mach doch aus einer Mücke keinen Elefanten.« Melanie schaut Rena skeptisch an, hält ihre Reaktion womöglich für vollkommen übertrieben. »Die kommen bestimmt nicht hier vorbei. Die Briefe sind aus Hamburg. Beide. Das ist viel zu weit weg, als dass da jemand zu Besuch kommt.«

»Okay, Sherlock, lass mich auch mal sehen.« Michele studiert mit großen Augen die Schreiben. Nach ein paar Sekunden kommentiert sie: »Also, die Handschrift ist verschieden, könnte aber auch einmal mit links und einmal mit rechts geschrieben sein. Ich tippe aber auf einen Kerl. Einer, der beim Schönschriftunterricht besonders gut aufgepasst hat. Sollte noch so ein Brief kommen, würde ich die Polizei verständigen. Sicher ist sicher.«

»Das wird wohl das Beste sein.« Rosalie nimmt die Briefe wieder an sich und beginnt, den Tisch abzuräumen. Nachdem Platz geschaffen ist, überreichen sich die Frauen ihre Geschenke. Die üblichen Stricksocken weichen diesmal einem dicken Umschlag. Dankbar nimmt Rena das Geld entgegen, das bisschen Extra kann sie gut gebrauchen. Der Sprit ist schon wieder fast leer und die letzte Pole-Bestellung hat ein tiefes Loch in ihre Kasse gerissen.

Hellwach starrt sie wenig später an die dunkle Decke. Während Melanie und Michele sich das Gästezimmer im oberen Geschoss teilen, hat Rena mit der Wohnzimmercouch vorliebgenommen. Bequem war diese nicht, aber für die kurze Zeit, die sie hier war, völlig ausreichend. Seit dem Abendessen beschäftigt sie nicht nur Erics Verhalten, sondern auch diese Briefe. Gelesen hatte sie sie bislang nicht. Nach ihrer weinerlichen Reaktion wollte sie keine erneute Aufmerksamkeit. Doch jetzt im Schutze der Dunkelheit soll sich das ändern. Mit ihrer Handytaschenlampe wandert sie durch das Wohnzimmer und zieht leise einzelne Schubladen der antiken Sekretäre auf. Irgendwo hier müsste ihre Oma die Post verstauen. Im vorletzten Fach entdeckt Rena tatsächlich ein Bündel Briefe. Doch diese sind explizit an Rosalie Süßholz gerichtet und sehen bereits leicht vergilbt aus. Frustriert zieht sie das letzte Kästchen auf und wird abermals enttäuscht. Rena will sich gerade wieder hinlegen, als ihr einfällt, dass im Schlafzimmer ein weiterer Sekretär steht. Eventuell findet sie dort die Briefe – zusammen mit einer wachen Rosalie. Viel zu riskant. Dann müsste sie sich erklären, dabei war sie froh, dass ihre Oma das Gespräch in der Küche vergessen hatte. »Wie heißt er?« Oma Rosalie war nach wie vor ein Fuchs in Sachen Befindlichkeiten. Gut vorstellbar, dass sie auf Drängen nachgegeben und sich ihr anvertraut hätte. Sie spinnt den Dialog in ihren Gedanken fort.

»Er heißt Eric. Wir wohnen im selben Haus.«

»Und?«

»Er ist sehr attraktiv. Und er hat mich schon nackt gesehen.« Nein, stopp. Das mit dem FKK würde sie ihrer Oma gegenüber nicht erwähnen. »Er ist sehr nett und ich mag ihn.« Ja, viel besser.

»Seid ihr zusammen?«

»Nein.«

»Warum nicht? Mag er dich denn nicht?«

»Ich glaube schon, aber ich war bisher eher zurückhaltend und jetzt ist er vielleicht nicht mehr interessiert.«

»Dann wäre er aber schön dumm. Du bist so ein gutes Mädchen. Selbst schuld, wenn er das nicht erkennt. Aber wenn er Interesse hat, wird er das auch zeigen. Wirst sehen. Es wird alles gut.« Mit einem Lächeln legt sich Rena hin und schließt die Augen. Vor ihrer Heimfahrt würde sie die verdammten Briefe holen und nach dem Motto *Aus den Augen, aus dem Sinn* darauf hoffen, dass damit die Angelegenheit vom Tisch ist. Bei ihrem Impressum würde sie einen entsprechenden Hinweis setzen: Fanpost bitte nur per Mail. Und darauf hoffen, dass niemand ihre Oma besuchen kommt. Sie würde einfach optimistisch bleiben. Und jetzt? Würde sie sich mit einer angenehmen Eric-Renz-Fantasie ablenken. Oh ja.

- 17 -

»Sorry, Liebes. Hüte heut lieber das Bett. Unsere Partynight muss warten. Bin mega krank. Tut mir echt leid.« Enttäuscht starrt Rena auf die Message von Caro. Eine Absage in letzter Minute. Erst wenige Tage zuvor war Caro von ihrem Auslandsaufenthalt zurückgekehrt. Heute wäre ihr langersehntes Wiedersehen gewesen. Die geplante Party zu Silvester! Und jetzt funkte die Grippe dazwischen. Caro hat es anscheinend voll erwischt. Dann bleibt es wohl doch bei Sofa und Hitparade. Same procedure as every year. Da hat die Ziehung der Karte nicht viel dran geändert. Frustriert geht sie zurück ins Badezimmer, um die Feuchtigkeitsmaske abzunehmen. Zur Einstimmung hat sie sich ein umfängliches Beautyprogramm gegönnt, Haarpflege und Maniküre inklusive. Das Partyoutfit hängt griffbereit an der Schranktür. Die Stilettos ihres Studien-Abschlussballs waren entstaubt und bereit für den Einsatz. Ob sie so kurzfristig noch eine Alternativverabredung organisieren kann? Esther weilt mit Robin in Davos. Aber selbst wenn ihre Freundin da gewesen wäre, hätten sie Robin im Schlepptau gehabt, und spätestens um vierundzwanzig Uhr, wenn alle Pärchen sich heiß und innig abknutschten, wäre Rena das dritte Rad am Wagen gewesen. Kurz überlegt sie, ob sie ihre Cousine anrufen sollte. Wenn Michele mit ihrem Pete privat feierte, dann wäre Melanie sicherlich nicht abgeneigt. Doch wie sie Mel einschätzte, hatte diese bestimmt vorgesorgt.

Und bis Mitternacht würde Rena es vermutlich nicht rechtzeitig zu ihr schaffen. Sie trocknet sich das Gesicht ab und cremt es ein. Ihre Laune ist am Tiefpunkt angelangt. Mal eben von hundert auf null. Dass sie am Ende ihrer Blutung ist und ihre Hormone seit Tagen verrücktspielen, war vermutlich nicht unwesentlich. »Apropos nervige Mens.« Rena durchzuckt ein Geistesblitz. Als Thema für den nächsten Blogeintrag wären die Tage und wie sie einem alles versauen können doch ein gefundenes Fressen. Eingekuschelt auf ihrem Sofa versucht sie, sich mit ihrem Blog auf andere Gedanken zu bringen.

Blog #Polerina

P wie Pole & Periode

Bin ich eigentlich die einzige Frau auf diesem Planeten, die monatlich von fiesen Schmerzen heimgesucht wird und sich selbst gleich mehrmals im Jahr verflucht, eine Frau zu sein? Über Schmerz- und Wärmepflaster, Akupunktur, diversen Pharmaka und speziellen Atemübungen habe ich durch die Bank weg vieles bereits probiert. Nichts hat bisher langfristig geholfen. Das ist echt zum Verzweifeln. Vor allem weil die Symptome nicht immer dieselben sind. Mal merke ich drei, vier Tage vorher schon ein leichtes Unwohlsein und kann mich schon mal darauf einstellen. Mal überrascht es mich mitten am Tag. Zu Schulzeiten konnte ich mich immer darauf verlassen, dass sie morgens zum Aufwachen kamen. Dann konnte ich getrost zuhause bleiben

und den Tag im Bett verbringen. Mittlerweile sind die fiesen Schmerzen zu Langschläfern mutiert und machen erst mittags auf sich aufmerksam. Natürlich ausgerechnet dann, wenn ich auf Arbeit bin, wichtige Meetings habe und irgendwelche Präsentationen halten muss. Dadurch, dass ich die Pille vor ein paar Jahren abgesetzt habe (ein Stimmungstief nach dem anderen), habe ich keinerlei Einfluss auf den Start der Blutung. Ich kann zwar fleißig die 28 Tage im Kalender abzählen, jedoch lässt sich die Periode, gerade bei Stress oder dem sehnlichen Wunsch, dass sie unbedingt dann und dann kommen soll, gerne Zeit. Heißt: plus/minus vier, fünf Tage oder gar zwei Wochen. Letzteres: absoluter Worst Case für mich. Denn ich muss ja nonstop auf den Eintritt vorbereitet sein. Sprich zwei, drei Tage vor errechnetem Termin und dann, bis sie endlich da sind. Das ist echt anstrengend. Der Slip muss am besten schon mit einer dicken Binde präpariert sein. Gerade das wird im Sommer schnell warm und auf Dauer ungemütlich. Dann natürlich bloß keine hellen Hosen. Zur optimalen Vorbereitung greife ich auch gerne auf Longshirts, die den Hintern bedecken, zurück. Problematisch wird es, wenn die rote Tante sich endlich bequemt, hallo zu sagen, und die Shirts alle in der Wäsche sind. Das nenn ich dann Shit happens.
Ihr fragt euch jetzt sicher, was die Erdbeerwoche mit Poledancing zu tun hat. Generell gehöre ich zu der Sorte Frau, die während der Periode von Sport absieht. Erstens zu schwach, zweitens von Schmerzen geplagt und drittens habe ich – zumindest in den ersten Tagen – immer das

Gefühl, bei jeder Bewegung auszulaufen. Gerade beim Poledancing kommen ja dann noch die knappen Höschen hinzu. Vergleichbar mit der Bikinihose. Hier bemüht frau sich schließlich auch, dass der grüne Tamponfaden nicht zu sehen ist. Beim Tanzen ist die Gefahr um einiges größer. Vor allem bei Figuren wie Hello Boy oder dem Teddy, wo die Beine provokant gespreizt werden und jeder Fleck oder Faden sofort ersichtlich wäre.
Tja, und da ich eben nie genau weiß, wann sie denn kommen, und ich keine Risiken eingehen will, kommt es in regelmäßigen Abständen bei mir zu Trainingsausfällen. Heißt in der Folge: Ich verpasse super viel, verliere an Kraft und werde gefühlt von jedem anderen im Kurs überholt. Das nervt.

Mich würde brennend interessieren, wie ihr das so löst. Insbesondere vor dem Hintergrund, wenn man keine Pille nimmt und nicht weiß, wann es so weit ist. Macht ihr trotzdem Sport? Habt ihr keine Angst, dabei auszulaufen? Ich fühle mich zu diesem Thema echt allein auf weiter Flur …

Die Kommentare lassen nicht lange auf sich warten. Wie es scheint, ist sie Silvester nicht die Einzige, die den Abend am Computer verbringt.

AneL-LenA Wenn die Tante zu Besuch ist, geh ich nich.
Polemaggie30 Das ist wirklich eine lästige Angelegenheit. Für mich funktionieren die Ladycups sehr gut. Ist eine kleine Umstellung vom Tampon her, aber lohnt sich.

6 h ohne Wechseln und ohne Auslaufen. Da vergisst man glatt, dass man die Tage hat. Sport ist dann kein Problem!

Zwobelus YES! Mal wieder froh, ein Typ zu sein! #gradnachgeguckt

Roger Hello Boy, geilster Move! Steh ich drauf. Check mein Insta!

Noch achtunddreißig Minuten bis zum Jahreswechsel. Rena hält es nicht mehr in der Wohnung aus. Würde sie auf dem Sofa liegen bleiben, käme das einem Zugeständnis gleich. Ein Zugeständnis, dass sie dieses Jahr nicht genug getan hat, um an ihrer Situation etwas zu verändern. Im Grunde genommen wäre alles, was sie getan hat, verschwendete Zeit gewesen. Was hatte sie denn bislang erreicht? Okay, sie hatte mit Poledance begonnen. Bis auf seltene Downs hat sie eine große Leidenschaft für den Sport entwickelt. Sie hat Caro darüber kennengelernt und war mal nicht gezwungenermaßen mit ihren Eltern im Urlaub gewesen, sondern mit Gleichaltrigen. Darüber hinaus war da noch Eric. Rena hält einen Moment inne. Wie wäre es, wenn sie für dieses Jahr ein letztes Mal mutig ist, runterginge und bei ihm klopfen würde? Ob er sich zusammen mit ihr das Feuerwerk draußen anschauen möchte? Wenn er Besuch hat, von wem auch immer, dann weicht sie einfach geschickt aus und behauptet, sie wollte nur schnell ein gutes Neues wünschen. Kann das klappen? Aufgeregt konsultiert sie ihren Kleiderschrank. Das Partyoutfit scheidet schon mal aus. Sieht zu sehr nach

Disko aus. Das würde ganz und gar nicht zu Eric Renz passen. Rena greift nach einem weinroten Cocktailkleid. Enganliegend, aber ebenso elegant und durch den dicken Stoff vor allem winterlich. Renas Laune hebt sich allmählich. Sorgfältig trägt sie Lippenstift auf und tuscht sich die Wimpern. Ein Hauch von Rouge komplettiert ihr Styling. Mit ihrem schwarzen Mantel und den braunen Lederstiefeletten steht sie vor ihrer Wohnungstür. Noch einmal holt sie tief Luft und spricht sich Mut zu, ehe sie ins Treppenhaus tritt.

Zögernd klopft sie an Erics Tür. Keine Reaktion. Nach einem erfolglosen zweiten Versuch drückt sie die Klingel. Die müsste er nun aber gehört haben. Sekunden verstreichen, in denen sich nichts tut. Wie konnte sie auch nur annehmen, dass jemand, der so attraktiv und sympathisch ist, an Silvester alleine zu Hause rumhing. Und jetzt? Wieder zurück auf das Sofa und sich von der Schlagermusik einlullen lassen? Nein. Auf gar keinen Fall. Auch wenn sie nur kurz durch das Viertel läuft, so hätte sie zumindest etwas gemacht. Ehe sie es sich anders überlegt, verlässt sie das Haus und biegt in die nächstbeste Straße ein. Sie sieht, wie die Kinder der Nachbarsfamilie mit Freunden Raketen steigen lassen, während die Eltern überdimensionierte Wunderkerzen halten. Rena nickt der Gruppe grüßend zu. Ihr fröstelt es leicht. Der Wind weht nur gelegentlich. Doch wenn die kalte Brise sie erwischte, dann war es so, als würde sie den Kopf in ein Gefrierfach stecken. Der Feuerwerksrauch steigt ihr unangenehm in die Nase, hinzu kommt, dass sie ein wenig schreckhaft ist und ihr Puls bei jedem aufsteigenden Böller in die Höhe schießt. Das ständige Hochstarren strengt sie an und so alleine dazustehen ist auch irgendwie blöd. Sie beschließt, es für den Abend gut sein zu lassen. Genug Aktivität. Zeit für den Countdown der Hitparade. Yay!

Auf dem Heimweg weicht sie wiederholt Heulern aus, bis einer in unmittelbarer Nähe hochzugehen droht und sie instinktiv zur Seite springt. »Hab dich.« Kräftige Arme hindern sie am Fallen. Erfreut macht ihr Herz einen Hüpfer. Eric. »Alles okay?«

Rena nickt und lächelt. Jetzt schon. Langsam lässt er sie los. Um sie herum krachen Böller und versprühen Funken in die Luft. »Bist du mit deiner Freundin hier?«

Verdutzt erwidert Eric: »Nein, welche Freundin meinst du? Ich habe keine.«

Rena macht eine lässige wegwerfende Bewegung. »Ach, nur so.« Jetzt fängt sie doch an zu stottern und wird rot, was in der Dunkelheit nicht weiter auffällt. »Ich dachte, Abby und du …«

Eric

»Du warst das!« Eric greift sich an den Kopf. »Abby ist nur eine Freundin. Sie ist Toms Frau. Die beiden waren zu Besuch. Na ja, Tom war in dem Moment glaub ich Bier holen.« Er lächelt. Sichtlich froh, das Missverständnis aus dem Weg geräumt zu haben. Wäre er an dem Abend doch nur selbst an die Tür gegangen und hätte Abby die Sache mit den Plätzchen überlassen. Hätte sie sowieso viel besser hinbekommen. Dass mit der süßen Studentin Rena gemeint war, hatte er sich nur in seiner Fantasie ausgemalt. Auf Verdacht oben einfach zu klopfen, erschien ihm in dem Moment zu riskant. »Gab es einen bestimmten Grund? Also, dass du bei mir geklingelt hast?« Gespannt sieht er sie an. Seine Nachbarin windet sich.

»Ich wollte dich einfach nur sehen«, murmelt sie und verfolgt scheinbar fasziniert die Show am Himmel. Hatte er das gerade richtig verstanden? Die immer dichter eintretenden Detonationen hatten ihn einen Moment lang abgelenkt. Der Höhepunkt nähert sich in großen Schritten. Die begeisterten Countdown-Rufe lassen nicht lange auf sich warten. Gemeinsam stimmen sie in den Chor ein.

»Zehn, neun, acht …« Sie stehen dicht beieinander, der Blick Richtung Himmel. »… drei, zwei, eins.« Helle Streifen explodieren und sorgen für ein spektakuläres Fest am Firmament. »Frohes Neues!« Spontan zieht Eric sie wieder an sich. Rena scheint nichts dagegen zu haben. Still lehnt sie an seiner Schulter. Ihr rasendes Herz kann er sogar durch den dicken Wintermantel spüren. Oder ist es seins? Sacht fährt er über ihren Rücken. Wenig später löst sie abrupt die Umarmung und schaut zu Boden.

»Ich hab vorhin Sekt kalt gestellt.« Er zögert kurz. »Wenn du noch nichts vorhast, würde ich mich freuen, wenn wir auf das neue Jahr anstoßen.« Zu seiner großen Erleichterung nickt sie.

Mit einer geschmeidigen Bewegung nimmt er ihr den Mantel ab und kann einen bewundernden Pfiff nicht zurückhalten. In dem roten Kleid sieht seine Nachbarin umwerfend aus. Ein Wunder, dass sie an einem Abend wie heute nicht anderweitig verplant war. Oder hatte sie sich für jemand anderen in Schale geworfen? Jemanden, der sie versetzt hatte.

Eric schenkt zwei Gläser Cuvée Vaux Brut ein. »Auf das neue Jahr!« Gemeinsam stoßen sie an und nehmen einen ersten Schluck.

»Mhm, fruchtig. Gefällt mir.« Rena streicht eine Haarsträhne hinters Ohr und versucht, ein Grinsen zu verbergen.

»Einen Penny für deine Gedanken.« Eric ist neugierig. Verlegen schüttelt sie den Kopf und wiegelt ab, ehe sie sich auf seiner Couch niederlässt. »Wie war Weihnachten bei deiner Oma?« Seine Frage überrascht sie.

»Schön.« Sie befeuchtet sich die Lippen und versucht zu erklären. »Es ist nur …«, sie gerät ins Stocken und stellt ihr Sektglas auf den edlen Glastisch ab. Nervös faltet sie die Hände in ihrem Schoß und setzt wieder an. »Als wir uns zuletzt gesehen haben, warst du sehr in …«, Rena sucht nach dem passenden Wort, »… Eile. Ich hatte nicht gedacht, dass du dir …«

Eric beendet ihren Satz »… das merkst?« Sie zuckt die Schultern. »Entschuldigung. Ich war mit meinen Gedanken noch ganz bei der Arbeit. Ich finde es schön, dass wir uns heute wieder getroffen haben. Sehr sogar.« Erfreut stellt er fest, dass er ihr ein Lächeln hervorlocken konnte. »Also, wie war dein Weihnachten?«

Während Rena erzählt und lustige Anekdoten zum Besten gibt, leeren sie eine weitere Flasche. Mit der

Stimmung scheint auch die Raumtemperatur zu steigen. Ehe er sein Poloshirt endgültig verschwitzt, zieht Eric kurzerhand seinen Norwegerpullover aus und kippt ein Fenster an. Nur noch vereinzelt ist das Bersten von Feuerwerkskörpern zu hören. Sehen tut er nichts mehr. »Soll ich dir ein T-Shirt bringen?« Erleichtert nickt Rena. Das enganliegende Kleid schmiegt sich perfekt an ihren Körper und betont genau die richtigen Stellen. Durch den dicken Stoff musste es aber sehr warm sein. Sie verschwindet im Badezimmer und erscheint nach wenigen Minuten in seinem Schlafshirt. Das graue XXL-Hemd mit großem Free-Hugs-Aufdruck, welches er von Micha zum Geburtstag bekommen hatte, steht ihr ausgezeichnet. In Kombination mit der Strumpfhose kann Eric sich gar nicht entscheiden, ob er sie süß oder sexy findet. Fest steht, dass er die Augen nur schwer von ihr abwenden kann. »Magst du einen Film schauen?« Rena nickt und unterdrückt ein Gähnen. Gemeinsam sitzen sie auf seiner Couch und zappen durch das umfangreiche Streaming-Programm. In Erics Profil sind überwiegend Action und Abenteuerfilme gelistet.

»Ich glaube, ich wäre eher für was Ruhiges oder was Lustiges«, lässt sie ihn wissen.

»Okay, mal schauen, was wir hier sonst noch so haben.« Eric wechselt den Channel. Kurze Zeit später einigen sie sich auf eine französische Komödie. Während der Film startet, dimmt er das Licht und holt eine Sofadecke. Vorsichtig setzt er sich neben seine Nachbarin und breitet die Decke über sie beide aus. Einen Arm legt er locker auf die Kante. Nach und nach rutscht dieser runter, bis er wie selbstverständlich auf Renas Schultern ruht. Sie lässt sich nichts anmerken. Vielleicht hatte sie ihn auch gar nicht registriert. Gebannt folgt sie der Handlung. Doch keine zehn Minuten vergehen, als er auf einmal ein Gewicht auf seiner Schulter spürt. Rena war eingeschlafen. Vorsichtig zieht er sie weiter zu sich und rückt die Decke zurecht. Nach kurzer Zeit sind seine Beine am Kribbeln. Den Rest der Nacht konnte er keinesfalls so verbringen. Auch wenn es ohne Frage toll war, mal wieder eine Frau in den Armen zu halten. Vorsichtig steht er auf und trägt sie in sein Bett. Wenigstens einer von ihnen sollte es bequem haben. Dass dies der Lady vorbehalten sein würde, steht für Eric außer Frage. Erleichtert, seine Bettwäsche erst wenige Tage zuvor gewechselt zu haben, betrachtet er sie liebevoll. Im Schlaf ist ihr sanftes Wesen deutlich zu erkennen. Ihre unschuldigen großen Augen hatten ihn bereits in der Vergangenheit mehrmals um den Verstand gebracht. Er lässt seinen Blick über ihre Körperkonturen schweifen und muss an die Begegnung in der Praxis denken. Mit einem Male fühlt er einen Stich im Brustkorb und wünscht sich nichts sehnlicher, als sie vor allem Übel der Welt beschützen zu können. Derweil werden seine Lider ebenfalls schwer, sodass er mit einem Seufzen die Lichter ausschaltet und zurück ins Wohnzimmer geht. Ehe er es sich auf der Couch bequem macht, nimmt er Renas Kleid von der Armlehne und trägt es zur Garderobe, um es aufzuhängen. Über ein faltenfreies Kleid wird sie sich bestimmt freuen. Eric gähnt herzhaft und hebt, ohne nachzudenken, ein zusammengeknülltes Papier auf. Er faltet es sorgsam auseinander, dabei stellt er fest, dass es zwei Zettel sind und er diese noch nie zuvor gesehen hat. Demzufolge müssen sie Rena aus dem Mantel gefallen sein. Statt sie zurückzustecken, ist er jedoch bereits zu gefangen von den Zeilen, die ihm entgegenschreien.

Lady Süßholz, ich will dich nackt sehen. Okay, das ist jetzt ziemlich geradeheraus, aber im Ernst: Ich will dich bei mir haben! Dann kannst du mir zeigen, was du kannst, und ich muss nicht jeden Tag mein Kopfkino bemühen. Du bist der Star, der in Dauerschleife im geilsten Streifen, den das Leben zu bieten hat, läuft. Du inspirierst mich zu den wildesten Dingen. Seit deinem Video kann ich nur noch an dich denken. Es vergeht kein Tag, an dem du mich nicht zum Lachen bringst oder mir anderweitig Freude bescherst. Eigentlich sehe ich mich nicht als Voyeur, aber du – du stellst mein Leben auf den Kopf! Max

Fassungslos geht Eric die Nachricht ein zweites Mal durch. Hatte sich Rena etwa auf irgendeiner dubiosen Website angemeldet? Drehte sie gar Filmchen? Quatsch, das ist albern. Schalt mal einen Gang runter Eric. Der Typ hat sie ja nicht nackt gesehen. Noch nicht. Wäre Max ihr heutiges Date gewesen? Hatte sie sich für ihn hübsch gemacht? Eric ballt unbewusst die Hände zu Fäusten und hätte damit fast auch den zweiten Zettel in Mitleidenschaft gezogen.

An die geheimnisvolle Frau, die mein Leben auf den Kopf stellt!

Auch wenn ich dich eigentlich ja gar nicht kenne, habe ich das Gefühl, eine gute Freundin in dir gefunden zu haben. Seit ich auf dich gestoßen bin, vergeht kein Tag mehr ohne deinen Einfluss. Ich bin selbstbewusster geworden, genieße große wie kleine Erfolge und kann ebenfalls schon an nichts anderes mehr denken.

Du bist meine große Inspiration! Ich bewundere dich und kann jeden deiner Gedanken nachvollziehen. Größtenteils geht es mir genauso und ich freue mich einmal mehr, dich gefunden zu haben!

Liebe Grüße, Annie Merfeld

Stirnrunzelnd lässt er sich auf der Couch nieder. Die Schreiben vor sich auf dem Glastisch ausgebreitet, versucht er zu begreifen, was das zu bedeuten hat. Hatte er ein vollkommen falsches Bild von Rena? Wer verdammt ist dieser Max? Bedeutete er ihr etwas? Eric kann sich kaum mehr konzentrieren, die späte Stunde fordert ihren Tribut und er fällt in einen unruhigen Schlaf.

- 18 -

Ein letztes Mal kontrolliert Rena ihr Party-Make-up. Eine Woche war nach dem leidigen Neujahrsmorgen vergangen. Kalt war Eric da gewesen. Distanziert. Reglos hat er am Frühstückstisch gesessen. Zwischen Marmelade und Brötchenkorb lag ausgebreitet die Fanpost. »Die sind dir aus der Jacke gefallen … Ich habe sie gelesen … Rena, wer ist Max?«, hatte er mit gepresster Stimme gefragt.

»Ach, niemand Besonderes.«

»Dafür schreibt er aber sehr … persönlich.« Hilflos hat sie mit den Schultern gezuckt und überhastet nach der Kaffeetasse gegriffen. Was hätte sie ihm schon sagen können, ohne ihr geliebtes Poledance zu erwähnen? Ihre ausbleibende Erklärung war ihm Bestätigung genug. Was auch immer er sich bereits ausgemalt hatte, schmeichelnd war es vermutlich nicht. Warum musste sie auch nur diesen Kurzclip online stellen? Vollkommen betrunken hatte sie Esther nach der Therme demonstriert, was ein Booty Dance ist, und über deren Aufnahmen gelacht. Da man ja nur Hintern und Beine sieht, hatte sie keine nennenswerten Einwände und fand die Idee, den Clip hochzuladen, lustig. Tja, und danach hat sie ihn schlichtweg vergessen, ehe sie ihn vor wenigen Tagen gelöscht hat.

Die knisternde Stimmung vom Vorabend wandelte sich mir nichts, dir nichts in das komplette Gegenteil. So schnell wie möglich hatte sie ihr Brötchen hinuntergewürgt und sich nach oben verdrückt. Bei der Verabschiedung war

Eric ausgesucht höflich gewesen, hatte sich sogar an einem Witz versucht. Zögernd hatte sie gelacht und so getan, als ginge ihr das Drama in der Küche nicht nahe. Sie hat es verbockt. Aber alles okay, sind sie halt Kumpel. Nachbarn. Wie auch immer. Rena redet sich ein, dass das völlig in Ordnung ist.

»Yeah Rena, ich freu mich so. Du siehst gut aus!« Caro strahlt über das ganze Gesicht und zieht sie am Türsteher vorbei hinein in das weitläufige Kellergewölbe des Clubs. Heute holen sie ihre geplante Silvestersause nach. Rena ist aufgeregt. Stickig ist es. Durch die Lasershow und die Nebelmaschinen kann sie höchstens vier Meter weit sehen. Auf der Tanzfläche drängen sich hauptsächlich Studenten. Etliche Male wird ihre Freundin lautstark begrüßt und umarmt. Dabei versäumt Caro es nie, Rena vorzustellen. »Was willst du trinken?«, ruft ihr Caro zu.

Rena zuckt mit den Schultern. »Was kannst du hier empfehlen?«, fragt sie.

»Alles!«, grinst die Studentin.

»Okay, dann überrasch mich.« Dass sie, als eher unerfahrene Partygängerin, keinen Schimmer von dem üblichen Barsortiment hat, behält sie lieber für sich.

Der Drink, den Rena nun in den Händen hält, schießt ihr augenblicklich in den Kopf. So etwas Starkes hat sie noch nie zuvor getrunken. Schmecken tut sie nur den Alkohol. Den Namen hat sie direkt wieder vergessen. Im Laufe der Nacht folgen mindestens zwei weitere Drinks. Ausgelassen schwingen sie die Hüften. Mit wie vielen

Typen und Freundinnen von Caro sie letztendlich getanzt hat, kann Rena nicht mehr einschätzen. Der Frust der letzten Tage rückt in weite Ferne. Sie ist am Feiern. Genießt es, ebenfalls für eine Studentin gehalten zu werden. Eine bessere Antwort auf ihr Neujahrstief hätte es nicht geben können.

Eric

Die massive Haustür fällt behutsam ins Schloss und Eric hört, wie das Licht angeschaltet wird. Mit spitzen Ohren verfolgt er die Schritte auf der Treppe, ehe über ihm die Wohnung betreten wird. Der Blick auf seinen Wecker verrät: vier Uhr und zwölf Minuten. Wieder fällt es ihm schwer, einzuschlafen. Fast schon hat sich eine Routine eingeschlichen. Zumindest freitags, samstags und seit neuestem auch donnerstags. Seufzend knipst Eric die Nachttischlampe aus. Seine Nachbarin hat er zwischenzeitlich nur zwei Mal getroffen. Zufällig waren sie sich an den Briefkästen und im Treppenhaus begegnet. Mittlerweile hatte er sich wieder beruhigt gehabt. Hatte spontan gefragt, ob sie später Zeit hätte. Ganz ohne Hintergedanken. Rein freundschaftlich. Tom und Abby wollten an dem Abend vorbeikommen und ein paar Spiele mitbringen. »Tut mir leid. Ich gehe schon mit Caro ins Lavitia.« Zumindest nicht mit Max, doch wer zum Henker ist Caro? Das Lavitia musste er googeln. Irgendeine schäbige Disko. Die darauffolgende Begegnung im Treppenhaus, wo er Rena in enganliegenden schwarzen Hosen und gefährlich hohen Absätzen traf, schürte seinen Unmut auf diese Caro gewaltig.

»Wow, so spät noch außer Haus«, hatte er ungewollt den Oberlehrer gemimt.

»Jap, gehe mit Caro aus.«

Den dunklen Augenringen und dem blassen Teint nach gehörte sie eher ins Bett als auf den Dancefloor. Aber was kann er da schon ausrichten? Was geht es ihn im Grunde genommen überhaupt an? Eric wälzt sich auf die andere Seite und fällt bald in einen ruhelosen Schlaf.

- 19 -

Blog #Polerina

Stretching Challenge

Mein Ehrgeiz ist geweckt worden. Früher habe ich Ballett getanzt, hier wird Flexibilität ja großgeschrieben. Jedoch hatte ich damals nie den Ansporn, in den Damenspagat zu kommen. Mir wurde bei jeder Gelegenheit unter die Nase gerieben, dass ich zu ungelenk sei und vermutlich nie fähig sein werde, die Beine weiter als neunzig Grad zu spreizen. Schaue ich mir die fortgeschrittenen Poledancefiguren an, ist eine gewisse Flexibilität aber unabdingbar. Stichwort Splits. Klar ist es bis dahin noch ein langer Weg, aber wenn ich das Niveau dann erreiche, möchte ich bestmöglich vorbereitet sein. Deswegen habe ich mich entschlossen, von jetzt an bewusst an meiner Dehnung zu arbeiten. Neben den Poledancekursen werde ich einmal im Monat zur Flexibility-Stunde fahren und die gelernten Übungen wöchentlich zu Hause wiederholen.
Mal schauen, wie lange ich durchhalte. Als kleinen Push werde ich eine monitored Challenge draus machen. Einmal im Monat wird es ein Foto meiner Beine geben, damit der Fortschritt erkennbar ist und mich motiviert, bis zum Ziel dabeizubleiben.

Roger love your legs!

Rena kichert. Dass von Roger so was kam, ist klar gewesen. Wenn er wüsste, in welchen Clubs sie sich in den letzten Wochen rumgetrieben hat, würde er … Ja was eigentlich? Bei ihr antanzen? Sie um ein Autogramm bitten? Wohl kaum. Wegen der ganzen Feierei hatte sie ihren Blog etwas vernachlässigt. Wie es in den nächsten Tagen aussieht, kann sie nur schwer einschätzen. Am Wochenende hat sie sich wieder mit Caro verabredet. Gut möglich, dass da erneut keine Zeit bleibt. Am besten schreibt sie noch schnell etwas. Nicht, dass ihre mühsam aufgebaute Leserschaft abtrünnig wird.

Blog #Polerina

Aus eins mach zwei oder Schweiß stärker als Blut?

Hiermit beweise ich: Poledance ist kein Einzelkämpfersport. Was ich damit sagen will, ist, es macht nicht einsam. Für die Freunde, die man über das Poledancing findet, existiert ein schönes Wort: Polesisters. Keine Ahnung woher es kommt, aber es drückt wunderbar aus, wie sehr die gemeinsame Leidenschaft fürs Tanzen einen verbindet. Ich für meinen Teil habe eine solche gefunden und bin unheimlich froh darüber. Denn was zu zweit einfach besonders Spaß macht, ist das sogenannte Double-Pole. Leider kommt das im regulären Kurs nicht oft vor, wenn aber, dann ist die Freude umso größer. Was bedeutet Double-Pole konkret? Zwei Tänzer an der Pole. Meist in Interaktion miteinander. Das kann ein gemeinsamer Backhook Spin sein, bei dem man seine Kniekehlen gleichzeitig einhakt, oder verschiedene Figurenkombis. Zum Beispiel sitzt eine oben im Pole Seat, hakt einen Ellbogen ein und streckt den anderen Arm nach unten hin aus. Die Polesister greift die Hand. Danach geht sie aus Kraft, heißt ohne Schwung, in den Helicopter. Eine Kopfüberfigur mitten in der Luft. Wie spektakulär ist das denn?

- 20 -

Die überschwänglichen Pfiffe rechts und links verleiten Rena und Caro dazu, sich ebenfalls an der ausgelassenen Stimmung zu beteiligen. Soeben treten drei junge Männer, die allesamt frappierende Ähnlichkeit mit einem gewissen Magic Mike aufweisen, auf die Wettkampfbühne. Sie alle tragen eine schwarze Fliege und eine am Knie abgeschnittene Jeans. Die Oberkörper sind unbedeckt und rufen lautstarke Begeisterung bei den Zuschauerinnen hervor. Die Choreografie hat es in sich. Beeindruckt lehnt sich Rena auf ihrem schmalen Tribünensitz vor. Mit großen Augen verfolgt sie waghalsige Sprünge, unmöglich erscheinende Tricks und eindeutige Gesten bei den eingestreuten Tanzmoves. Neben ihr hält Caro ihr Handy hoch und schießt in einer Tour Fotos. Meistens sind diese verwackelt, aber Rena ist sich sicher, dass der ein oder andere Schnappschuss dabei ist. Vergnügt ruft Caro: »Wir müssen später unbedingt zu den Umkleiden. Vielleicht können wir Fanfotos machen!« Der Gedanke daran reizt Rena. Ein Foto mit so einem Sixpack-Typen ist ohne Frage eine nette Erinnerung. Die Jungs darum zu bitten, wird aber bestimmt peinlich. Und wer weiß, vielleicht sind sie nicht die Einzigen mit der Idee. Unter großem Applaus beendet das Trio seinen Auftritt und schaut gespannt zur Jury. 8,6 Punkte ist die Darbietung den Experten wert. Damit gehen sie in Führung und können höchstens von der nachfolgenden Truppe überboten werden. »OMG!

Die sind ja noch heißer!« Caros Stimme überschlägt sich. Rena schluckt hart und stimmt ihrer Freundin zu. Die zwei Luftakrobaten heizen dem Publikum ordentlich ein und Rena ist froh, dass sie sich zu dem Pole-Wettkampf hat überreden lassen. Die Kategorie Männer war zwar am teuersten, machte sich aber durchaus bezahlt.

»9,2.« Die Zuschauerinnen toben und bringen einmal mehr die Ränge zum Beben. Indes feiert das Duo sein Ergebnis mit einer Ghettofaust, ehe es hinter schwarzen Vorhängen verschwindet. Die Freundinnen warten die offizielle Siegerehrung ab und huschen dann auf der Suche nach dem Backstagebereich die Gänge entlang. Gelächter dröhnt ihnen entgegen und der Geruch von Schweiß und purem Testosteron dringt in ihre Nasen. Wie erwartet sind sie nicht die Einzigen.

»So müssen sich Groupies fühlen«, seufzt Rena und versucht sich, dicht gefolgt von Caro, durch die Horde kichernder Teenager zu drängen. Plötzlich tritt ein muskulöser Mann aus der nächsten Umkleidetür. Rena erkennt ihn sofort. Es ist einer der Typen, die die 9,2 abgeräumt haben. Seine charismatische Ausstrahlung hätte sie unter anderen Umständen eingeschüchtert. Doch mit der toughen Caro hinter sich fühlt sie sich der Situation gewachsen. »Hi. Coole Show. Glückwunsch zum Sieg.« Rena lächelt gewinnend. Der Aerial-Artist grinst sie an und verlagert abwartend das Gewicht seiner Trainingstasche auf die andere Schulter. »Hast du was dagegen, ein Foto mit uns zu machen? Ihr wart echt gut.« Seine Augen funkeln spitzbübisch.

»Wer ist denn uns?«

Hastig dreht sich Rena um. Von Caro keine Spur. Unangenehme Sekunden verstreichen und der Akrobat wendet sich ungeduldig zur Seite. Rena versucht, das Beste aus der Situation zu machen.

»Nun ja, vielleicht dann doch wohl nur von mir und dir?« Zum Schluss wird ihre Stimme unnatürlich hoch und dünn. Mensch Rena, reiß dich zusammen! Der kleine Flirt mit dem Kellner auf Esthers Hochzeit lief doch auch wie von alleine. Ihre innere Stimme protestierte sofort: Aber der sah nicht halb so gut aus. Sie versucht, dagegenzuhalten: Aber Eric sieht ebenfalls gut aus. Doch die unnachgiebige Stimme bremst sie direkt aus: Da warst du betrunken.

Der Typ schaut sie eindringlich an. Vermutlich sein Standardblick, um hysterische Mädels zum Verstummen zu bringen. Die Sorte Schau-mir-tief-in-die-Augen-Kleines. Bei dem Gedanken muss Rena kichern.

»Okay. Können wir machen«, sagt er, den Blick unverwandt auf Rena gerichtet.

Langsam fängt es an, bei ihr zu kribbeln. Flirtet er etwa mit ihr? Mit zittrigen Händen zieht sie ihr Smartphone aus der Umhängetasche und aktiviert den Selfiemodus. Nach dem ersten Schuss beschließt sie, ihn mit einem Konter zu überraschen. Sie ist schließlich keine von diesen jungen blauäugigen Fans. Seine Augennummer kann sie überbieten. Und dann am besten direkt abziehen und im Gewusel verschwinden. Sie grinst schelmisch und bringt die Kamera wieder in Position. Kurz vor dem Auslösen dreht sie den Kopf und setzt zu einem übermütigen Kuss auf die Wange an. Da er ihre Kopfbewegung aus dem Augenwinkel kommen sah und wohl dann doch Erfahrung mit fotogeilen Posern hatte, verfehlt sie diese und landet unglücklich am Mundwinkel. Seine Mimik ist unverändert. Hinter ihnen füllt sich der Flur mit weiteren kreischenden Mädchen. Mr. Ich-seh-rattenscharf-aus-und-weiß-es fasst Rena am Arm. »Ich verschwinde jetzt lieber. Später gehen ein paar Jungs und ich ins Chase. Ist hier direkt um die Ecke. Komm doch auch.«

Ohne ihre Antwort abzuwarten, dreht er sich um und klatscht sich mit einem anderen Tänzer ab, ehe er lässig Richtung Ausgang schlendert. Perplex schaut Rena ihm hinterher. Ist das eben tatsächlich passiert?

»Rena!«, ruft Caro. Erleichtert sieht sie, wie ihre Freundin auf sie zusteuert. Mit einem Schwall wüster Ausdrücke macht diese ihrem Unmut Luft. »Diese Biester haben doch tatsächlich gemeint, mich nicht durchlassen zu müssen. Toll. Ganz große Klasse. Jetzt sind die Typen schon weg und wir haben kein Foto«, sagt Caro. Entrüstet stemmt sie die Arme in die Seite.

Rena räuspert sich. »Du hast kein Foto.«

Caros Augen weiten sich ungläubig. »Heißt das etwa …?« Rena lacht und nickt. Das Handy wie eine Trophäe vor sich haltend, ruft sie die zwei Selfies auf.

Beim zweiten stößt Caro zischend die Luft aus. »OMG!« Rena meint, Bewunderung und sogar Ehrfurcht herauszuhören. Das Bild sieht heißer aus, als es tatsächlich der Fall war. Sie hatten beide leicht die Köpfe zueinander gedreht.

Die Augen ruhten jeweils auf den Lippen des anderen. Nun gut, ihre nicht ganz, aber auf den ersten Blick definitiv ein romantisches Foto. »Die gehen später ins Chase. Wir sind eingeladen«, lässt Rena die Bombe platzen.

»Geil. Wird ja immer besser.« Caro reckt die Faust nach oben.

»Wir haben nichts zum Anziehen dabei«, gibt Rena zu bedenken.

»Das heißt dann wohl Shopping.« Caro hakt sich bei ihr ein und zieht sie zum Parkplatz.

Die Sonne ist bereits untergegangen und die Geschäfte schließen in Kürze. In einer schmalen Seitenstraße gehen sie in die Boutique Madame X. Die Preise sind niedrig, dafür riecht es aber auch ziemlich nach Chemie. Normalerweise meidet Rena solche Läden. Ihr Einkommen ist zwar nicht das Beste, trotzdem legt sie Wert auf anständige Kleidung. Caros Euphorie hatte sie allerdings angesteckt. Das silberne Kleid, das Rena nun trägt, würde ihre Mutter als gewagt bezeichnen. Doch auch sie selbst ist nicht zu hundert Prozent überzeugt. Durch den weiten Rückenausschnitt kann sie keinen BH drunter tragen. Streng genommen braucht sie ihn nicht. Aber jetzt, so ganz ohne, sieht es doch ein wenig flach aus. Außerdem kann man, zumindest von der Seite, ihre Brustwarzen erkennen. Zweifelnd wirft sie einen letzten Blick in den Umkleidespiegel. Glitzernde Stilettos für fünfzehn Euro runden den Partydress ab. Caro hatte sich indes für eine lackartige dunkelblaue Hose entschieden und diese mit einem paillettenbestickten Oberteil kombiniert. Die Straßenklamotten verstauen sie in Caros VW. Sollte die Party ihren Geschmack treffen, würden sie sich von einer der WG-Mitbewohnerinnen abholen lassen. Hoffentlich denken sie dann daran, die Kleidung mitzunehmen. Den Fummel bei Tageslicht tragen zu müssen, will sich Rena lieber nicht näher vorstellen. Und dann ist es ja auch noch so kalt.

Das Chase empfängt sie mit dröhnenden Beats und einer surrealen Lasershow. Da Ladys Day ist und Frauen neben dem freien Eintritt auch ein Freigetränk ihrer Wahl genießen, ist es entsprechend voll. Der Club ist in zwei Bereiche aufgeteilt, welche nahtlos ineinander übergehen. Die weitläufige Lounge mit Getränkeinseln fällt Rena sofort ins Auge. Da werden sie sicher des Öfteren einen Stopp einlegen. Und wo sie schon mal hier sind, könnten sie diese kleinen Sitznischen mit weißen Sofaecken und silbrig-glitzernden Perlenvorhängen mal testen. Die sehen sehr exklusiv aus. Wer weiß, wen sie hier treffen?

»Ui, schau mal!«, ruft Caro begeistert und deutet auf den hinteren Bereich des Clubs. Rena zählt sechs Podeste mit Tanzstangen. Alle belegt. Und auch die Tanzfläche ist gut besucht. Wenn sie sich hier ins Getümmel stürzten, würden sie eins mit der wogenden Masse werden und die Pole-Boys würden sie nicht bemerken. Der Grund für den überstürzten Clubbesuch hätte sich dann erübrigt. Ihr neues Outfit für die Katz.

An einer der Bar-Spots holen sich die Freundinnen einen Mojito und einen Screwdriver. Der wodkahaltige Longdrink schießt Rena sofort in den Kopf. Hatte sie heute schon genügend gegessen? Eine Currywurst mit Pommes und das Müsli am Morgen. War das ausreichend? Caro reißt sie aus ihren Gedanken.

»Folgender Plan«, verkündet sie mit leuchtenden Augen. »Wir sollten uns so eine Pole sichern. Erstens haben wir von da oben den besten Überblick und zweitens fallen wir auf. Und wenn ich an euer Foto denke, kann der sich bestimmt sehr gut an dich erinnern. Also?«

Rena zögert kurz, nickt dann aber kichernd. »Okay, sollen wir da drüben warten, bis eine frei wird?«

Vehement schüttelt Caro den Kopf. »Da können wir bis morgen warten. Nein, du tanzt sie einfach weg.« Ungläubig schaut Rena sie an. Wie sollte sie denn gegen jemanden mit perfekter Barbiefigur und dazu passender Mähne ankommen? »Trink aus und dann geht's los.« Resolut hebt Caro ihrerseits das Glas zum Mund und leert es in einem Zug. Seufzend macht Rena es ihr nach und schiebt sich durch die Masse. Schwitzende, warme Körper reiben sich an ihr. Lange Haare werden ihr in regelmäßigen Abständen ins Gesicht geschleudert und ohne den einen oder anderen Bodycheck geht es nicht. Schließlich stehen sie am Fuße des Podests. Bevor sie einen Rückzieher macht, schiebt Caro sie hoch. Die verärgerte Miene des Pamela-Anderson-Verschnitts ignorierend, fasst Rena an die Stange und beginnt, ihren Körper mit *Body Waves* auf das Tanzen einzustimmen. Um sich zu entspannen und die Musik besser fühlen zu können, schließt sie die Augen. Langsam beruhigt sich ihr Puls. Die Clubbesucher nimmt sie nur noch vage wahr. Sie stellt sich mit dem Rücken an die Pole, ein leichtes Lächeln umspielt ihre Lippen, ehe sie in einer lasziven Pose zu Boden gleitet. Mit der linken Hand über dem Kopf hält sie die Balance, während die rechte mit weit gespreizten Fingern an ihrem Oberkörper entlangstreicht. Dicht am Podest hört sie Caro pfeifen. Lächelnd richtet sich Rena mit gestreckten Beinen seitlich wieder auf, um nur eine Sekunde danach erneut im rasanten Tempo in die Hocke zu gehen. Der unerwartete Move wird mit mehreren Pfiffen quittiert. Die andere verlässt mit säuerlicher Miene das Podest und Rena startet mit ein paar mutigen Spins.

- 21 -

Am Ende des vierten Liedes braucht Rena eine Pause. Atemlos steigt sie das kleine Treppchen hinunter. Ohne den festen Halt der Stange eine wacklige Angelegenheit. Ob wegen der neuen Schuhe, des Wodkas oder der Spins kann sie nicht genau sagen, dankbar greift sie nach der ausgestreckten Männerhand. Vor Überraschung verfehlt sie beinahe die letzte Stufe. Der Poleman höchstpersönlich lächelt sie an. Ihr Herzschlag beschleunigt sich. Er hatte sie wiedererkannt, sogar aktiv ihre Nähe gesucht. Ihre Hand lässt er nicht mehr los. Schiebt Rena auf die volle Tanzfläche. Fixiert sie mit lodernden Augen und ignoriert die Frauen rechts und links, die immer wieder versuchen, ihn anzutanzen. Geschmeichelt von seiner Aufmerksamkeit, zwingt sie sich, das Tempo beizubehalten. Nicht nachlassen, auch wenn alles in ihr sich nach einem entspannenden Drink in der Lounge sehnt. Rena zapft ihre Reserven an, um weiterhin tänzerisch zu beeindrucken und das Gefühl zu genießen, dass endlich mal kein Durchschnittstyp oder komischer Kauz im Club mit ihr tanzt.

»Marek«, stellt er sich vor.

»Rena.«

»Nena? Cool!«

»Rena!«, schreit sie gegen die Musik an und spürt im gleichen Moment, wie seine Hände ihren Rücken runterwandern und dicht über ihrem Gesäß ins Stocken geraten.

Hinter Marek entdeckt sie ihre Freundin, eng tanzend mit einem Mann, der zwar ein Stück weit kleiner war, diesen Umstand aber durch seine kräftige Statur ausglich. Caro zeigt Richtung Podest und streckt den Daumen hoch. Grinsend zwinkern sie sich zu.

Marek

Der Bass vibriert durch seinen Körper. Das Flimmern der Laser und die Stimmung im Club versetzen ihn in Ekstase. Dass er nicht den geringsten Tropfen Alkohol im Blut hatte, tat dem keinen Abbruch. Als Sportler mit ehrgeizigen Plänen ist ihm sein Körper heilig. Im Takt wirbelt er die Frau um die eigene Achse und drückt schließlich ihren Rücken an seine Brust. Zeigt klar, wer hier die Hosen anhat. Die Dominanz liegt ihm im Blut. Sein Glück, dass die Mädels reihenweise darauf abfahren. Sie schmiegt sich in fließenden Bewegungen an ihn. Macht ihn hart. Wie lange sind sie schon hier? Er hat keinerlei Zeitgefühl. Ist sowieso unwichtig. Er hat Spaß. Marek sieht, wie sein Trainingspartner Aaron Richtung Ausgang nickt und sich auf die Brust tippt. P-a-r-t-y formt sein Mund lautlos. Marek grinst. Er hat verstanden, gleich würde er noch viel mehr Spaß haben. »Bei meinem Kumpel steigt eine Hausparty. Du kommst doch mit, oder?« Fragend zuckt sie die Schultern. »Hausparty. Komm«, brüllt er. Nena strahlt ihn an und scheint einverstanden zu sein. Suchend schaut sie sich um. Ihre Freundin ist nicht mehr zu sehen. Gut so. Eine Ablenkung durch idiotisch giggelnde Weiber kann er nicht gebrauchen.

Marek steuert den Ausgang an und schiebt Nena kurzerhand vor sich her. Draußen wartet schon die Limo. Typisch Aaron. Muss bei Partys immer zeigen, wie dick seine Eier sind. Marek schmunzelt und lässt Nena den Vortritt.

Rena

Bewundernd streicht Rena über die Ledersitze. Noch nie ist sie in einer Limousine gefahren. Der geräumige Innenraum bietet Platz für ein Dutzend Leute. Sie sind zu acht. Drei Mädels und fünf Kerle. Alle gut aussehend. Träumt sie? Spielt sie etwa in einem Hollywoodstreifen mit? Wie selbstverständlich wird sich an der eingebauten Minibar bedient. Jemand wechselt die Beleuchtung. Im Hintergrund läuft House-Musik. Wo fahren sie noch mal hin? Eine Hausparty, hatte sie verstanden. Cool. Bestimmt in einer Villa. Aufgeregt sieht sie aus dem Fenster. Versucht, etwas zu erkennen. Sich zu orientieren. Geld hat sie kaum mehr dabei. Hoffentlich reicht es noch für die Heimfahrt. Wo Caro wohl steckt? Am besten hinterlässt sie ihr kurz eine Nachricht.

Auf der Tanzfläche war Rena Marek heillos verfallen, hatte die Umwelt weitestgehend ausgeblendet. Dass ihre Freundin auf einmal nicht mehr neben ihnen tanzte, hat sie etwas beunruhigt. Aber dann hat ihr Marek wieder einen dieser besonderen Blicke zugeworfen, hat sie alles um sich herum vergessen lassen. In erster Linie, dass sie keine Kraft mehr hat. Nach dem Podest hätte sie sich ausruhen müssen. Stattdessen verlor sie sich in einem heißen Tanz mit Marek. Mindestens eine halbe Stunde, vermutlich länger. Froh, endlich sitzen zu können, lehnt sie sich entspannt zurück. Der Poleman legt eine Hand um ihren Nacken. Krault sie wie einen Hund. Renas Mundwinkel zucken, aber sie beherrscht sich. Bloß nicht auffallen.

»Jo, wir sind da, willkommen in da hood.« Sein Freund verneigt sich spielerisch und öffnet per Fingerscan die große Pforte des Anwesens. Imposant ragt die Villa am Hang. Angestrahlt durch mehrere Scheinwerfer stellt sie die anderen Gebäude mit Leichtigkeit in den Schatten. Rena kichert beschwipst. Wer hätte gedacht, dass sie mal mit Stuttgarts Schickeria zusammen feiert. Sie durchqueren das Foyer und gelangen in ein Wohnzimmer, das so groß wie ihre gesamte Wohnung ist.

»Die Bar ist eröffnet, bedient euch, es ist reichlich da«, ruft der Gastgeber und lässt achtlos Hochprozentiges in mehrere Shotgläser fließen. Sie stoßen an und exen den Alkohol.

Abgelenkt durch einen leichten Schwindel nimmt sie Mareks unberührtes Glas nur am Rande wahr. Kurz kneift sie die Augen zusammen und drückt den Rücken durch. Versucht, sich nichts anmerken zu lassen.

Marek

»Komm. Ich zeig dir, wie's oben aussieht.« Marek nimmt das leere Shotglas aus Nenas Hand und zieht sie mit sich. Die Treppe im Wohnzimmer ist weiß und mit einem gläsernen Geländer ausgestattet. Die Stufen teuflisch glatt. Vielleicht sollte er sie bitten, diese spitzen Schuhe auszuziehen. Aarons Vater hatte sich letztes Mal schon wegen des zerkratzten Lacks in der Küche geärgert. Kurzerhand hebt er sie hoch, trägt sie über die Schwelle des nächstgelegenen Zimmers.

»Bin ich deine Braut?«, haucht sie ehrfürchtig an seinem Ohr. Marek schmunzelt. Vorsichtig lässt er sie zu Boden und schließt die Tür. Das Kaminzimmer war sein Lieblingsraum in der Villa. Tannengrüne Wände, geschmückt von Jagdtrophäen, die in dem gedimmten Licht schaurig schön aussahen und ihn immer wieder neu inspirierten. Bewundernd steht Nena vor dem imposanten Kamin, ihr Blick streift die Holzscheite. Fein säuberlich liegen sie aufeinandergestapelt in Reih und Glied, warten auf ihren Einsatz. Geübt entfacht Marek mit wenigen Handgriffen ein kleines Feuer. Das Knistern erzeugt schnell die beabsichtigte romantische Stimmung. Er nimmt erneut ihre Hand und schaut ihr tief in die Augen, lächelt. Vertrauensvoll sieht Nena ihn an. Ihre Lippen sind leicht geöffnet. Sie tritt einen Schritt vor. Ihr Atem streift seinen Hals, ehe sie ihn zaghaft auf die Wange küsst. Ein Minikuss. Nena packt wohl die Jungfrauennummer aus. Nice. Seine Hände fahren an ihrem weichen Körper entlang, drücken ihn eng an sich. Zeit, ein Level hochzuschalten. Er küsst sie.

Seine Zunge umkreist die ihre. Zunächst sanft, dann immer fordernder. Instinktiv schiebt sie ihre Hüfte vor. Marek entfährt ein Stöhnen. Mit Schwung dreht er sie um und bugsiert sie an die Rückenlehne des freistehenden Sofas. »Beug dich drüber.« Sein Ton lässt keine Widerrede zu. Langsam schiebt er ihr Kleid hoch. Dabei begibt sich seine rechte Hand auf Erkundungstour. War die Lady schon feucht genug? Mehrmals taucht er mit dem Zeigefinger tief in sie ein. Geht wie von alleine. Ob Schweiß oder Erregung ist ihm in der Regel egal, Hauptsache es flutscht. Nenas Atem beschleunigt sich. Er nimmt den Mittelfinger hinzu und zieht ihr mit der anderen Hand unbemerkt den Slip runter. Aus den Augenwinkeln sieht er, wie die Tür aufgeht, hört, wie ein Schwall Musik hereinweht und dann wieder gedämpfte Stille herrscht. Die Schritte hört er beinahe nicht kommen. Der Teppich verschluckt jegliches Geräusch. Schräg hinter ihnen steht Aaron. Nena scheint nichts mitzubekommen. Gut so. Interessiert schaut Aaron auf ihre nackten Pobacken und fasst sich an den Schritt. Marek schüttelt energisch den Kopf. Nena gehört ihm. Ihm alleine. Teilen war okay, wenn man sich vorher absprach und den Rahmen absteckt. Aber heute Abend gab es keine Vereinbarung. Sein Kumpel sollte sich gefälligst selbst was suchen. Enttäuscht verlässt Aaron das Kaminzimmer ebenso leise, wie er gekommen war.

Mittlerweile ist seine ganze Hand nass und er knüppelhart. Ohne die stimulierende Massage zu unterbrechen, tastet er mit der freien Hand hektisch seine Hosentasche nach Kondomen ab. Da, endlich hat er die Packung. Erleichtert will er sie aufreißen. »Fuck.« Fassungslos starrt er das vorgebliche Gummi an. Er hatte es schon benutzt. Das Tütchen ist leer. Der Geruch an seinen Fingern intensiviert indes den Druck, den er verspürt. Dem er bereits den ganzen Abend standhält und den er nicht länger unter Kontrolle hat. Wird schon nichts passieren. Die Chicks nehmen ja heutzutage alle die Pille. Sicherheitshalber beugt er sich vor. »Soll ich's dir besorgen?« Nena zuckt zusammen. Ihre Atmung ist flach. Gänsehaut überzieht ihre Arme und ihre Gesichtsfarbe erinnert an eine reife Tomate. So munter wie vorhin sieht sie nicht mehr aus. Dabei hatte sie kaum was getrunken. »Ist das ein Ja?«, heiser wispert er in ihr Ohr. Bedeutet, du verhütest, ich darf dich vögeln und dir das geben, wonach dein Tanz verlangt hat. Ihre verheißungsvollen Bewegungen auf dem Podest hatten ihn elektrisiert. Normalerweise fand er Flachbrüstige eher süß, wenn überhaupt. Auf keinen Fall erregend. Nena hatte ihn eines anderen belehrt. Klar, sieht er jetzt nur ihren Po, aber so kleinlich will er sich heute Abend nicht geben.

»Ich will dich«, nuschelt sie endlich. Erfreut öffnet er seinen Reißverschluss.

Doch was, wenn er sich mit irgendeiner dummen Krankheit ansteckte? Was, wenn er AIDS bekam, eine Sportlerkarriere konnte er dann knicken. Er betrachtet ihren nackten Hintern, streicht mit dem Daumen an der Ritze entlang und packt schließlich grob zu. Scheiß drauf, wird schon nichts passieren. Mit einem Ruck dringt er in sie ein und stößt, wie um sich zu bestätigen, schnell und hart zu, ehe er sich allmählich beruhigt und das Tempo drosselt. Die Nummer hier sollte keinesfalls zu flott zu Ende sein. Nach dem Sieg hatte er sich ausgepowert und schwerfällig gefühlt. Aarons Versuche, ihn für das Chase zu begeistern, hatten ihn genervt. Als Nena ihn dann so süß um ein Foto bat, konnte er nicht widerstehen. Seine Trägheit war wie weggeblasen, sein Jagdinstinkt erwacht.

Und jetzt kam die Belohnung. Schwer atmend zieht er sich zurück und gönnt ihr eine Pause. Während er mit einer Hand die einladenden Pobacken kräftig durchknetet, wandert die andere nach vorne und verlangt fordernd Einlass. Doch Nena ziert sich. Spielt weiter die Brave. Sie presst die Beine zusammen und versucht, sich aufzurichten. Sofort drückt er sie runter. »Nein, wir sind hier noch nicht fertig.« Mit einem leichten Hieb auf den Hintern quittiert er ihre Bemühungen. Vielleicht sollte er die Sache doch ein wenig beschleunigen. Für gewöhnlich liebten die Frauen sein Durchhaltevermögen, aber sein Groupie sieht nicht mehr fit aus. Wenn sie auf halber Strecke schlapp macht, wäre der Spaß vorbei, die Anstrengungen umsonst und die Jagd verloren. »Nena?« Die junge Tänzerin regt sich nicht. Ist sie etwa eingeschlafen? Irritiert, aber auch ein wenig verärgert holt er zu einem kräftigeren Schlag aus. Sie zuckt wimmernd zusammen. Perfekt, sie ist also noch im Spiel. Dass sich das in den nächsten fünf Minuten auch nicht änderte, dafür würde er schon sorgen. Erneut dringt er in sie ein. Verschwendet keine Zeit. Seine gleichmäßigen Bewegungen bringen in Sekundenschnelle das gewünschte Ergebnis. Zumindest vorerst. Nenas leises Keuchen schwillt langsam, aber stetig zu einem satten Stöhnen an. Musik in seinen Ohren. Mittlerweile glänzt ihr Po von seinem Schweiß, was ihn noch mehr antörnt. Er wird wieder schneller. Die Frau beginnt zu zittern, ihr Körper bebt, spannt sich und fleht um Erlösung. Marek grinst. Gleich hat er sie so weit.

»Aaa, Eric.«

Nena kommt mit einem kehligen Seufzen. Er ist nach wie vor hart, wenn die Ladys im Höhepunkt seinen Namen rufen, erregt ihn das zusätzlich. Das war praktisch das i-Tüpfelchen bei der ganzen Sache. Schmunzelnd tätschelt er ihre Pobacken. Ihr Hintern zieht ihn magnetisch an. Vielleicht sollte er ihm die Aufmerksamkeit zukommen lassen, die ihm unweigerlich gebührte. Ihr Arsch schrie ja förmlich danach, genommen zu werden.

In Gedanken versunken ignoriert Marek, dass Nena sich nicht mehr bewegt, geschweige denn einen Ton von sich gibt. Hatte sie sich vorhin noch mit den Armen abgestützt, um die Stöße besser abzufangen, so hängt sie nun schlaff auf der Sofalehne. Stattdessen freut er sich, dass der neue Winkel ihm ein tieferes Eindringen ermöglicht. Ganz überwältigt vergisst er sein Vorhaben, es ihr auf eine andere Art und Weise zu besorgen. Zu stark ist die Erregung, die ihn erfasst. Endspurt.

Zufrieden lässt er seinen nassen Schwanz aus ihr gleiten und packt ihn wieder in die Hose. An Nenas gespreizten Beinen rinnt Sperma hinab. Wie ein Gentleman zieht er ihr sorgfältig den Slip hoch und bettet sie dann auf das Sofa. »Hey«, verunsichert schüttelt Marek ihre Schulter und beugt sich schließlich an ihr Gesicht, um ihre Atmung zu checken. Ist alles okay. Sie schläft nur. Nicht wahr? Er setzt sich zu ihr. Unschlüssig starrt er sie an. Unten wird die Musik lauter gedreht. Harter Rock, genau sein Geschmack. Er kneift die Augen zusammen. Er ist hier fertig. Warum sitzt er auf dem Sofa, streichelt ihren Rücken, statt unten nachzusehen, welche

Überraschungen der Abend noch für ihn bereithielt. Wollte er hören, wie gut er war? Ihr Orgasmus ist Bestätigung genug. Eigentlich. Schnaubend steht er auf und deckt sie zu. Vielleicht ist die Rothaarige mit den großen Augen und den weitaus größeren Titten noch da. Auf ihn wartend, geil nach ihm. Die Blicke, die sie ihm vorhin zugeworfen hatte, waren vielversprechend. Gut gelaunt verlässt Marek das Zimmer.

- 22 -

Rena liegt zitternd im Bett. In Schüben verkrampft sich ihr gesamter Körper. Das war mehr als ein Kater nach einer durchzechten Nacht. Die Wärmflasche, die sie sich nach zwei Aspirin endlich holen konnte, bringt nicht die erhoffte Entspannung. Aufstöhnend dreht sie sich auf die andere Seite. Jede Faser ihres Körpers schmerzt. Ihr Kopf pocht, ihre Kehle ist wie ausgedörrt und ihre Nase läuft zu allem Überfluss ununterbrochen. Es hatte sie vollends erwischt. Tränen treten ihr in die Augen. Sie fühlt sich einsam. An den gestrigen Abend kann sie sich nur vage erinnern. Ahnt, dass sie es übertrieben hat. Inwiefern auch immer.

Alkoholtechnisch würde sie erstmal eine Pause einlegen. Mit Caro kann sie einfach nicht mithalten. Bis in die Puppen feiern gehen, sich durch Hunderte von Menschen boxen, um an der Bar vom Barkeeper dann ignoriert zu werden. Nein. Was hatte es ihr bislang gebracht? Okay, sie hatte sich einen Moment lang jung gefühlt – nicht, dass sie im herkömmlichen Sinne wirklich *alt* war. Trotzdem, sie genoss es, dass Caro sie cool genug fand, um mit ihr durch die Clubs zu ziehen. Rena hatte endlich das Gefühl, vermeintlich verpasste Partys aus den Teenagerjahren nachzuholen. Hatte die Mitschülerinnen damals beneidet, deren Eltern nicht penibel darauf achteten, dass die Tochter nachts nicht auf Tour ging. War neidisch auf diejenigen, die ein natürliches Talent für Make-up besaßen und keine Scheu hatten, mit Jungs der oberen Klassen auszugehen. Apropos Jungs. Schemenhaft ruft sie sich die muskulöse Gestalt des Poleman vor Augen. Marek. Er war nett gewesen, hatte mit ihr geflirtet und ihr das Gefühl gegeben, die schönste Frau der Welt zu sein. Vom Chase sind sie zu einer der Villen am Killesberg gefahren. Das Nobelviertel von Stuttgart. Am Hang reiht sich ein Prachtbau an den anderen. Die Aussicht auf den Kessel ist gigantisch. Bislang hatte Rena noch niemanden kennengelernt, der dort residierte. Was im Inneren des Anwesens passiert ist, kann sie nicht mehr rekonstruieren. Eine große Dunsthaube versperrt ihr den Zugriff auf die Geschehnisse der Nacht. Angestrengt versucht sie, Licht ins Dunkel zu bringen. Lediglich grüne Wände und ein bequemes Ledersofa tauchen vor ihrem Auge auf. Sie meint, einen älteren Mann zu erkennen, der sie hochhob und rausbrachte, ins grelle Tageslicht. Dann wieder ein Filmriss, abgelöst durch einen Taxifahrer, der sie vor ihrem Haus wachrüttelte.

Müde fallen ihr die Augen zu. Volle fünf Stunden kann sie durchschlafen, bis ihre Blase sich meldet und keinerlei Aufschub mehr duldet. Der Klogang tut weh. Sie fühlt sich wund. Fröstelt leicht. Hatte sie Sex gehabt? Nein, das sind sicher nur Symptome der Erkältung! Schließlich ist sie nicht der Typ für One-Night-Stands.

Wimmernd schleppt sie sich wieder ins Bett und zieht die Decke über den Kopf. Bilder, wie sie und Marek sich küssen, schnellen hoch. Gut hatte er geschmeckt. Und er hatte wesentlich mehr Erfahrung als sie. Geschickt hatte seine Zunge ihre erobert und sie in einen regelrechten Glückstaumel katapultiert. Ihre Fantasie sprudelte: Wenn sie mit Marek zusammen wäre, könnte sie ihr Hobby offen ausleben.

Seine Blicke gingen unter die Haut. Selbst jetzt, im denkbar schlechtesten Zustand, beginnt es bei ihr zu kribbeln. Nein, Schluss damit. Rena verbietet sich jeden weiteren Gedanken. Leise nagen erste Gewissensbisse an ihr. Vollkommen unbegründet, wie sie findet. Aber trotzdem, auch wenn Eric und sie sich nicht nähergekommen sind, fühlt sie sich irgendwie schuldig. Mit einem Schütteln setzt sie das Nasenspray an und drückt ab.

Eric. Fast einen Monat ist es her, dass sie ihn zuletzt gesehen hat. Fast einen Monat lang war sie am Wochenende nonstop in irgendwelchen Diskos unterwegs, hatte nicht mehr an ihn gedacht. Was gewissermaßen falsch war und so nicht stimmte. Oft besuchte er sie in ihren Träumen. Sie runzelt die Stirn. Als kleine Schwärmerei kann sie das nicht mehr abtun. Nein. Sie ist verliebt. Unglücklich verliebt in Eric Renz. Ihren heißen Physiotherapeuten und hilfsbereiten Nachbarn. Würde er sie so sehen, würde er sich beschämt wegdrehen. Oder angewidert. *Geschieht ihr recht.* Wieder ringt Rena mit den Tränen, ehe sie erschöpft einschläft.

Geschlagene drei Tage lang kämpft Rena gegen den grippalen Infekt. Komplett ans Bett gefesselt verstreicht die Zeit äußerst langsam. Stundenlanges Surfen auf Instagram im Wechsel mit nicht wirklich erholsamen Dämmerphasen bestimmen ihren Tagesablauf. Zum Glück ließ sich Dr. Elser nicht lange bitten. Bereitwillig hat er sie für die gesamte Woche krankgeschrieben. Hatte sich verständnisvoll gezeigt. Ganz anders als Esther. Rena starrt erneut auf den Verlauf im Messenger.

Esther
Hi, schon ewig nichts mehr von dir gehört! Wollen wir nächstes WE skypen? Rob ist übrigens befördert worden, richtig gut! Gehen später noch schick essen!!

Hallo, steht Skype am WE?

Rena?

Lebst du noch?^^

Ich
klar, sry. habs nicht gesehen. bin am we schon verplant. lg

Esther
Okay, kein Thema. Was machst du?

Ich
wir gehen feiern.

Esther
Cool. Gibt es einen Anlass?

Ich
einfach so.

Esther
Na dann. Viel Spaß.

Esther
Hey, lass mal wieder was von dir hören! Bei mir gibt es aktuell nicht so viel Neues. Am Samstag gehen wir zu einem Show-Turnier nach Wiesbaden. Freu mich schon total drauf. Schicke dann Fotos!

Rena, warum ignorierst du mich? Meine Nachricht wird als gelesen angezeigt und du rührst zwei Wochen lang keinen Finger …

RENA.

Schon wieder am Feiern?

Ich
jop.

Esther
Warum? Das bist doch nicht du!

Ich
das verstehst du nicht. ist jetzt auch egal. bin krank. können heut abend skypen.

Esther
Ach ja, wenn du mich brauchst, stehst du auf der Matte …

Ich
dann eben nicht.

Esther
Skype doch mit dieser Caro. Oder ist sie feiern – etwa ohne dich?

Ich
esther?!

Esther
Gute Besserung. Meld dich, wenn du wieder normal bist!

Kopfschüttelnd legt Rena das Handy beiseite und schließt die Augen. Sie stritt nicht oft mit Esther. Eigentlich nie. In letzter Zeit war sie wirklich sehr kurz angebunden gewesen. War zu beschäftigt mit der Koordination ihres ausschweifenden Partylebens. Ehrlich gesagt hatte sie aber auch keinen Nerv für ihre Freundin gehabt. Esther verkörpert die gutbürgerliche Vorzeigefrau. Gut situiert mit gesellschaftsfähigen Hobbys. Innerlich hatte sie sich schon mit Esthers mahnenden Worten konfrontiert. »Muss der Drink jetzt wirklich sein?«, »Es ist schon spät. Fahr nach Hause«, »Was, wenn dir einer was ins Glas kippt?« Irgendwann hatte Rena es geschafft, die Stimme auszublenden, und gleichzeitig mit ihr die wartenden Nachrichten verdrängt. Dass Esther das nicht verstand, war klar. Verheiratete Spaßbremse.

Rena seufzt. Der letzte Kommentar geht ihr nahe. Normal. Was ist normal? Wer definiert normal? Tausende von Menschen gehen wöchentlich in Clubs. Tanzen, haben Spaß, treffen sich mit Freunden. Wie kann so etwas nicht normal sein? Alkohol, insbesondere der Bierkonsum, gesellschaftlich vollkommen akzeptiert. Jeder Mensch, jedes Tier verändert sich im Laufe der Zeit. Wird älter, gewinnt an Erfahrungen, lernt. Das ist das Gesetz der Natur. Das bedeutet Leben. Sie kann nicht mehr zurück auf Start. Sie entwickelt sich weiter, entdeckt neue Interessen, lässt verborgene Neigungen zu Tage treten. Lebt. Wie kann das falsch oder gar abnormal sein?

- 23 -

Blog #Polerina

Muckiarme durch Poledancing

Ich stehe auf durchtrainierte Arme.
Früher habe ich Jungs mit muskulösen Armen gesehen und sofort gedacht, da hab ich keine Chance. Mittlerweile bin ich da etwas gelassener. Hallo Selbstbewusstsein! Aber darum soll es heute nicht gehen. Letztens habe ich per Zufall entdeckt, dass meine ehemals dünnen Ärmchen zu dicken Muckiarmen mutieren. Ich stand mit verschränkten Armen im Meetingraum und fand es auf einmal so richtig anstrengend, die eine Hand am Oberarm zu lassen. Zu Hause im Bad habe ich dann die Siegerpose (Arm im Neunzig-Grad-Winkel vom Körper gestreckt, Faust geht Richtung Kopf, dann alles anspannen) eingenommen und siehe da: Ich habe Muckiarme.
Okay, sie sind jetzt nicht so auffällig wie die eines Typen, aber sehr definiert. By the way – bald greift meine Couchpotato-Ausrede nicht mehr. Aber gut, noch ist es nicht so weit. Das sogenannte »Ei« kann ich bei mir zum Beispiel (noch?) nicht erkennen. Ist auch besser so. Ich möchte nicht aussehen wie eine Bodybuilderin → nichts gegen euch Ladys, jede wie sie will. Das weiß eine Poletänzerin am besten!

Seit ich meine Muskeln gesehen habe, bin ich im Training wie ein Luchs unterwegs und nehme die Arme der Kursteilnehmerinnen unter die Lupe. Bei manchen sieht man ja echt nichts, gerade wenn die entspannt runterhängen. Geht es dann aber zu den Figuren, mein lieber Scholli. Anderen geht es wiederum wie mir. Von der Seite her schon gut dabei und bei Figuren sieht man dann einzelne Muskelstränge.
Ich bin so gespannt, wohin das noch alles führt. Denn auf der anderen Seite der Medaille genieße ich es, viel Kraft zu haben. Neue Figuren klappen schneller und ich kann mich darauf verlassen, dass ich genügend Kraft habe, um nicht zu fallen.

AneL-LenA Meine Muckis können mit denen von meinem Typen locker mithalten. Find ich nicht schlimm.
Roger Bin 1,90 m; hab Sixpack und MUCKIARME. Beweisfotos siehe Insta!

- 24 -

»Rena, können Sie da bitte anrufen und die nächste Charge stornieren? Das muss gestern total untergegangen sein. Sara hat das bestimmt vergessen. Und denken Sie bitte auch daran, das Konzept für den Relaunch unserer neuen Produktseite anzupassen.« Aus den Augenwinkeln registriert sie Margot Duvalls zweifelnden Blick auf ihren Schreibtisch. Durch Renas Abwesenheit ist viel liegengeblieben. Stapel von Ordnern warten darauf, abgearbeitet zu werden. Saras kleine Notizzettel zu verpassten Anrufen liegen verstreut herum, manche halb verdeckt von irgendwelchen Rechnungen, die man ihr hingelegt hatte. »Ach, und ich warte immer noch auf den Report unserer letzten Kampagne. Das hat oberste Prio.« Mit Schwung dreht sich ihre Chefin um und stöckelt davon. Gestresst versucht Rena, einen kühlen Kopf zu bewahren. Wann war sie noch mal krank gewesen? Gut vier Wochen war es her, vielleicht auch fünf. Die To-do-Liste hielt sich wacker. Unverändert. Im Gegenteil, statt schrittweise kleiner zu werden, kommen täglich mindestens zwei Aufgaben hinzu. Langwierige Aufgaben, deren Bearbeitung nicht gerade Spaß machte.

In der Toilette lässt sie kaltes Wasser auf ihre Handgelenke fließen. Ungewöhnlich blass ist ihr Gesicht, tiefe dunkle Ränder zeugen von ihrer Erschöpfung. Dabei ist der Trubel auf der Arbeit nur nebensächlich verantwortlich. In Wahrheit macht ihr etwas ganz anderes zu schaffen.

Rena ist bereits drei Wochen überfällig. Die ersten zwei Wochen nach dem erwarteten Termin hatte sie sich nichts dabei gedacht. Durch Stress verschiebt sich ihre Periode ja gerne mal. Und dann war sie zu beschäftigt mit der Arbeit. Hatte das Ausbleiben schlichtweg vergessen. Bis sie vor zwei Tagen das Bad aufgeräumt und den unangetasteten Vorrat an Tampons und Binden entdeckt hat. Konnte es sein, dass sie doch Sex hatte? Die Schmerzen beim Setzen und auf Toilette, wie konnte sie da nur annehmen, dass das wegen der Erkältung war? Der Gedanke an ihre Naivität lässt ihre Augen feucht werden. Ihre Unterlippe beginnt zu zittern. Hatte sich Marek an ihr vergangen? Oder hatte sie ihn sogar ermutigt? Hat er ohne Gummi mit ihr geschlafen? Er wirkte so nett. Anständig. So jemand weiß doch, wie wichtig Verhütung ist. Oder war da noch jemand anderes? Verdammt, was war nur geschehen? Rena presst einen Handrücken an den Mund, um ein Aufschluchzen zu unterdrücken. Ihr Spiegelbild sieht sie nur noch verschwommen. Sie weiß nicht einmal Mareks vollständigen Namen. Vielleicht könnte sie ihn mithilfe der Wettkampfdaten ermitteln. Aber Adresse und Telefonnummer?

In einem Anflug schwarzen Humors sieht sie sich alleinerziehend bei ihren Eltern wohnen. »Böse Großstadt, mein armes Mädchen.« Ihre Mutter würde sie nicht mehr aus den Augen lassen. »Wenn du noch nicht mal auf dich selbst aufpassen kannst.« Zumindest würde es ein attraktives Baby werden. Freudlos lacht Rena auf und bricht eine Sekunde später endgültig in Tränen aus. Sie braucht unbedingt diese Teststreifen.

Blog #Polerina

Polesport & Schwangerschaft

Neulich habe ich eine Kursteilnehmerin kennengelernt, die eindeutig schwanger war. Das war definitiv kein Schwimmreifen oder hartnäckiger Weihnachtsspeck. Inside Leg Hang oder Inverted Crucifix, alles kein Thema für sie. Gut gelaunt und voller Energie hat sie fleißig mittrainiert. Ich habe mich gefragt: Ist das gut? Gesund? Wenn sie plötzlich den Halt verliert und mit dem Kopf voran zu Boden stürzt? Was passiert mit einem Ungeborenen, wenn die Mutter aus zwei, drei Metern fällt? Was passiert, wenn ständig die Bauchmuskeln angespannt werden? Ich bin kein Experte und im Internet lese ich nichts Eindeutiges über das Thema. Was ist eure Meinung? Ist es unbedenklich, zu tanzen, solange man sich gut und fit genug fühlt? Oder sollte man lieber nichts riskieren? Stichwort Fehlgeburt durch Sport?

Polemaggie30: Ich denke, Poledance ist nicht gefährlicher als andere Sportarten während der Schwangerschaft. Ich hab solange wie möglich trainiert. Irgendwann gingen keine Inverts mehr, das war dann am Schluss eher alles so Richtung Body Wave und Pirouette. Mein Kind hat keinerlei Defizite.
Roger Hast'n Braten in der Röhre?

Roger, du Fuchs! Wenn sie das nur wüsste. Ihr Problem hatte sich noch nicht von selbst gelöst. Die Periode setzte nicht ein und Rena konnte sich einfach nicht dazu überwinden, eine Apotheke aufzusuchen. Alleine die Vorstellung, irgendwelche Fragen beantworten zu müssen, sich mit gutgemeinten Ratschlägen, bemitleidenden Blicken oder gar Glückwünschen auseinandersetzen zu müssen, treibt ihr den kalten Schweiß auf die Stirn. Und was, wenn Eric ganz zufällig ebenfalls in der Apotheke wäre, mitkriegen würde, was sie da kaufte. Nein, das geht nicht. Das ist zu viel. Egal wie realistisch oder nicht. Stattdessen hatte Rena gestern Abend einen genialen Einfall.

Mit klopfendem Herzen läuft sie zur Packstation. Gleich drei verschiedene Schwangerschaftstests hat sie bestellt. Möglichst unauffällig verstaut sie die Päckchen im mitgenommenen Stoffbeutel. Auf dem Rückweg trifft sie Eric fegend im Treppenhaus. Kurz fühlt sie sich an ihre erste Begegnung erinnert. Verlegen bleibt sie stehen.

»Hey«, murmelt sie und versucht, sich an ihm vorbei zu drücken. Sacht fasst er sie an der Schulter. Sie zuckt zusammen.

»Alles in Ordnung bei dir?« Seine warme Stimme treibt ihr schon wieder Tränen in die Augen. Sie beißt sich auf die Lippe. Den Blick richtet sie starr nach unten. Warum mussten sie sich ausgerechnet jetzt begegnen? Eigentlich ist sie doch nicht so der weinerliche Typ. Haben die Hormone sie etwa schon voll im Griff?

Eric

Besorgt mustert er Rena. Ihr eingefallenes blasses Gesicht und der verzweifelte Ausdruck bereiten ihm große Sorgen. Sein Puls rast. Seine Nachbarin sieht ganz und gar nicht gut aus. Kurzerhand bugsiert er sie in seine Wohnung. Gießt Tee auf und setzt sich zu ihr auf die Couch. »Was ist los, kann ich helfen?« Ihr Blick löst sich nicht von ihrem Schoß. Als würde er gegen eine Wand sprechen. Er dringt nicht durch und fühlt sich hilflos. Vorsichtig beginnt er, ihren Rücken zu streicheln und beruhigende Worte zu flüstern. Nach einer Weile scheint sich irgendetwas zu lösen. Es schüttelt sie regelrecht, ehe sie anfängt, hemmungslos zu weinen. Es bricht ihm das Herz, sie so zu sehen. Was war passiert? Wieder das, was sie damals zu ihm in die Praxis führte? Grimmig verflucht er sich, fühlt sich verantwortlich. Er hätte besser auf sie achtgeben sollen. Hätte er ihr das doch bloß mit dieser Partyfreundin ausgeredet. Sie so oft um Verabredungen gebeten, dass sie keine Zeit mehr für anderes hatte. Er spürt ja, dass sie ihn mag. Aber wie sehr? War er nur der Kumpel, oder konnte sie sich mehr vorstellen? Er war in der Kommunikation von solchen Sachen schon immer nur mäßig begabt gewesen. Hätte er am Silvestermorgen doch nur Nägel mit Köpfen gemacht. Sie spontan beim Aufwachen mit einem Kuss begrüßt. Oder zumindest beim Frühstück, da hätte sie noch Zeit gehabt, sich frisch zu machen. Hätte er doch nur nicht die Sprache auf diese komischen Briefe gebracht. Er hatte sich nicht mehr unter Kontrolle gehabt. Konnte nur noch an diesen Max denken und ob Rena ihm was vorspielte. Er war emotional aufgeladen gewesen und dann unverschämt geworden. Schockiert hatte sie ihn angesehen und das Brötchen so kräftig umklammert, dass ihre Knöchel hell hervorstachen.

Eric nimmt sich fest vor, es wiedergutzumachen.

Ihr Beutel steht offen neben der Couch. Von seinem Platz aus kann er das weiße Versandetikett erkennen. Irgendeine Apotheke hat ihr was geschickt. War Rena krank? Ihre Züge sind gespenstisch. Im Treppenhaus hatte er Angst gehabt, sie würde jeden Moment zusammenklappen.

Langsam entspannt sie sich in seinen Armen. Undamenhaft zieht sie die Nase hoch und Eric holt hilfsbereit Taschentücher aus dem Flur. Als er zurückkommt, ist der Beutel verknotet. Er versucht, sich nichts anmerken zu lassen. Seinen Verdacht sieht er jedoch bestätigt.

»Ich muss noch was erledigen«, sagt Rena und tippt auf ihre Armbanduhr. Ihre jähe Anspannung ist zum Greifen nah.

»Okay. Ich bring dich nach oben und sehe später nach dir.« Abwartend schaut er sie an. »Wenn das in Ordnung geht«, fügt er schnell hinzu. Sie nickt.

An ihrer Tür dreht sie sich noch mal um. Dicht stehen sie voreinander. Eric wagt es kaum, zu atmen. Ein Hauch von einem Luftzug und sie würde umkippen. Er widersteht der Versuchung, sie festhalten zu wollen.

»Ich mag dich Eric«, flüstert sie.

Spontan will er sie zu sich ziehen, ihr am liebsten die Tränen von der Wange küssen. Doch sie ist zu schnell. Mit pochendem Herzen steht er vor der geschlossenen Wohnungstür und fragt sich, was er jetzt machen soll. Hatte er das eben überhaupt richtig interpretiert?

- 25 -

Rena pinkelt auf den dritten Streifen. Ihr Herz wummert in ihren Ohren. Sie hält den Atem an. Schon eine ganze Weile. Dass ihr die Luft ausgeht, bemerkt sie erst, als Punkte vor ihren Augen zu tanzen anfangen. Langsam verfärbt sich der Schwangerschaftsstreifen und ein kräftiges Rot leuchtet ihr in zwei Buchstaben entgegen. NO. Damit sind alle drei Tests negativ. Sie ist nicht schwanger. Die Erleichterung kommt einer großen Erschöpfung gleich. Wieder kommen ihr die Tränen. Dass noch welche übrig sind, gleicht einem Wunder. Was Eric wohl denkt? Die Situation war ihm sicherlich unangenehm. Dass sie ihm vorhin auf die Nase binden musste, wie sie für ihn empfand! Erst die Heulattacke und dann noch eine Anmache. Schräger geht es wohl kaum. Rena rauft sich die Haare und verlässt das Badezimmer. Wie sollte sie sich geben, sobald er nachher anklopft? Wenn er überhaupt kommt. Er wird kommen. Allein schon wegen seines Pflichtbewusstseins. Nachdenklich steht sie vor ihrer Pole. Die muss jedenfalls weg. Mit zitternden Beinen beugt sie sich hinab, um drehend das untere Stangenteil vom Boden zu lösen. Die Spannung schwindet schneller als angenommen. Rena spürt, wie die oberen Teile locker werden und sich ihr immer mehr entgegen neigen. Mit einem Ruck entfernt sie das Endstück. Plötzlich hat sie keinerlei Kontrolle über die anderen Elemente. Ungebremst knallen sie ihr auf die linke Schulter. Ihr schmerzverzerrter Aufschrei geht im Poltern des runterfallenden Deckels, der an der Decke gespannt war und krachend hinter ihr ins Regal einschlägt, unter. Reglos hält sie einen Moment inne. Fast rechnet sie damit, dass Eric aufgescheucht vom Krach die Treppe hochsprintet. Nun gut, vielleicht war es auch einfach nur ihre mädchenhafte Hoffnung.

Es bleibt still.

Rena reibt sich seufzend die Schulter und verstaut die einzelnen Teile weit hinten in ihrem Kleiderschrank. Sie prüft mit kritischem Blick ihr Wohnzimmer auf verräterische Poledance-Spuren. Nachdem sie auch den letzten Knieschoner in den Schrank verbannt hat, gestattet sie sich eine Pause auf dem Sofa und schläft umgehend ein.

Als sie aufwacht, ist es dunkel. Die Sonne musste schon seit langem untergegangen sein. Fassungslos starrt Rena auf die Anzeige ihres Fernsehers. Zweiundzwanzig Uhr achtzehn. Eric war nicht gekommen. Oder sie hatte sein Klopfen verschlafen. Enttäuscht zieht sie die Sofadecke zurecht und starrt ins Leere. Marek. Sollte sie Anzeige erstatten? Was könnte sie schon beweisen? Sie ist sich ja noch nicht mal selbst sicher, was passiert ist. Hatte er ihr K.o.-Tropfen gegeben? Oder war das gar nicht nötig gewesen, weil sie einfach zu viel getrunken hatte? Ihre Augen weiten sich und sie ballt die Fäuste. Hatte sie sich gewehrt? Nein gesagt? Was, wenn sie es wollte und es ihr gefallen hat? Hilflos presst sie ein Kissen an sich. Tränen der Verzweiflung brechen sich Bahn. Sie würde keinen Tropfen Alkohol mehr anrühren.

Am nächsten Tag entdeckt Rena einen Zettel, der unter ihrer Tür durchgeschoben wurde. Ihr Herz macht einen Satz. Gespannt dreht sie ihn um. Erics Zeilen liest sie gleich mehrmals.

Liebe Rena, ich habe versprochen, nach dir zu sehen. Leider habe ich es nicht mehr rechtzeitig geschafft (ein beruflicher Notfall kam dazwischen). Jetzt ist es wirklich spät und ich schätze, dass du schon schläfst. Aufwecken möchte ich dich nicht. Du sahst vorhin aus, als könntest du eine große Portion Schlaf gut vertragen. Ich mache mir große Sorgen um dich. Bitte sag, wenn ich dir irgendwie helfen kann. Eric.

PS: Ich hab dich auch gern.

PPS: Hast du Lust, nächsten Mittwoch mit mir das Stadtfest unsicher zu machen?

Breit grinsend eilt sie zu ihrem Schreibtisch. Kaum dass sie sitzt, springt sie aufgeregt wieder hoch. Deutete sie da auch nicht zu viel rein? Wollte er sich nur mit ihr treffen, um zu sehen, dass alles gut ist? Stirnrunzelnd geht sie erneut Wort für Wort durch. Er schreibt, dass er sie gern hat. Direkt danach fragt er um eine Verabredung. Er musste interessiert sein! Rena nagt nachdenklich an einem Kuli. Was sollte sie antworten und vor allem wie? Auch einen Zettel unter seiner Tür durchschieben? Ist das zu kindisch? Ein bisschen fühlt sie sich an ihre Schulzeit erinnert. Heimlich hatten sie und ihre Freundinnen kleine Papiere während des Unterrichts über die Tische geschnipst. Aber hat sie den Mut, runterzugehen, bei ihm zu klopfen und ihm das Date von Angesicht zu Angesicht zu »bestätigen«? Nein, definitiv nicht. Das mit dem Zettel machte sowieso viel mehr Spaß und Vorfreude. Außerdem hatte er ja damit angefangen.

Mit wild pochendem Herzen beginnt sie, zu schreiben.

- 26 -

Eric

Nervös fährt sich Eric durch die Haare. Kaum zu glauben, wie aufgeregt er ist. Fühlt sich einmal mehr wie ein Teenager beim ersten Date. Schmunzelnd muss er an ihren Zettel denken. Er wollte gerade den Müll rausbringen und noch mal oben klingeln. Das Papier hatte er zunächst nicht gesehen und war fast draufgetreten.

Lieber Eric, danke, dass du für mich da warst. Das war sehr lieb von dir! Bitte mach dir keine Sorgen. Mir geht es schon viel besser. Es ist alles wieder gut. Mittwoch 19 Uhr, Brunnen am Marktplatz. Ich freu mich. Rena.

Eric tritt ins Treppenhaus. Zögernd bleibt er stehen. Ist Rena noch in ihrer Wohnung? Soll er nachschauen? Gehört hat er sie nicht, aber er ist auch viel zu früh. Nicht, dass sie sich stresst.

Auf dem Weg zum Marktplatz kommt er an unzähligen Buden vorbei. Große Lampions lassen die Straßenzüge in bunten, fröhlichen Lichtern erstrahlen. Die vielen Essensgerüche erinnern ihn an seinen leeren Magen. Morgens hatte er nur ein Croissant und einen Kaffee gehabt. Schon mittags hat er nichts mehr runterbekommen. Seine Sitzung mit Karl Buderus wurde in letzter Minute abgesagt, was ungewöhnlich war, denn der Rentner ließ keinen Termin ungenutzt verstreichen. Durch den Ausfall hatte er viel Zeit. Zu viel. Unkonzentriert blätterte er seinen Kalender durch und versuchte schließlich erfolglos, ausstehende Berichte zu verfassen.

Je näher er dem Marktplatz kommt, desto mehr Menschen sind unterwegs. Lauschen dem Flötenspiel einer Grundschülerin. Applaudieren dem Kartentrick des Zauberkünstlers. Bleiben unvermittelt stehen, um mit Bekannten zu plaudern. Völlig konzentriert darauf, niemanden anzurempeln, erreicht Eric den Brunnen.

Rena ist schon da. An den Rand gelehnt lächelt sie ihn an. Das blaue, mit Schmetterlingen bedruckte Kleid umschmeichelt ihre Figur, der Blazer darüber ist vermutlich viel zu dünn für die Jahreszeit. »Hallo!« Verlegen begrüßen sie sich. Schnell küsst Eric sie auf die Wange. Eigentlich hatte er sich das anders vorgestellt. Sein Plan ist, ihr unmissverständlich zu zeigen, dass er mehr will.

»Schönes Kleid! Sag Bescheid, wenn es dir zu kalt wird.« Rena nickt und zeigt auf die Imbissbuden um sie herum.

»Wollen wir uns erstmal einen Überblick verschaffen, ehe wir was essen?«, fragt sie. Eric ist einverstanden.

Seite an Seite schlendern sie über den Marktplatz, bewundern kunstvolle Schnitzereien aus Holz und genießen die fröhliche Atmosphäre. Mit endgültigem Einbruch der Dunkelheit ermöglicht das Gewusel zwischen den Ständen kaum mehr ein Fortkommen. Um Rena nicht zu verlieren, berührt er sie leicht am Rücken. Führt sie sicher an einer stark angeheiterten Fußballmannschaft vorbei, hin zum nächsten Essensstand. Schwäbische Spezialitäten by Häberle. Seine Nervosität hat sich gelegt.

»Was derf's sai?« Hektisch und ohne aufzublicken wischt der Mitarbeiter zügig über die Theke. Nach Rücksprache mit Rena bestellt er eine Flädlesuppe und eine Portion Maultaschen. Die Stehtische rund um den Stand sind alle schon belegt. Kurzerhand stellen sie sich an einen freien Platz bei der Konkurrenz.

»Kommst du eigentlich aus der Region? Du hast gar keinen Dialekt«, startet Rena die Unterhaltung.

»Jein. Also ursprünglich komme ich aus einer Kleinstadt in Hessen. Kurz vorm Abi bot sich meinem Vater die Gelegenheit, hier eine Praxis mit zu übernehmen, sodass wir dann hergezogen sind. Als ich mit der Schule fertig war, wollte ich aber wieder zurück, weil da ja meine ganzen Freunde waren und … na ja.« Eric stockt, ehe er es sich anders überlegt und fortfährt. »Ich hab dann dort meine Ausbildung gemacht und nachher in einer Klinik gearbeitet, ehe mein Vater mir hier die Stelle angeboten hat.« Sie nickt.

»Ich komme auch nicht von hier. War am Anfang voll die Umstellung. Ich sag nur: Kehrwoche oder dass man, zumindest hier im Umland, beim Busfahren immer vorne einsteigen muss und das Ticket vorzuzeigen hat.« Rena verdreht die Augen. Er stimmt ihr zu und schielt verstohlen auf seine Armbanduhr.

»Hast du Lust, noch einen Film anzuschauen?«, fragt er.

»Du meinst Kino?« Er verzieht den Mund.

»Eher so mein persönliches Kino«, sagt er und grinst schief.

»Okay, klar. Ach und danke für die Einladung«, erwidert sie und nickt Richtung Imbissstand.

»Gerne.« Sie brechen auf und schieben sich durch die dichte Besuchermasse.

An der nächsten Straßenecke taucht unerwartet ein großer, gefährlich aussehender Hund auf. Vor Schreck gerät Rena aus dem Gleichgewicht. Die Leine bis zum Anschlag gespannt, zieht er seinen überforderten Besitzer mit strammem Tempo hinter sich her. Eric reagiert umgehend. Fest fasst er sie an den Armen und verhindert eine unsanfte Landung.

»Alles in Ordnung?«, fragt er und schaut ihr tief in die Augen.

»Ja, wow, du hast gute Reflexe. Und dann bist du auch noch so stark«, sagt sie bewundernd und hätte sich am liebsten direkt auf die Zunge gebissen. Das kann er deutlich erkennen. Währenddessen sieht sie noch hinreißender aus als sonst. Bescheiden zuckt er die Schultern.

»Na ja. Tom hätte das wahrscheinlich mit nur einer Hand geschafft«, wiegelt er ab. »Wir gehen zusammen trainieren«, fügt er erklärend hinzu.

»Hm, dass dein Kreuz nicht vom Rumhängen kommt, hab ich mir schon fast gedacht«, murmelt sie. Erfreut streicht er sich über den Dreitagebart. Ihr war seine Statur aufgefallen. Positiv aufgefallen. Was sie wohl noch so über ihn dachte?

Er hatte extra in der Hoffnung, Rena würde nach der Hälfte wieder an seiner Schulter gelehnt einnicken, einen ruhigen Film ausgesucht. Mittlerweile ist die Abschlussszene im vollen Gange und sein Date noch putzmunter.

»Das war echt ein schöner Film.« Rena streckt sich und steht unvermittelt auf. »Ich muss morgen früh raus. Ich glaube, es ist besser, wenn ich jetzt gehe.« Nein, ist es nicht, widerspricht er innerlich, doch Eric nickt und begleitet sie zu ihrer Wohnungstür. Er muss etwas sagen. Etwas unternehmen. Jetzt. Ihr Schlüssel klimpert.

»Ich fand den Abend wunderschön«, sagt er stockend. Ach du liebes bisschen. Noch kitschiger ging's ja wohl nicht. »Ich hab ihn sehr genossen.« Okay, cool geht anders. Noch so eine Bemerkung und sie hält ihn für zu alt.

»Ich fand's auch schön.« Sie lächelt. Ihre Augen finden einander und lassen sie die Zeit vergessen. Sekundenlang sagt niemand ein Wort. Als das Treppenhauslicht ausgeht, reagieren sie gleichzeitig. Greifen beide nach dem Lichtschalter. Die flüchtige Berührung lässt Erics Herz wieder höherschlagen und er fasst den Mut, sie um ein weiteres Date zu bitten. Pardon – zu fragen.

»Hey Bruder, was geht?« Toms Stimme klingt gelangweilt. Der Videoanruf kommt für Eric unerwartet. Zum Glück ist das Timing perfekt.

»Du grinst so, was ist los?« Neugierig lehnt sich Tom nach vorne. Sein Gesicht füllt das gesamte Display.

»Ich war gerade mit Rena weg.« Pfeifend atmet sein Schulfreund aus.

»Date oder Verabredung?«, will er wissen.

»Ersteres. Und ein zweites steht auch schon an.« Eric kann seine Freude nicht verbergen. Breit lächelnd erzählt er ein wenig über den Abend. Toms mangelnde

Begeisterung stört ihn dabei nicht. Im Gegenteil. In seiner Euphorie fasst er sein Schweigen als gespanntes Zuhören auf.

»Warte doch erstmal ab, Eric. Letztes Jahr war der Abschied nach dem echt guten Abend auch vielversprechend. Und dann? Nichts. Und das mit Silvester hast du mir auch noch nicht komplett erzählt. War wohl auch nur ein Flop.« Toms Einwand lässt er nicht an sich ran.

»Das ist jetzt was anderes. Ich denke, sie ist auch schüchtern. Aber das wird schon«, hält er entgegen.

»Ich will nur nicht, dass du wieder enttäuscht wirst. Das mit Nele war echt heftig. Und letztes Jahr warst du wochenlang voll mies gelaunt.«

»Ist angekommen. Wie geht's Abby und Miri?« Durch den Themenwechsel hebt sich Toms Stimmung wieder, sodass beide nach einer Weile mit einem guten Gefühl auflegen.

- 27 -

Blog #Polerina

Pole und die Haarentfernung

Manchmal frage ich mich echt, wie andere Mädels es schaffen, komplett haarfrei zu sein. Im Training gibt es ja die knappsten Outfits, Outfits die den »Ladypart« gerade so bedecken. Und nie sieht man bei einer irgendeine Form des Wildwuchses. Ja, ich gebe es zu – ich guck da ab und zu genau hin, immer auf der Suche nach einem Makel auf dem perfekt enthaarten Körper. Das wäre doch dann menschlich und sympathisch, oder? Das man mal das ein oder andere Haar übersieht oder schlicht zu faul war. Zu meinem Leidwesen entdecke ich aber nie etwas, was die anderen für mich »unnahbar« macht. Gibt es Geheimrezepte für die perfekten Körper? Wissen die etwas, was ich nicht weiß? Diesbezüglich komme ich mir vor wie der letzte Außenseiter.

In meinen Postings zu Beginn hatte ich ja erwähnt, dass ich in Bezug auf Haarentfernung eher zur faulen Sorte gehöre. Selten trage ich Kleider ohne blickdichte Strumpfhose, kurze Hosen sieht man im Sommer bei mir grundsätzlich nicht, es sei denn, ich bin an einem Strand, wo mich niemand kennt, und auch um das Schwimmbad habe ich bisher immer einen Bogen gemacht. Ab und zu gab es eine Ausnahme und ich habe mal eine Therme besucht, aber das war

es dann auch schon. Mit dem wöchentlichen Training in Hotpants und Bustier bzw. Top habe ich das Gefühl, mich langsam zu einer »echten« Frau zu entwickeln. Im Ernst, so viel Körperpflege habe ich vorher noch nie betrieben – ein ziemlicher Zeitfresser. Und das nervt. Anders als meine beste Freundin habe ich schon vieles ausprobiert. Rasieren fand ich schon immer zu anstrengend, der Nutzen steht meiner Meinung nach in keinem guten Verhältnis zum Aufwand. Daher mussten schnell Alternativen her. Im Studium hatte ich den Epilierer entdeckt, zwar zunächst schmerzhaft und eine eher langwierige Prozedur, aber das Ergebnis hielt wesentlich länger als beim bloßen Rasieren. Enthaarungscremes habe ich ebenfalls getestet. Die totale Sauerei und die Wirkung gleich null. Nächster Versuch: Kaltwachsstreifen aus der Drogerie. Genauso schmerzhaft wie das Epilieren. Das Ergebnis: ganz okay. Vor einigen Wochen habe ich nun etwas Neues in den Regalen der Drogerie gefunden. Eine Art Peelinghandschuh, mit dem man in Kreisbewegungen die Haare abtrennt. Statt wehzutun, fühlt es sich eher wie eine Massage an. Leider erwische ich nie alle Härchen, sodass ich mit dem Rasierer nacharbeiten muss. Außerdem passiert es manchmal, dass die »gepeelte« Stelle rot anschwillt und im Nachgang schmerzt.
Neulich habe ich mich dann entschlossen, es mit der »dauerhaften« Haarentfernung zu versuchen. Bislang haben mich immer die Kosten abgeschreckt, im Netz liest man ja von verschiedensten Knebelverträgen und Betrügereien á la dauerhaft sei nicht möglich. Als fleißige Polerina habe ich aber einfach keine Energie und schon gar

keine Muße, mich stundenlang noch mit der Körperpflege zu beschäftigen. Andernfalls will ich auch nicht mit Gorilla-Behaarung zum Gespött des Kurses werden. Also ging's auf zum Lasern. Drei Termine liegen nun schon hinter mir und eine kleine Reduzierung der Haare ist bereits zu erkennen. Schmerzarm ist die Behandlung leider auch nicht.

Nina_K Täglich 2 h im Bad für Make-up & Shaving. Das Ergebnis spricht für sich <3

Polemaggie30 Als Mami hab ich für Körperpflege auch keinen Nerv. War aber auch vorher schon von der faulen Sorte. Während des PD war ich ein paar Mal beim Sugaring. Zwar nicht schmerzfrei, dafür hat es gut gehalten.

Roger Mädels – rasiert euch die Beine!! Kein Typ steht auf Stoppeln …

MelanieFox Ich setze ganz auf das schummrige Studiolicht xD

MirusL brazilian style rocks

Mit einem zackigen Ratsch geht der Reißverschluss ihrer neuen Ankle Boots zu. Letzte Woche hat sie sie im Angebot entdeckt und spontan gekauft. Der kuschlig-weiche Pullover ist ebenfalls neu und soll später zur erfolgreichen Durchführung ihres Plans beitragen. Genau wie die neue Spitzenunterwäsche, die sie sich im Internet bestellt hat. Grinsend stellt sie sich Erics Reaktion vor. Sie selbst kann seit Tagen an nichts anderes mehr denken. Nichtsdestotrotz bleiben ihr Zweifel. Geht das nicht zu schnell? Heute ist ihr fünftes Date und Rena hat sich vorgenommen, am

Abend offiziell mit ihm zusammenzukommen. Sie hatte sogar eine Auswahl an Kondomen an die Packstation liefern lassen. Doch würde sie das überhaupt packen? Was, wenn sie beim Sex auf einmal einen Flashback hat? Die Stimmung wäre im Eimer und das Verhältnis zu Eric womöglich ruiniert. Nein, es wird alles gut, spricht sie sich Mut zu. Sie kann nicht ewig warten. Ständig in Sorge sein, dass diese Nacht sie wieder einholt. Das ist verrückt. »Die Zeit heilt alle Wunden«, hatte Oma Rosalie mal gesagt. Stimmt das? Rena möchte das gern glauben und versucht, sich mit schönen Gedanken abzulenken. Als sie an die bisherigen Verabschiedungen denkt, muss sie automatisch lächeln. Den anderen ziehen zu lassen, fällt definitiv nicht nur ihr schwer. Bei der Begrüßung küssten sie sich bereits seit dem zweiten Date ungeniert kurz auf den Mund und taten so, als wäre das unter Freunden ganz normal. Endlich haben sie auch Nummern ausgetauscht und schreiben sich seitdem täglich. Ihre Pole hat Rena seit den Dates nicht mehr aufgebaut, wer weiß, ob Eric nicht plötzlich klingelt und es dann irgendwann seltsam findet, nicht hereingebeten zu werden. Nach mehrwöchiger Abstinenz trainiert sie wieder im Studio. Caros nicht abbrechende Einladungen zu diversen Shisha-, Club- und Hauspartys hat sie immer abgelehnt. Der Reiz solcher Partys ist für sie vorerst verpufft. Eric Renz zu daten dagegen, ist etwas ganz anderes. In wenigen Augenblicken wird sie mit ihm in eine Therme auf der schwäbischen Alb fahren. Dieses Mal eine, in der Badebekleidung Pflicht ist. Am liebsten würde sie diesen Programmpunkt überspringen und ihm sofort zeigen, wie sehr sie ihn mochte. Sich davon überzeugen, dass das alles kein Problem war.

»Rena, bist du so weit?« Wie aufs Stichwort klopft Eric an ihre Wohnungstür und stößt erstmal einen anerkennenden Pfiff aus. Rena strahlt ihn an.

In der Umkleide ist sie froh, gestern die Extraschicht im Bad eingelegt zu haben. Ihre Beine sind geschmeidig glatt und auch ihre Achseln sehen mal nicht nach Schlachtfeld aus. Keinerlei Ein-Millimeter-Stoppeln, Pusteln oder gar gerötete Haut durch den Rasierer. Sie fühlt sich einmal mehr wie eine Frau. Eine schöne Frau. Nun ja, sicher gibt es Optimierungsbedarf an gewissen Stellen, doch diese kann Rena gegenwärtig ausblenden.

Die Therme gefällt ihr. Es gibt viel zu entdecken. Neben dem Sechsunddreißig-Grad-Becken mit angenehmen Massagedüsen probieren sie zunächst die verschiedenen Dampfbäder aus, ehe sie in der Textilsauna gehörig ins Schwitzen geraten. Kurz bevor ihr Stundentarif ausläuft, stoßen sie auf das Eisenbecken. Laut dem Hinweisschild wird es direkt aus einer Heilquelle gespeist. Ungefiltert gelangt die rot-braune Flüssigkeit in den Pool und sieht wenig einladend aus. Die Warnung, dass Farbablagerungen an der Badebekleidung möglich sind, liest Rena gleich mehrmals durch.

»Traust du dich?«, fragt Eric und streckt ihr seine Hand entgegen. Erfreut greift Rena zu und vergisst im selben Moment ihre Bedenken wegen möglicher Verfärbungen. Die Hand nicht loslassend sitzt sie neben ihm in der

Eisenbrühe und versucht, sich zu entspannen. Ihr Lachen kommt ihr unnatürlich hoch vor, die Sätze sprudeln viel zu schnell hervor, Verhaspler inklusive. Hoffentlich findet er sie nicht albern. Zu jung. Zu unerfahren. Rena seufzt und schließt die Augen. Dabei legt sie den Kopf in den Nacken und lässt ihn vorsichtig hin und her kreisen.

»Ist er wieder steif?«

Erics unbedachte Frage bringt ihre Wangen zum Glühen.

»Vielleicht kannst du ihn dir später noch mal ansehen«, murmelt sie und freut sich, dass er nun einen Grund hat, nachher mit zu ihr zu kommen.

- 28 -

Eric

Schweigend sitzen sie in Renas Auto. Verstohlen mustert Eric seine hübsche Nachbarin. Irgendetwas scheint sie stark zu beschäftigen. Den ganzen Abend über war sie angespannt oder wirkte zeitweise sogar wie weggetreten. Hoffentlich kann er sie zu Hause etwas ablenken. Er würde sie mit zu sich nehmen und ihr endlich unmissverständlich klarmachen, wie er für sie empfindet. Nur ob er das mit Worten tun wollte oder mittels eines intensiven Zungenkusses, weiß er noch nicht. Sie sollte auf jeden Fall das Gefühl bekommen, selber das Tempo bestimmen zu können. Sich auf ihn verlassen zu können, sich sicher zu fühlen. Eric denkt an das, was ihr letzten Sommer passiert sein muss. Er würde ihr alle Zeit der Welt geben, solange er sie nur bei sich hatte.

Plötzlich vibriert seine Jeanstasche und reißt ihn aus seinen Gedanken. »Hast du was dagegen, wenn ich kurz annehme?« Rena schüttelt den Kopf und konzentriert sich weiter auf den Verkehr. »Hi Tom.«

»Eric! Alles Gute, Kumpel, sollen wir später noch einen heben gehen?« Eric lässt sich nichts anmerken und stellt unbemerkt die Lautstärke ein klein wenig leiser. »Danke. Aber ich bin mit Rena unterwegs. Ich ruf dich zurück, ja?« Nach einer kurzen Pause, in der Eric schon die Verbindung unterbrochen sah, lacht Tom und er stimmt mit ein.

Um Rena aufzuheitern, erzählt er den Rest der Strecke Anekdoten aus der Praxis. Als sie dann endlich im Treppenhaus vor seiner Wohnung stehen, ist es vorbei mit Erics Ruhe. Ein nervöses Flattern begleitet seine Stimme. »Magst du noch mit reinkommen?« Rena schüttelt den Kopf. Sein Herz rutscht in die Hose. Mit belegter Stimme versucht er, sie zu überzeugen. »Ich könnte mir noch schnell deinen Nacken ansehen. Die Autofahrt war bestimmt anstrengend.« Sie reagiert nicht. Enttäuschung macht sich in ihm breit.

Da fasst sie ihn an der Hand und zieht ihn mit einem verschmitzten Lächeln die Treppen hoch. Erfreut versucht er, Schritt zu halten. Der Abend ist noch nicht vorbei. Er würde Renas Wohnung kennenlernen. Endlich. Bislang kannte er ja nur den Flur. Kurz muss er an ihre erste Begegnung denken. Wie viel Zeit seitdem schon vergangen ist. Unglaublich.

»Hm. Also willkommen.« Verlegen nimmt sie seine Jacke und hängt sie auf. Sein Blick fällt auf das Schuhregal. Den wuchtigen Schrank, den er damals geschleppt hat, kann er nirgends entdecken. Ehe er nachfragen kann, beginnt die Führung. Das erste Zimmer, das sie ihm zeigt, ist das Wohnzimmer. Es ist gemütlich eingerichtet. Der Stil ist zwar komplett anders als bei ihm, aber er fühlt sich direkt wohl. Fast, so scheint es ihm, macht der dicke bunte Flauschteppich in puncto Bequemlichkeit dem großen durchgesessenen Sofa Konkurrenz. Vielleicht könnte sie sich vor ihm auf den Boden setzen, damit er ihr vom Sofa aus den Nacken massieren konnte.

»Soll ich Tee aufsetzen?«, fragt Rena sichtlich nervös. Eric nickt und folgt ihr in die Küche. Diese ist recht klein und verfügt auch nicht über seine moderne Ausstattung. Rena kocht noch mit einem Elektroherd und die Knöpfe der Spülmaschine sind allesamt abgeklebt. Benutzt hatte sie diese wohl schon länger nicht mehr. Wahllos zieht sie eine Schublade nach der anderen auf und schiebt sie direkt wieder zu. Mit dem Schrank, in dem er die Tassen erspäht, verfährt sie genauso.

»Was ist los?« Amüsiert zieht er eine Augenbraue hoch. Sie hält kurz inne.

»Es ist nur …« Sie streicht sich durch die Haare und presst den Mund zusammen. Neugierig reicht Eric ihr die ausgesuchte Teepackung. Rena holt tief Luft. »Können wir das auslassen?« Sie stockt und tritt dicht an ihn heran. Ein leichter Schauer packt ihn. Das Wasser beginnt zu kochen. »Ich will den ganzen Abend schon … also eigentlich nur«, wispert sie an seinem Ohr. Sein Herz klopft bis zum Anschlag, er wagt es kaum, zu atmen. Würde sie wirklich? Sie neigt den Kopf und küsst ihn. Und wie. Bevor sie sich zurückziehen kann, umschlingt er ihren Oberkörper mit seinen Armen und erwidert zärtlich Renas Kuss. Atemlos strahlen sie sich an. Wie ausgehungert klammern sie sich aneinander und wiederholen mit voller Hingabe ihren ersten richtigen Kuss. Derweil wandern Erics Hände instinktiv tiefer und umfassen schließlich ihren Hintern. Ehe er sich bremsen kann, spürt er, wie sie sich an ihn presst. Keine Sekunde später und er ist hart. »Komm«, haucht Rena und führt ihn in ihr Schlafzimmer. Die Wände sind fliederfarben gestrichen. Außer einem großen Kleiderschrank und dem hüfthohen Doppelbett mit Nachttisch ist es leer. Damit steht das Schlafzimmer im krassen Kontrast zu dem vollgestellten bunten Wohnzimmer. Ehe er sich weiter mit der fehlenden Einrichtung auseinandersetzen kann, beansprucht Rena seine gesamte Aufmerksamkeit. Mit sinnlichen Bewegungen streift sie ein Kleidungsstück nach dem anderen ab. Ihre Augen sind nonstop auf ihn gerichtet. Es bringt ihn fast um den Verstand. Mechanisch entkleidet er sich.

»Du bist so wunderschön.« Flüsternd nimmt er ihre Hände und küsst sie so behutsam, als wäre Rena eine zerbrechliche Kostbarkeit. Schüchtern sieht sie ihn an und deutet auf den Nachttisch.

»Was brauchst du?«, flüstert sie. Dass sie ebenso aufgeregt ist wie er, findet er süß und entspannt ihn ein wenig. Hinter der Nachttischlampe versteckt liegen vier verschiedene Kondompackungen. Allesamt unangetastet. Er schmunzelt.

»Da hat wohl jemand auf lange Hand geplant.« Sie errötet. Eric wählt eine bekannte Marke aus.

Der Sex mit Rena ist intensiv und gefühlvoll. Langsam bewegt er sich in ihr. Liebkost ihre Brüste und genießt es, sie so innig zu spüren. Er kann sein Glück kaum fassen. Renas Atmung wird flacher, ihr Körper fordert einen schnelleren Rhythmus. Wenige Sekunden später bäumt sie sich auf. »Eric!«, keucht sie in seine Halsbeuge und bricht schließlich zitternd zusammen. Er zieht sich zurück und legt sich neben sie. Streichelt sanft ihren Bauch. Ein seliges

Lächeln umspielt ihren Mund. Die Erleichterung in ihrem Blick lässt ihn kurz innehalten. Hatte sie befürchtet, dass er eine Niete im Bett war? Kurz kneift er die Augen zusammen. Und wenn schon, er hat ihr gerade das Gegenteil bewiesen. Alles ist gut. Wie um seine Gedanken zu bestätigen, kuschelt sie sich eng an ihn und schläft binnen Sekunden ein. Auch Eric fühlt die Müdigkeit und schließt wohlig seufzend die Augen. Seine Freundin. Endlich. Ein schöneres Geschenk hätte sie ihm nicht machen können.

- 29 -

Blog #Polerina

Pole-Fotoshootings

Wer auf Instagram dem ein oder anderen Poletänzer fleißig folgt, weiß: Der eingefleischte Poler kann ohne Fotos gar nicht mehr leben. Daher verwundert es nicht, dass in regelmäßigen Abständen auch mal ein professioneller Fotograf aufgesucht wird, um die eigene (Pole-)Figur ins rechte Licht rücken zu lassen. Mittlerweile gibt es neben Sportfotografen auch welche, die sich explizit auf den Pole- oder Aerialsport spezialisiert haben. Zwischen zweihundert und dreihundert Euro kostet so ein Vergnügen im Dreh und findet entweder direkt im Studio statt oder an einer ausgefallenen Location. Für meinen Geldbeutel keine Option, trotzdem will man ja seine Trainingserfolge irgendwie festhalten. Gemeinsam mit meiner Polesister habe ich im freien Training also mal ein Shooting eingelegt. War super anstrengend. Selbst der popligste Anfängertrick wird irgendwann zur Zitter- und Rutschpartie. Auf die Fotos bin ich aber stolz wie Oskar. Am liebsten würde ich sie euch hier posten, doch dann könnt ich ja auch gleich zu Insta wechseln …

Und so stolz, wie sie beim Anblick der Fotos auf ihrem Laptop ist, würde sie sie am liebsten Eric ebenfalls zeigen.

Aber das kommt nicht infrage und so, wie sie ihn bislang kennengelernt hat, wird es auch niemals dazu kommen.

»Nimmst du den Wein?« Rena bejaht und streckt sich nach hinten, um an das Geschenk auf dem Rücksitz zu kommen.

»Wir sind zu früh.« Rena wirft einen Blick auf ihre Armbanduhr und näselt am Verschluss der Weinflasche herum.

»Das ist nur ein Abendessen bei Freunden, keine Prüfung.« Lachend nimmt Eric ihre Hand und führt sie die drei Stufen zu Toms Haustür hinauf. Das kleine Fachwerkhäuschen am Rande der Altstadt Tübingens ist in die Jahre gekommen und könnte einen neuen Anstrich vertragen. Zwei große bunte Blumenkübel am Eingang und eine hübsche Fußmatte mit der Aufschrift »Familie Burchard« lenken die Aufmerksamkeit von der blättrigen Farbe und verleihen dem kleinen Haus etwas Charmantes. Die Tür wird aufgerissen und ein kleines Mädchen schaut sie freudestrahlend an.

»Papa, Eric ist da! Und eine Frau«, ruft es nach hinten und stürzt sich dann in wilder Umarmung auf Eric.

»Hi Miri. Die Frau ist Rena. Meine Freundin. Rena, das ist Miri, mein Patenkind.« Schüchtern reicht ihr Miri die Hand, ehe sie in den Flur flitzt und außer Sicht gerät. Wenig später kommt Tom und führt sie ins Wohnzimmer.

»Ihr kennt euch noch nicht.« Tom stellt sich neben eine sympathisch aussehende Frau, die ihm gerade mal bis zur Brust reicht. »Das ist Abby, meine Frau und Mutter meiner Tochter. Abby, das ist Rena. Erics neue Freundin.« Abby grinst Rena verschwörerisch an und zieht sie in eine herzliche Umarmung.

»Schön, dich wiederzusehen«, flüstert sie in ihr Ohr, ehe sie sich lautstark für den Wein bedankt. »Setzt euch doch schon mal. Ich hole geschwind die Vorspeise. Tom, schenkst du ein?« Mit einer eleganten Bewegung öffnet Tom die Weinflasche und füllt Erics Glas. Als er sich Rena zuwendet, schüttelt sie kurz den Kopf.

»Ich nehme den Saft. Danke.«

Er hält inne und lächelt schief. »Aha. Und ich dachte, du magst Alkohol.« Seine dunklen Augen starren sie an. Denken womöglich an ihre erste und letzte Begegnung. Esthers Junggesellinnenabschied in der Stuttgarter Lagune. Den Abend hatte Rena nur mit mehreren Drinks überstanden. Ihre Wangen färben sich rosa. »Ihr seid doch mit deinem Auto da, oder?«, fragt er Eric. Die beiden Freunde fixieren einander. Denkt er vielleicht, dass sie schwanger ist?

»Ich fahre«, geht Rena schnell dazwischen. Die Situation ist ihr unangenehm. Tom zuckt gleichgültig die Schultern und lehnt sich zurück. Währenddessen kommt Miri und setzt sich neben Rena.

»Liest du mir heute vor?«, will sie wissen.

»Klar, wann musst du denn ins Bett?«

»Spät!« Schmunzelnd wirft Rena einen Blick zu Abby, die ihr eine Schüssel überbackener Champignons reicht.

»Unsere Madame hier geht nach der Vorspeise in die Heia«, stellt Miris Mutter klar. Die Kleine seufzt ergeben und fügt sich ihrem Schicksal.

Während die Männer über das letzte Spiel des VfB fachsimpeln, begleitet Rena Abby in das Kinderzimmer. Bunt war es hier, ähnlich wie in ihrem Wohnzimmer. Mit frisch geputzten Zähnen klettert Miri in ihr Bett und überreicht ein Buch voller Gutenachtgeschichten. Zögernd beginnt Rena, eine Fabel vorzutragen. Das letzte Mal laut vorlesen lag gefühlt acht, neun Jahre zurück, sofern man das Intermezzo bei der Trauung nicht mitzählte. So oder so ist sie gewaltig aus der Übung. Trotzdem macht sie irgendetwas richtig, die Kleine ist bereits nach kürzester Zeit eingeschlafen.

»Und ihr wohnt zusammen, ja?«, eröffnet Abby die Unterhaltung. Sie sitzen wieder am Esstisch. Zwischen ihnen eine leckere Quarkspeise.

»Nein. Ja. Also wir wohnen übereinander. In verschiedenen Wohnungen.«

Vielleicht sollte Rena doch ein Gläschen trinken oder zumindest ein bisschen am Wein nippen. Das würde sie bestimmt entspannen. Aber Abby scheint ja sehr nett und wirklich an ihr interessiert zu sein. Bei Tom ist sich Rena nicht so sicher. Ist sie ihm nicht gut genug für seinen Freund? War sie ihm zu jung? Hatte sie ihn im angetrunkenen Zustand irgendwie verärgert? Nein, sie meint, sich daran zu erinnern, dass er ihr schon vorher einen dieser starrenden Blicke zugeworfen hat. Vielleicht ist das einfach seine Eigenart und er meint es nicht böse. Rena beschließt, sich ganz auf Abby zu konzentrieren.

Tom

»Noch 'ne Runde?«, fragt Tom seinen besten Freund. Endlich Feierabend. Endlich Wochenende. Gott hatte er sich das verdient! »Abby, kannst du uns bitte einen Sixer holen? Ich hab vorhin einen kaltgestellt.« Seine Frau springt hilfsbereit auf. Erics Freundin reißt für einen Moment ungläubig die Augen auf. Spöttisch fixiert er sie. »Abby ist eine gute Frau. Eine gute Mutter, ich hätte es nicht besser treffen können. Auf sie ist immer Verlass.«

Eric nickt zustimmend. »Ihr kennt euch ja auch schon seit der Schulzeit, meine Güte, wie lange ist das jetzt her?«

Tom schüttelt lachend den Kopf. »Ewig! Fühlt sich aber immer noch so an, als wären wir gestern erst zusammengekommen.« Andächtig nehmen beide einen Schluck Bier. »Den anderen in- und auswendig zu kennen, mehrere Jahre gemeinsamer Erlebnisse. Das schweißt zusammen. Nele und du wart doch auch lange …« Unter dem Tisch wird sein Schienbein getreten. »Was?«, fragt Tom provokant. Er grinst frech. »Die war eigentlich schon in Ordnung. Kein Partyhase, zuhause immer für dich da.« Wieder ein Tritt. »Ich mein ja nur, aber gut, anderes Thema.« Eric schaut etwas säuerlich drein. Rena versucht, eine unbeteiligte Miene zur Schau zu stellen. Mit einem Leuchten in den Augen klatscht Tom in die Hände. »Erinnerst du dich noch an Hannah Guntsmann?«, fragt er. Aus den Augenwinkeln bemerkt er, wie Rena kurz die Lippen zusammenpresst. »Keine Sorge, mit der war Eric nicht zusammen.« Er bemüht sich um ein Lächeln.

»Glaub ihm kein Wort, Rena. Wenn Tom einen zu viel trinkt, fantasiert er gerne. Also nicht, dass du denkst, ich wäre ein Frauenheld oder so.«

Tom prustet los. »Mach dich nicht schlechter, als du bist.«

»Tom«, mahnt sein Freund.

Was soll's, genug der Scherze. Amüsierte wohl nur ihn. »Nee nee, Eric ist nicht so. Er is ein feiner Kerl.« Er zwinkert in die Runde. »Wo war ich? Ach genau. Hanni-Bannani.« Tom öffnet die nächste Bierflasche und prostet Eric zu. »Die war ja früher voll der Bücherwurm. Weißt du noch? Diese hässliche Zahnspange? Wir haben sie neulich in der Stadt gesehen. Zusammen mit so einem Südländer. War kaum wiederzuerkennen. Ich mein, ey, wer hätte das gedacht. Voll das Model jetzt. Aber ihre Shorts! Viel zu kurz. Wär' ich der Typ gewesen, ich hätt sie so nicht außer Haus gelassen. Und dabei haben wir grad mal zwanzig Grad draußen. Unglaublich.«

»Ja, versteh ich auch nie«, sagt Eric. Sie stehen auf und wechseln aufs Sofa. Die Mädels setzen sich ihnen gegenüber. Sind in ihre eigenen Themen vertieft. Rena macht im Grunde genommen einen netten Eindruck. Vielleicht war er vorhin etwas zu harsch. Aber wenn es um seinen besten Freund geht, schaut er lieber etwas genauer hin. Nach dem Desaster mit seiner Ex und der Flaute nach dem Flirt in der Stuttgarter Lagune war mit Eric nicht mehr viel anzufangen gewesen. Auf eine Wiederholung kann er gut verzichten.

Es ist kurz vor Mitternacht, als sich ihre Gäste verabschieden und das Haus in Stille versinkt. Abby kann kaum mehr die Augen offen halten. Liebevoll streicht er durch ihr Haar und drückt ihr einen Kuss auf die Stirn. Bevor sie ihm auf dem Sofa einschläft, trägt er sie ins Schlafzimmer und macht das Licht aus. Der Alkohol hatte ihn zunächst redselig gemacht, ihn regelrecht gepusht. Jetzt hält bleierne Müdigkeit Einzug. Er gähnt ausgiebig und legt sich zu seiner Frau. Sekunden später ist er eingeschlafen.

- 30 -

»Tänzerinnen gesucht.« Nachdenklich starrt Rena auf die Überschrift, bis die Wörter vor ihren Augen verschwimmen und eine konfuse Idee immer mehr Gestalt annimmt. Aufgekratzt überfliegt sie die Anzeige. *Vorkenntnisse nicht nötig, wir bringen dir alles bei.* Ha! Die wären sicher beeindruckt, wenn sie sehen würden, was sie schon konnte. Was wäre wenn …?

Sie beißt sich auf die Lippe und schließt den Browser. Ehe sie einen Rückzieher machen kann, tippt sie eine Nachricht an Caro. Zeit, mal wieder was zusammen zu unternehmen.

»Wollen wir die Candy Bar ausprobieren?«

Ihre Freundin schreibt direkt zurück. »Klar, wo ist die? Noch nie von gehört!«

»Nähe Stadtmitte.« Kurz überlegt Rena, ob sie den besonderen Charakter dieser Bar erwähnen soll. Wie Caro zum Exotic Dance steht, hatte sie ja im Polecamp schon deutlich gemacht. Trotzdem ist sie die einzige Person, bei der sich Rena traut, überhaupt zu fragen. Jeder verbindet Poledance zunächst mit Rotlicht. Sie praktiziert diesen Sport, ist den Vorurteilen ausgesetzt, ohne wirklich zu wissen, was da genau abgewertet wird. Das muss sich ändern!

»Was hältst du von Freitag?«, fragt Caro.

»Gern. Sagen wir dreiundzwanzig Uhr dreißig. Ich hol dich ab.« Aufgeregt wartet sie auf Caros grinsenden Smiley.

»Warum so spät?«, wundert sich diese.

Wenige Augenblicke später klingelt es. Rena räuspert sich und nimmt ab. »Die Bar macht erst um elf auf und ich will nicht im leeren Raum sitzen.« In der Leitung bleibt es still. Dann hört sie Caro zischend die Luft ausstoßen.

»Sag bloß, du schleppst mich in einen Stripclub!«

Rena hüstelt ein kleinlautes »doch«. »Bitte, bitte liebe Caro. Ich will unbedingt mal sehen, wie das so ist. Bist du nicht neugierig, was die für Moves und Figuren drauf haben?« Angespannt verharrt Rena am Fenster. Ihr Blick huscht unruhig hin und her. Jeden Moment müsste Eric von der Arbeit kommen. Abends kochten sie für gewöhnlich bei ihm und schauten im Anschluss noch einen Film. Gestern jedoch hatte er sie mit einer Tüte vom Chinese Foodcourt überrascht. Ausgerechnet während eines schweißtreibenden Freestylings an ihrer Pole, deren erneuter Aufbau diesmal um einiges schneller ging. Toms Statements noch deutlich im Ohr, hatte sie in Panik den Bademantel übergeworfen, sich mit ihrer Wasserflasche ins Gesicht gespritzt und so getan, als käme sie direkt aus der Dusche.

Caro seufzt ergeben. »Also gut. Aber nur dieses eine Mal.«

»Du bist ein Schatz!« Erfreut legt Rena auf und schwingt sich spontan im *Chair Spin* um die Stange.

Die Candy Bar sieht von außen nicht wirklich einladend oder gar vertrauensvoll aus. Die blinkende Neonschrift am Eingang bedient dermaßen das Klischee von Rotlicht, dass es Rena schwerfällt, die Gelassenheit beizubehalten, mit der sie Caro überredet hat und mit der sie sie seit Minuten bei Laune hält. Sie schieben sich an einem schweren roten Vorhang vorbei. Innen erwartet sie ein chaotisches Farbspektakel. Scheinwerfer rotieren und tauchen die alte Bar immer wieder in ein schummriges lilafarbenes Licht. Die dunkle Holztheke könnte in jedem beliebigen Irish Pub stehen. Die gegenüberliegende Wand wurde mit farbenfrohen Postern tapeziert. Pin-up-Girls im Retrolook buhlen gemeinsam mit doppeldeutigen Aufnahmen von Früchten sowie vereinzelten platten Pornofotos um Aufmerksamkeit. Im hinteren Bereich steht eine große Bühne. Auf dem Boden ein Schachbrettmuster. Drei Stangen sind hier aufgebaut. An einer räkelt sich eine gertenschlanke Frau mit langem rotem Haar und unzähligen Tattoos. Das Outfit ein Hauch von Nichts. Rena und Caro nehmen mutig in der Mitte des Raums Platz. Die rot und grün lackierten Holzstühle sind überraschend bequem. Einen Tisch weiter herrscht Action. Eine Gruppe von fünf Männern feiert in feuchtfröhlicher Runde. Im Zentrum eine Tänzerin, die zwischen Tisch und separaten Pole-Podest umhertänzelt.

»Hallo Ladys, was darf ich euch bringen?« Die Bedienung trägt lange schwarze Kniestrümpfe, knappe Hotpants und ein noch knapperes Poloshirt. Das einzige Unerotische an ihr sind die flachen Ballerinas.

»Sex on the Beach«, sagt Caro. Rena bestellt einen Mocktail. »Was ist denn mit dir los?«, ruft ihre Freundin ungläubig aus.

Rena zuckt mit den Schultern. »Ich lass es heute eben mal langsamer angehen.« Dass sie keinen Alkohol mehr trinkt, muss sie der partywütigen Caro nicht auf die Nase binden. Verstohlen wirft sie einen Blick auf die anderen Gäste. Bis auf zwei ältere Frauen direkt an der Bar sieht sie nur Männer. Es ist kurz nach Mitternacht, der Raum füllt sich stetig. »Wie viel die hier wohl verdienen?« Caro lugt neugierig auf die Scheine am Nachbartisch. Hauptsächlich Fünfer und Zehner liegen verstreut zu den Füßen der Tänzerin. Wie elektrisiert verfolgt Rena die Bewegungen der Frau, die gerade ihren Bra mit einem schelmischen Blick fallen lässt. Ihre wohlgeformten Brüste stehen wie eine Eins. Weder die Typen an dem Tisch noch Rena können die Blicke abwenden. Neben ihr kichert Caro. »Wusste gar nicht, dass du auf Frauen stehst.« Verärgert schnaubt Rena und haut sie spielerisch auf den Arm.

»Ehrlich gesagt war mir das gar nicht bewusst, dass die sich auch ausziehen. Ich dachte, Poledancer und Stripper sind zwei unterschiedliche …«

Ihre Freundin prustet laut los. »Das hätt ich dir gleich sagen können. Dazu hätten wir nicht in eine Topless-Bar gehen müssen. Aber ernsthaft, wer von uns beiden war im Camp in der Stripperclass?«

»Eben, da ging es ums Strippen, aber wenn von Tänzerinnen gesprochen wird …«, hält Rena dagegen.

»Geht es auch um nackte Tatsachen. Außer du tanzt als Go-go in der Disko«, erklärt Caro und schüttelt vor solcher Unwissenheit belustigt den Kopf. »Meines Wissens nach gibt es dann noch so Nude-Bars, da wird dann komplett blankgezogen«, sagt Caro angewidert. Schweigend nippen sie an den Drinks, ehe Caro von irgendwelchen nervigen Profs erzählt und schließlich wieder zum Poledance wechselt, indem sie die Sprache auf Renas Spagat-Challenge bringt.

»Mhm, fürchte die ist eingeschlafen. Ich habe seit Wochen nicht mehr auf Spagat gedehnt.«

»Schade, wäre voll cool gewesen, wenn du es geschafft hättest«, meint Caro enttäuscht und winkt der Bedienung. Sie will nach Hause. Die kostenlosen Drinks, die ein Typ mit riesigen Flesh Tunnels ihnen gerade ausgeben will, schlägt sie aus. Rena versucht ein letztes Mal, die Atmosphäre wie ein Schwamm aufzusaugen. Die Candy Bar gefällt ihr.

Beim Freestyling im Wohnzimmer hat sie sich schon oft vorgestellt, dass jemand ihr zuguckt. Jemand, der nicht Eric Renz war. Ihm eine Show zu bieten, kam ihr gar nicht in den Sinn. Das passte einfach nicht. Letzten Endes würde er sie vom Tanzen abhalten, da ist sie sich ganz sicher. Doch auch wenn sie jetzt in einer Beziehung ist, gehörte dem anderen nicht ihr Körper. Oder? Meine Güte, wir leben in einem freien Land. Allein sie bestimmte, wie sie sich bewegte oder was sie anzog, und wenn sie gerne diese schönen knappen Outfits in der Öffentlichkeit präsentieren möchte, ist das allein ihre Sache! Stopp, noch mal einen Schritt zurück. Rena hält überrascht inne. Will sie tatsächlich vor anderen tanzen? Also ganz ernsthaft, keine feuchte Fantasie? Ihr Herz pocht aufgeregt, während sie sich durch die Besucher Richtung Ausgang schlängelt.

Was ist mit den Diskos, die Caro erwähnt hat? Vielleicht sucht das Chase auch Tänzer. Also wirklich nur Tänzer, keine Stripper. Stangen hat's ja gehabt.

»Aber da gibt es kein Trinkgeld«, flüstert eine innere Stimme. Sie würde es ja nicht wegen des Geldes machen. »Ja nee, ist klar. Schau doch mal auf dein Konto.« Sicher, da sieht es nicht rosig aus. Aber eigentlich geht es ihr ja um den Tanz an sich. Sie will in nächster Nähe sehen, was ihre Moves bewirken. Will Anerkennung, einen Push fürs Ego, eben etwas ganz und gar nicht Langweiliges machen. Will sich sexy fühlen. Außerdem würde sie sich bestimmt irgendwann einen Hörschaden holen, wäre sie nonstop in der Disko. »Und du denkst, du kannst bei dem jungen Gemüse mithalten?«, begehrt die innere Stimme erneut auf. Rena seufzt und tritt in die klare Nacht. Die Mädels da drin dürften gerade mal die Schule beendet haben. Jugendlich schlank mit Kurven unterschiedlichster Größe. Von süß bis Mega-Monster-Doppel-D war alles dabei. Außer die Größe, mit der sie selbst gesegnet ist. Passt sie mit ihren kleinen Brüsten also überhaupt da rein?

- 31 -

Blog #Polerina

Wie steht ihr zum Freestyling?

Yes! Endlich habe ich es geschafft. Der Sprung in die höhere Klasse hat eine gefühlte Ewigkeit gedauert und ich muss zugeben, dass ich mich bei manchen Kopfüberfiguren immer noch nicht zu 100 % sicher fühle. Aber für den Geist ist es eine Erleichterung, nun endlich mal andere Figuren zu lernen, als dauernd Bekanntes zu wiederholen. Mit dem Kurswechsel ist auch eine neue Trainerin verbunden. Maya, vermutlich genauso alt wie ich, trainiert ausschließlich die Fortgeschrittenen. Klar, dass ich in der ersten Stunde, im wahrsten Sinne des Wortes, eine gute Figur abgeben und beweisen möchte, dass ich im Level-3-Kurs richtig bin. Mein Fazit aus der ersten Trainingseinheit bei Maya: Ich habe mich wieder wie der absolute Newbie gefühlt. Die Kraft hat vorne und hinten nicht gereicht und an den Großteil der Invert-Figuren habe ich mich ohne Spotter gar nicht rangetraut. Stichwort: Iguana und inverted Teddybär!

In den Folgestunden konnte ich aber wieder Selbstvertrauen aufbauen, auch wenn das Warm-up schlaucht. Was ich jedoch richtig gut finde, ist, dass sie ursprünglich ebenfalls vom Ballett kommt und ab und zu tänzerische Moves und klassische Ballettsprünge einbaut. Besonders das unangekündigte Freestyling als Teil des Aufwärmprogramms ist schön. Wobei auch ich mich schwertue, wenn man am Anfang der Stunde steht und noch keinerlei Tricks vollführt hat. Dann sind die Ideen rar und die Bewegungen fühlen sich ein Stück weit fremd an. Meistens gehe ich in solchen Situationen meinem Standard nach. Erst ein großer tiefer Step um die Pole rum, dann eine Pirouette mit anschließendem Chair Spin. Danach fällt mir eigentlich immer was ein. Anders sieht es bei der Mehrheit des Kurses aus. Verstohlene Blicke nach rechts und links bestätigen die nicht vorhandene Kreativität oder vielmehr Unselbstständigkeit der meisten Frauen. Viele kopieren, was sie bei anderen sehen, oder gehen einzelnen Figuren (ohne fließende Übergänge) nach. Sobald die Musik endet, steht die Erleichterung in fast jedem Gesicht geschrieben.

Sarah1885 Freestyling find ich doof!

- 32 -

»Wow, du siehst fantastisch aus«, Eric bewundert ausgiebig ihre neue Frisur. Frisch vom Friseur, geföhnt und gestylt sieht natürlich alles top aus, aber Rena rechnet fest damit, dass auch beim Homestyling etwas Schickes dabei rauskommen wird. Der Besuch im Haircut hat sich eindeutig gelohnt. Es war die letzte Etappe ihres heutigen Beautyprogramms. Die Woche über hat sie bereits mehrere Termine bei der Kosmetikerin ihres Vertrauens in Anspruch genommen. Haarentfernungen, Gesichtsmasken, Augenbrauenkorrektur, ja selbst die Nägel hat sie sich machen lassen. Am Morgen ist sie dann nach Stuttgart gefahren, um auf der Königstraße nach neuen Klamotten zu suchen. Outfits, die einen neuen Look verkörpern. Die sie selbstbewusst, modern und natürlich auch ein wenig sexy erscheinen lassen. »Ich hab in der Burgerbar reserviert. Sollte gleich hier um die Ecke sein.« Rena nickt und überreicht Eric die Hälfte ihrer Shoppingtüten. Arm in Arm schlendern sie zum Restaurant.

Eric

Eine Kellnerin führt sie an ihren Tisch und nimmt wenig später die Bestellung auf. Zu Erics Verwunderung möchte Rena nur einen Salat essen. »Und ich dachte, Shoppen macht hungrig«, meint er und freut sich auf seinen stolzen Gockel – die Spezialität des Hauses, traute man den Bewertungen im Internet. Hähnchenbrust, verfeinert mit

Ziegenkäse, Pilzen und einer süßen Soße. Herrlich. »Nächsten Mittwoch arbeite ich nur halbtags. Hast du Lust, mit Burchards in den Zoo zu gehen?« Seine Freundin überlegt kurz. Setzt an, etwas zu sagen, und murmelt dann in ihr Getränk ein »keine Zeit.«

»Was hast du geplant?«, fragt er. Insgeheim hatte er fest damit gerechnet, dass sie dabei sein wird. Hatte es Abby praktisch zugesichert. Toms Frau ist total nervös wegen Mittwoch. Sie wollte Rena unbedingt persönlich fragen, ob sie zu fünft in den Urlaub fahren wollen. Auch wenn es ihm schwerfiel, nichts zu verraten, hatte er doch Wort gehalten und geschwiegen.

»Ich hab einen Beratungstermin.«

»Aha, das heißt?« Eric lässt nicht locker und versucht, Blickkontakt herzustellen. Irgendetwas ist da im Busch. Schon die letzten Tage war Rena nicht mehr sie selbst. Zumindest äußerlich. Zuerst waren es kleine Veränderungen, wie zum Beispiel der Lippenstift, der intensiver und röter war als sonst. Und heute dann das Megashopping und der neue Haarschnitt. Versucht sie, ihm zu gefallen? Denkt sie etwa, er verliere das Interesse, wenn sie sich outfittechnisch keine größere Mühe gibt? In den Köpfen von Frauen gehen ja mitunter die merkwürdigsten Schlussfolgerungen vor. Alles natürlich unter dem unantastbaren Siegel der Logik.

»Wie findest du denn eigentlich so meine … Oberweite?«, fragt sie unvermittelt.

Eric verschluckt sich beinahe. »Die ist klasse«, sagt er stirnrunzelnd.

»Nicht zu klein?« Rena flüstert schon fast. Das Thema scheint ihr unangenehm zu sein.

Vehement schüttelt er den Kopf. »Nein, gar nicht. Sie sind genau richtig.« Er streckt seine Hand aus, streicht mit seinem Daumen über ihren linken Handrücken.

»Ich hätte gerne mehr«, haucht sie, ehe sie schnell einen großen Bissen verschlingt.

»Dieser Beratungstermin … Ist das etwa für eine OP?«

Als sie zögernd nickt, schnappt er nach Luft. »Rena, Schatz, du musst dich doch nicht verändern. Du bist großartig. Ich liebe dich so, wie du bist.«

Sie lächelt erfreut. In dem Moment bemerkt Eric, was er da gerade gesagt hat. Die magischen drei Worte. Eigentlich wollte er sich die für einen besonders romantischen Abend aufheben. Bislang hatte er sich allerdings nicht so recht getraut. Und jetzt sind sie ihm einfach so rausgerutscht. Hat sich vollkommen natürlich angefühlt und er steht zu hundert Prozent dahinter. Er lächelt. Hofft, dass sie sieht, wie ernst es ihm ist.

»Ich liebe dich auch, Eric«, sagt sie mit sanfter Stimme. Ihm wird ganz warm ums Herz. Nachdem sie sich über den Tisch gelehnt und ihn geküsst hat, setzt sie zu einer Erklärung an. »Ich fühle mich seit Jahren unvollständig, nicht fertig. Als Teenie hofft man ja noch, dass da was wächst. Doch da tut sich halt nichts mehr. Und grad hab ich das Gefühl, ich könnt was bewegen in meinem Leben.«

»Ist das nicht gefährlich?«

»Jede OP birgt natürlich Risiken, aber heutzutage ist das ja ein Routineeingriff und na ja, um so was zu klären, gibt es eben diesen Beratungstermin.«

Ernst schaut er sie an. »Kann ich dich irgendwie noch umstimmen?«, will er wissen. Sie verneint.

Hoffentlich hat sie sich das gut überlegt. Begeistert ist er offen gestanden nicht. Kann nicht verstehen, warum sie ihr Leben für ein Schönheitsproblem aufs Spiel setzt. In seinen Augen ist es noch nicht mal ein Problem. Warum müssen sich Frauen nur so sehr über ihre Brüste definieren? Ist es wegen der Männer? Den paar Idioten, die ihnen eintrichtern, dass sie ohne großen Vorbau nicht attraktiv sind und für immer Single bleiben? Die in den Medien das Idealmaß diktieren und dafür sorgen, dass frau sich schlecht fühlt, wenn sie dem nicht entspricht?

Aber hatte er Rena nicht oft genug gezeigt, wie gern er sie hatte? Das machte doch alles keinen Sinn. Und was aus dem Urlaub wird, kann er sich bei einer kostspieligen Operation in etwa ausmalen. Dennoch, es ist ihr Körper. Er würde sie unterstützen. Für sie da sein. Er nimmt sich vor, im Zoo kein Wort darüber zu verlieren. Auch wenn es ihm schwerfallen wird. Das hier ist privat.

Blog #Polerina

Der perfekte Körper

Bislang habe ich immer behauptet, keine Figurprobleme zu haben. Okay, vielleicht mit Ausnahme des kleinen Bäuchleins. Aber der lässt sich in Alltagsklamotten ja gekonnt verbergen. Etwas, was sich nicht so leicht verstecken lässt – vor allem nicht im Training, Stichwort Sport-BH – ist eine kleine Oberweite. Bei meinen Freizeit- und Bürooutfits achte ich seit der Pubertät penibel darauf, dass es nach »mehr« aussieht. Vor allem wenn es nichts zu pushen gibt, ist das sehr anstrengend und erfordert viel Kreativität. Die vielgelobten Shirts mit Muster oder Schals, die in Mädchenzeitschriften empfohlen werden, täuschen nun mal nicht wirklich über einen kleinen Busen hinweg. Sobald man seitlich steht, ist die Katze aus dem Sack. Klar, der ein oder andere mag jetzt denken: »Mädel, du bestehst doch nicht nur aus Brüsten. Hast du denn gar kein Selbstbewusstsein?« Oder: »Es gibt auch Männer, die auf Frauen mit kleinen Titten stehen.« Mag ja alles sein. Mir ist es jedenfalls wichtig, auch nach »Frau« auszusehen. Sozusagen als Entschädigung für die monatlichen Periodenschmerzen.

Um auf den Punkt zu kommen: Ich denke seit einiger Zeit darüber nach, mir die Brüste vergrößern zu lassen. Also per Schönheits-OP. Etwas, was im Sexualkundeunterricht damals verteufelt wurde. Aber seien wir mal ehrlich. Ich bin Mitte zwanzig. Da wird nichts mehr wachsen. Seit 10

Jahren fühle ich mich unvollständig. Jeden Tag aufs Neue. Ich kann noch so selbstbewusst auftreten, innerlich sieht die Sache ganz anders aus. Jetzt mit meiner neuen Sportart, die allgemeinhin als sexy bezeichnet wird, stehe ich vor einer weiteren Herausforderung. Sport-BHs haben die Eigenschaft, alles an den Körper zu pressen und an einer Stelle zu halten. Sprich, während bei den meisten Kursteilnehmerinnen der Busen, aufgrund der guten Ausgangsgröße, trotzdem noch ansehnlich aussieht, bin ich im wahrsten Sinne des Wortes »flach wie ein Brett«. Mittlerweile habe ich mich daran gewöhnt, dass ich im Training am »natürlichsten« aussehe. Das ist ja auch das Schöne am Sport, du wirst aufgrund deiner Leistung beurteilt. Wenn man dauerhaft in einem Level feststeckt, ist das natürlich noch mal eine andere Geschichte.

Noch nie habe ich mit jemandem über dieses Thema gesprochen. Einfach weil ich keine Aufmerksamkeit auf meine kleine Oberweite ziehen will. Gutgemeinte Sprüche á la »mehr Selbstvertrauen« helfen einem auch nicht weiter. Prinzipiell denke ich ja, dass man mein Problemempfinden nur nachvollziehen kann, wenn man ähnliche Gedanken hat. In meinem Umfeld kenne ich aber keinen, der unterentwickelte Brüste oder andere Körperstellen hat, die in ihrer Form nicht der Norm entsprechen. Ich kann mir jetzt schon ausmalen, wie begeistert meine Eltern seien werden, wenn sie von den Plänen erfahren. »Beauty-OPs sind was für Stars und Sternchen. Die braucht kein normaler Mensch. Und was soll der Spaß kosten? Wer bezahlt das alles?« Oder: »Du siehst doch fesch aus, weiß gar nicht, was du

hast.« Ich fühle mich aber nicht hübsch genug, als dass das von der nicht vorhandenen Brust ablenken könnte.
Ein Punkt ist aber leider nicht unwesentlich. Der Preis für die neuen Brüste. Bezahle ich aufgrund der Vollnarkose oder einer Komplikation mit dem Leben? Wird sich der Busen für immer fremd anfühlen? Werde ich mich als Betrügerin vorkommen? Wird das Ergebnis so aussehen, wie ich es mir vorstelle? Werde ich geschockt sein, wie schwer sie sind, nicht mehr in der Lage sein, keinen BH mehr zuhause zu tragen? Und klar, schaffe ich es, die Tausende von Euros aufzutreiben, um diese OP überhaupt bezahlen zu können? Meine Miete wird zum Teil von meinen Eltern bezahlt. Wenn ich eisern spare, dann die OP in Raten zahle, fragen die sich bestimmt auch, warum sie mich monatlich unterstützen, wenn ich doch Geld für eine solche »Sinnlosigkeit« habe.
Letztes Wochenende habe ich Stunden damit verbracht, mich in die Materie einzulesen. Welche Methoden gibt es, worin unterscheiden sich die Implantate, welche Kosten kommen auf mich zu, ab wann kann ich wieder Sport machen oder arbeiten gehen, bekomme ich eine Krankmeldung oder muss ich Urlaub nehmen? Auf YouTube habe ich mehrere Erfahrungsberichte angeschaut und im Web nach passenden, gut bewerteten Ärzten in meiner Nähe gesucht. Ein Chirurg ist mir dabei ins Auge gestochen. Er verwendet ein besonders schonendes Verfahren ohne Drainage oder Druckverbände. Implantate, die die Entstehung einer Kapselfibrose (sprich Komplikationen) so gering wie möglich halten, und eine transparente Kostenübersicht.

Knapp sechstausend Euro würde die OP bei ihm kosten. Gesellschaftsfähig ist man nach wenigen Tagen wieder, zur Sicherheit sollte man aber schon drei Wochen Urlaub nehmen. Meine nächsten Schritte werden sein, mich vor Ort bei einem Gespräch beraten zu lassen und mir bei positivem Eindruck Gedanken um die Finanzierung zu machen. Neue Arbeitsstelle? Nebenjob? Mitbewohner? Irgendwelche Ideen?

Zwobelus Hast du doch bestimmt nicht nötig! Die richtig guten Poledancer im Netz haben alle kein großes Holz vor den Hütten. #naturalbeautyrocks

Roger Post mal Vorher-Nachher-Pics!

PeterxX Tanz doch im Club!! Ich komm gern vorbei :D Gibt sicher massig Kohle …

MirusL Strip strip strip that down for MEEE

MelanieFox Mutige Entscheidung! Habe selber auch »nichts«, aber auch viel zu viel Schiss vor so einer OP. Musst unbedingt erzählen, wie es lief.

BabSel Habe vor 2 Jahren eine BV machen lassen. Bin super zufrieden. Mache Bodybuilding, daher liegt Implantat über dem Muskel, so konnte ich schnell wieder trainieren. Durch genügend Eigenfett fällt's auch nicht weiter auf.

Paulina Thumbs up! Du machst das Richtige. Alle anderen haben keine Ahnung oder sind Feiglinge.

Y-Görl Es gibt auch Frauen, die auf kleine Tittis stehen <3

XOTO Zeig mir deine und ich sag dir, ob du's nötig hast.

Lily_F Wie lief dein Beratungsgespräch? Hast du schon einen Termin? Bitte bitte, halt uns auf dem Laufenden!

Hannah Wegen deiner Eltern: Sag, dass du dir die Brüste hast komplett abnehmen lassen – zur Vorsorge. Wegen Brustkrebs und so. Und dass du dich für die »Weiblichkeit« dazu entschieden hast, neue einsetzen zu lassen. Ach ja, und dass die Krankenkasse das bezahlt hat xD

Axel2000 Ich würd hier mal ’n Termin machen: www.pp-praxis-eichenbach.de **-->** tolle PsychoDOCS!

PeterxX Oder mach Camming! Ich abonnier dich!

Oona23 Kennst du Glitzerzauber? Mach doch auch so was! Gibt bestimmt ein nettes Taschengeld.

MirusL ich kenn da so ’n Escortservice …

AneL-LenA Geil. Ich will auch new Boobs. Zu wem gehst du? @Axel2000 Verpiss dich. Deinen ***Tipp braucht kein Mensch!

Nina_K Wie heißen die Implantate ohne Fibrose?!

- 33 -

Mit einem Kribbeln im Bauch passiert Rena den roten Vorhang. Es ist weit nach Mitternacht. Auf Socken hatte sie sich die Treppen runtergeschlichen und war mit der S-Bahn nach Stuttgart gefahren. Der Gedanke an die Candy Bar hat sie nicht mehr losgelassen. Im Gegensatz zu dem Freitag mit Caro ist heute nichts los. Zwei Männer sitzen an der Bühne, trinken ihr Bier und beobachten das Mädchen mit der Doppel-D-Auslage. An der Bar sitzt die Rothaarige mit den vielen Tattoos und unterhält sich mit einer anderen Tänzerin. Kurzerhand setzt sich Rena direkt daneben.

»Willst du 'n Lapdance?«, wird sie wenig später angesprochen.

Sie errötet leicht. »Ich tanzen. Vielleicht. Hier«, stottert sie verlegen. Die Tänzerin zieht amüsiert die Augenbraue hoch. »Ich kann Poledance«, versucht Rena, die Situation zu retten.

Die Mädels tuscheln miteinander und lachen dann auf. »Also gut. Folgender Deal, Baby. Du buchst 'n Lapdance und danach kannst du uns zeigen, ob du's drauf hast. Je nachdem empfehlen wir dich dann vielleicht weiter.«

Rena schluckt hart und nickt zögernd. Mit wackligen Beinen steht sie auf und folgt den beiden durch einen weiteren Vorhang. Diesen hatte sie beim letzten Mal gar nicht gesehen. Ein kleiner Gang schließt sich der geräumigen Bar an. Sie zählt fünf Türen. WC, Privat, Lollipop, Wild

Berry und Sweet Cherry. Kichernd hält ihr die Rothaarige die Tür zum Lollipop-Raum auf.

»Hinsetzen«, befiehlt die andere und zeigt auf den Stuhl in der Mitte. »Da wir unter uns sind, mach ich mal eine Touching-Ausnahme. Du darfst mich also anfassen, aber denk dran, jeder Berührung muss ein Geldschein folgen. Festpreis vierzig Euro. Ach ja, und sei kein Geizkragen.« Wieder wird Rena rot und fragt sich, ob sie gerade absichtlich provoziert wird oder das hier zur üblichen Clubetikette gehört. Die Rothaarige stellt sich derweil hinter sie. Angespannt hält sie unbewusst den Atem an.

»Mach dich locker, Kleine. Wir fressen dich schon nicht«, sagt sie und fängt an, ihre Schultern zu massieren.

»Nein, wir haben bloß Spaß«, ergänzt die andere, die sich nun dranmacht, an Renas Beinen langzufahren. Mit funkelnden Augen hockt sie vor ihr und lässt ihre Brüste wippen. »Hast du 'n Typen?« Irritiert nickt Rena. »Und besorgt er es dir auch ordentlich?« Sie schnappt nach Luft. Das geht die zwei ja wohl nichts an. »Bist wohl prüde. Was suchst du dann hier? Hm.« Verdattert hält sie inne und schluckt eine saftige Erwiderung hinunter. Wahrscheinlich hätte die eh nicht gesessen. Es scheint, als wäre auf ihre Stimme gerade kein Verlass. Die Hände wandern nun weiter nach oben. Gleichzeitig kreisen die Hüften im Takt der Musik. Rena wird etwas schwindlig. Sie fühlt sich, als ob sie in Trance versetzt wird. Plötzlich quiekt sie auf.

»Hast du die etwas ausgestopft? Die sind ja hart wie sonst was.« Die Frau vor ihr kneift ein Auge zu. »Wie willst du denn mit den Minis Geld verdienen?«

Energisch schubst Rena die Hände von sich. »Ich dachte, ein Lapdance ist dazu da, um erregt zu werden. Sprüche und ein bisschen Fummeln. Ist das etwa alles, was du kannst?«, zischt sie wütend.

Hinter ihr wird aufgelacht. »Hört, hört! Das Baby hat gesprochen. Nun, ganz wie du willst. Greta, dreh die Mucke auf. Hier will jemand Entertainment.« Die restlichen Minuten des Songs gehen schnell vorbei. Die beiden halten endlich die Klappe und konzentrieren sich auf ihre Performance. Die zugegebenermaßen echt gut ist. Wäre sie ein Kerl, Rena ist sich nicht sicher, ob die Hose trocken geblieben wäre. Um zu demonstrieren, dass sie nicht verklemmt ist, berührt sie sogar die Brust. Eigentlich aber auch für Recherchezwecke. Wie sich ein richtiger ausgewachsener Busen anfühlt, hat sie schon immer interessiert. Gerade jetzt, wo sie bald Kunstbrüste haben wird, ist ein Vergleich sinnvoll, findet Rena und streicht gleich noch mal drüber, ehe sie einen Fünfer in den Slip vor ihr steckt.

Nachdem abkassiert wurde, ziehen die Stripperinnen sie in die Umkleide. Versteckt hinter der Tür mit Aufschrift »Privat«. Neben Schminkspiegeln und Schließfächern ist auch eine Tanzstange aufgebaut. »Hier bereiten wir uns für unsere Shows vor«, sagt die rothaarige Greta und schaltet Musik auf ihrem Handy an.

»Ähm, ich mach mich erst noch warm.«

Die andere schnaubt. »Du sollst hier keine akrobatischen Kunststücke vorführen, sondern teasen.« Rena presst kurz die Lippen aufeinander. Sie schließt die Augen. Sie wird es auf ihre Art machen. Langsam lässt sie die Schultern kreisen und dehnt die Arme. »Wird's bald?«, wird sie ungeduldig gefragt. Um mehr Bewegungsfreiheit zu haben, zieht sie ihre Jeans aus.

»Okay, kann losgehen.«

Greta nickt ihr aufmunternd zu und startet die Musik neu. Mit Schwung tritt Rena an die Stange und wird vom Spinning-Modus überrascht, kann das aber gut überspielen. Sie zeigt ein paar Basics und garniert das Ganze mit Elementen aus ihrer Campzeit. In einer sexy Bewegung fliegt ihr Oberteil auf den Boden. Von wegen prüde. Ha! Die verdutzten Gesichter der beiden sind Gold wert. In der letzten Sekunde toppt sie ihren Striptease mit dem *Butterfly*, einer eindrucksvollen Kopfüberfigur, ehe sie lasziv auf den Boden gleitet und in einer Schlusspose verharrt.

»Yes, Baby.« Beeindruckt applaudieren die zwei ihr. »Du musst unbedingt zur nächsten Audition kommen. Die nehmen dich hundertpro. Also na ja, vielleicht …« Zweifelnd wird ihr ungeniert auf den Busen gestarrt. »Hier gibt's zwar welche, die haben nicht so viel und es gibt ja unterschiedliche Vorlieben und so, aber na ja.«

»Ich habe vor, sie machen zu lassen«, platzt Rena dazwischen.

»Wow, gut, dir ist es also ernst«, sagt Greta erstaunt.

»Dann komm nach der OP wieder. Dann sind die Chancen größer und das Trinkgeld höher.«

Butterfly

Variante: Extended

- 34 -

Nur noch wenige Stunden, dann würde sich ihr Leben radikal ändern. Dessen ist sich Rena sicher. Der Beratungstermin vor ein paar Wochen hatte sie in ihrem Vorhaben bestärkt. Die OP ist überfällig. Nie wieder würde sie sich minderwertig vorkommen, wenn sie Teenies sah, die zehn Jahre jünger waren und schon viel mehr zu bieten hatten als sie selbst.

»Alles in Ordnung?«, fragt Eric beklommen. Zusammen sitzen sie im Wartezimmer der Schönheitsklinik. Sie nickt aufgeregt. Die Nacht zuvor konnte sie nicht schlafen. Am meisten Sorgen bereitet ihr, dass die Brüste sich für immer fremd anfühlen könnten. Dass sie in den Spiegel schaut und denkt, dass sie komisch aussehen. Aber gut, dann ließe sie sie eben wieder entfernen und die Haut straffen. So einfach wäre das. Der Kleinkredit, den sie gerade so bewilligt bekommen hatte, würde das sicherlich ebenfalls abdecken. Ihr Handy vibriert. Mit feuchten Fingern ruft sie Caros Nachricht auf. »Viel Glück! Denke an dich, du Verrückte! Lass von dir hören, wenn alles überstanden ist! Kussi.«

Ein paar Tage zuvor klang das noch ganz anders. »Warum willst du sie denn überhaupt machen lassen? Du hast doch jetzt einen Mann gefunden, der dich auch ohne große Titten mag.« Mit ihrer eigenen Prachtausstattung hat sie nicht direkt kapiert, dass Rena das für sich macht, nicht für jemand anderen. Erst am Ende ihres Telefonats hatte sie ein Einsehen und wollte sie unterstützen. Von ihrer Familie weiß niemand Bescheid. Auch Esther ist nicht eingeweiht. Ihre Zweifel will Rena nicht hören. Auf der Arbeit hat sie sich aus gesundheitlichen Gründen drei Wochen Urlaub genommen. Wie die Kollegen wohl reagieren werden? Wird es einen peinlichen Moment geben? Was ist mit den Kursteilnehmern im Studio? Egal, beschließt Rena und atmet tief durch. »Rena Süßholz, bitte.« Sie steht auf und folgt der Krankenschwester.

- 35 -

Wartend steht Rena am Eingang des Tübinger Weihnachtsmarktes. Der Duft von gebratenen Mandeln liegt in der Luft und schürt ihre Vorfreude auf das Familienfest. Endlich würde sie Eric ihren Eltern vorstellen können und endlich würde sie von gutgemeinten Ratschlägen hinsichtlich ihres vermeintlich fehlenden Partners verschont bleiben. Mütter mit Kinderwagen und Omas mit jeweils einem Enkel an der Hand schlendern an ihr vorbei und genießen den frühen Nachmittag. Abends und am Wochenende könnte man einen Besuch vergessen, meinte Abby. Da wäre es zu voll und alles andere als entspannt. Rena reibt sich die klammen Hände und sucht die vorbeigehende Menschentraube nach Abby und Miri ab. Die beiden verspäteten sich wohl. Die Einladung zum Mädelstag kam letzte Woche, Rena sagte spontan zu und reichte direkt einen halben Tag Urlaub ein. Seitdem sie Abby beim Dinner richtig kennengelernt hat, tauschen sie sich regelmäßig aus, telefonieren oder unternehmen etwas. Mal mit und mal ohne Miri. Im Gegensatz zu Esther, die vollkommen schockiert auf ihre neue Oberweite reagiert hatte, nahm Abby Renas Entscheidung wertfrei hin. Meinte nur, dass sie zu viel Angst vor einer OP hätte, und fügte nach kurzer Überlegung hinzu, dass ihr Mann von der Vorstellung vermutlich nicht sonderlich angetan wäre. Mit einem Schmunzeln denkt Rena an den Eingriff zurück. Sie war aufgewacht, hatte eine unglaublich trockene

Kehle und das Gefühl, ein Elefant sitze auf ihrem Brustkorb. Tagelang konnte sie die einfachsten Dinge nicht alleine bewerkstelligen, brauchte Hilfe, um sich anzuziehen, aufs Klo zu gehen oder zu duschen. Eric war immer an ihrer Seite, hatte sie liebevoll umsorgt und ihr ihre Wünsche von den Lippen abgelesen. Zu Beginn fühlten sich ihre neuen Brüste sehr hart an. Die Haut spannte unangenehm und Rena fragte sich, wann sich ihr Zustand wohl besserte. Als sie in ein Geschäft ging, um sich einen neuen BH zu kaufen, und sie im Spiegel ihr schönes Dekolletee bewunderte, war sie sich zum ersten Mal sicher, die richtige Entscheidung getroffen zu haben. Die Schmerzen hatten sich gelohnt. Ihr Selbstbewusstsein ist in die Höhe geschossen. Sie fühlte sich vollständig. Ihr Körper passt nun zu ihrem neuen Ich.

»Rena, huhu. Hier sind wir!«, Miris hohe Kinderstimme ertönt zu Renas linker Seite. Aus der kleinen Gasse kommen die beiden im Stechschritt auf sie zu geeilt.

»Entschuldige bitte die Verspätung. Wir haben Toms Lieblingshemd erst nicht gefunden und dann musste es noch gebügelt werden, weil er heute im Betrieb Weihnachtsfeier hat. Da muss ja alles respektabel aussehen.« Abby holt tief Luft und grinst. »Aber alles geschafft. Jetzt sind wir hier.«

Rena umarmt sie lächelnd und freut sich, dass sie den Tag mit den zweien alleine hatte. In Tom Burchards Gegenwart fühlt sie sich immer noch ein wenig unwohl. Sie hatte den Eindruck, dass er nicht ganz von ihren Girlfriend-Qualitäten überzeugt war. Zumindest lässt er es zu, dass sie sich mit Abby anfreundete, was im Übrigen auch Eric gut findet.

»Dann lass uns mal los, oder? Duften tut es ja schon mal vielversprechend.« Abby zwinkert ihrer Tochter zu und setzt sich wieder in Bewegung.

Gemütlich spazieren sie an den festlich geschmückten Ständen vorbei. Wiegen sich im Takt der Straßenmusiker und bestaunen die farbenfrohe Auslage der Händler.

»Habt ihr Lust auf Kinderpunsch?«, fragt Abby mit Blick auf eine der Ausschanktafeln. Rena nickt und erwischt Miri gerade noch so an der Kapuze.

»Schneller, da ist grad keine Schlange!« Ungeduldig tippelt die Kleine von einem Fuß auf den anderen.

»Keine Sorge, mein Schatz, es ist genug für alle da.« Ihre Mutter lächelt ihr beruhigend zu.

»Aber wir wollen doch noch zur Schlittschuhbahn. Nicht, dass es dann zu spät wird und es wieder heißt: nö, gleich Bettgehzeit.« Die Hände in die Seite gestützt schaut sie die Frauen abwartend an.

»Wir schaffen das schon, Miri. Notfalls gehen wir am Wochenende mit Papa.«

Und ohne Rena. Dabei hat sie sich schon so gefreut. Zuletzt war sie als Jugendliche auf der Eisbahn unterwegs. Ob sie es noch konnte? Das sei wie Fahrrad fahren, hatte ihre Mutter einmal gemeint. Das verlernst du nicht.

Um tatsächlich noch Zeit für die Schlittschuhbahn zu haben, kürzen sie ihren Bummel schließlich ab und gehen zur nächsten Bushaltestelle. Wenige Minuten später stehen sie auf dem Eis. Während Miri souverän eine Runde nach der anderen dreht, klammern sich Abby und Rena an der Bande fest. »Es muss an den Schuhen liegen, letztes Jahr hat es besser geklappt«, lacht Abby. Rena zieht vielsagend die Augenbrauen hoch und probiert mutig ein paar Züge ohne Halt. Bis auf den letzten funktionierte das einwandfrei.

»Komm Rena, du kannst dich an mir festhalten, solange Mama hier noch übt.« Hand in Hand schlängeln sie sich durch die gut besuchte Bahn. »Klappt ja schon ganz gut«, lobt Miri und lächelt sie an. Zwei volle Runden absolviert Rena unter Anleitung der Schülerin, ehe Abby sie ablöst. Nun wieder ohne Hilfe und die Bande nicht in Reichweite wackelt Rena von einer auf die andere Sekunde und landet schließlich auf dem Po. »Autsch«, entfährt es ihr. Um sie herum nehmen die Eisläufer an Tempo auf. Ausgerechnet auf der langen Strecke muss sie hinfallen. Große Klasse. Aus Angst, dass jemand sie anfährt, stützt sie ihre Hände nahe am Körper auf das Eis und versucht sich hochzudrücken. Ohne Erfolg. Ihre Armkraft ist immer noch unterirdisch. Nachdem ihr Brustmuskel durchgeschnitten wurde, hatte sie wochenlang auf jegliche sportliche Betätigung verzichtet. Zwei Monate danach hat sie sich nur an ein wenig Beinarbeit getraut und erst letzten Monat damit begonnen, ins Training zu gehen. Statt Level drei besucht sie nun die Exotic Class, bei der die Arme nicht so beansprucht werden wie bei den akrobatischen Kursen. Nach langem Hin und Her hatte sie sich für einen erneuten Versuch entschieden. Zu sehr hatte es sie in den Fingern gejuckt und zu stark ist immer noch der Gedanke an die Candy Bar. Sogar Heels hatte sie sich zugelegt.

»Vorsicht!«, brüllt es knapp an ihrem Ohr. Zwei sich jagende Jungs rasen dicht an ihr vorbei. Renas Puls beschleunigt sich. Sie muss hier weg. Sofort. Die nächsten Versuche aufzustehen scheitern ebenfalls.

»Kann ich Ihnen helfen?« Der Mann dürfte Ende dreißig sein. Vermutlich ein Vater von einem der vielen rumtollenden Kinder. Erleichtert nickt Rena und lässt sich mit Schwung hochziehen.

»Könnten Sie mich vielleicht auch noch an die Bande begleiten?«, fragt sie verlegen. Ihren Schlittschuhkünsten traut sie nicht mehr über den Weg.

»Natürlich. Gerne.« An seinem Arm fährt sie sicher an den Rand.

»Rena, was ist passiert? Alles gut? Wir übernehmen jetzt. Danke.« Besorgt kommen Abby und Miri neben ihr zum Stehen. Rena nickt und bedankt sich. Mit einem bedauernden Gesichtsausdruck verabschiedet sich ihr Retter.

»Jaja. Ich brauch erstmal eine Pause. Es hat mich eben schön auf den Hintern gelegt.«

»Ich leiste dir Gesellschaft, ich bin auch schon ganz außer Puste. Unsere Maus kann die nächsten Runden mal so richtig durchsprinten, so ganz ohne lahmende Erwachsene, gell?« Abby zieht Miris Mütze wieder tiefer ins Gesicht. »Aber schön vorsichtig«, fügt sie noch hinzu.

»Ja, Mama. Ich werde mich sicherlich nicht wie Rena hinlegen.« Miri rollt mit den Augen und nimmt erneut Anlauf.

»Sie scheint richtig Spaß zu haben.«

»Ja und die Power hat sie auch. Eigentlich sollte ich sie zum Sport anmelden. Damit sie abends ausgeglichener ist und na ja, dann hätte ich auch ein bissel mehr Zeit für mich.« Unschlüssig blickt sie zu Rena. »Also das klang jetzt vielleicht etwas zu hart. Als ob sie eine Last wäre. Was definitiv nicht der Fall ist. Ich liebe sie von Herzen, sie ist das Beste, was mir je passiert ist …«

»Nein, klang gar nicht so. Du bist eine wundervolle Mutter. Die beiden können sich glücklich schätzen«, unterbricht Rena sie.

»Danke dir. Das ist lieb. Ich … Du bist nur die erste Nicht-Mutter seit langer Zeit und sonst stellt man sich eben immer so dar, als wäre man, nun ja, die Supermom.« Abby verzieht das Gesicht.

»Klingt anstrengend.«

Abby nickt und wechselt dann das Thema. »Ich find's schön, dass Eric und du ein Paar seid. Ich finde, ihr passt richtig gut zusammen. Hat mich echt für ihn gefreut.«

Rena lächelt und versucht, die Gelegenheit beim Schopf zu packen. »Kanntest du seine Ex gut?« Die Anspielungen von Tom gehen ihr nicht mehr aus dem Kopf.

»Du meinst Nele?« Rena nickt und bedeutet ihr fortzufahren. »Hm, geht so. Die beiden haben ja nicht hier gewohnt, sodass man sich wirklich nur sehr selten gesehen hat.« Nachdenklich schaut Abby ihrer Tochter nach, die sich nun mit anderen Kindern zu einer Kette zusammengeschlossen hat. »Sie ist auch Physiotherapeutin. Die beiden hatten sich während der Ausbildung kennengelernt.

Waren auch recht lange zusammen, bis …« Sie zögert. Neugierig lehnt sich Rena zu ihr. »Ich weiß gar nicht, ob ich dir das erzählen darf.«

»Bitte Abby. Ihr macht alle ein riesiges Staatsgeheimnis draus, sodass ich das Gefühl habe, dass das wichtig ist, und Tom hat so komische Anspielungen gemacht. Eric traue ich mich nicht zu fragen. Ich will ja auch nichts aufwühlen oder so.«

»Hm, also erstmal: ignorier Tom. Er ist da ein wenig eigen. Und ja, das Ende des Liedes war halt, dass Nele Eric heftigst belogen hatte. Es ging auch um irgendeinen Typen, aber das war anscheinend nicht so schlimm. Also ich glaub nicht, dass sie tatsächlich eine Affäre hatte. Genaues hat mir Tom auch nicht erzählt. Nur, dass Eric eben echt enttäuscht und am Boden war. Und dann ist er wieder hierher gezogen.«

»Okay, wow. Danke.« Oje, das klingt gar nicht gut. Rena muss an ihr Geheimnis denken. Ein schlechtes Gewissen hat sie ja schon. Aber lieber das, als nicht mehr tanzen zu dürfen, beschwichtigt sie sich. Schweigend verfolgen sie das Treiben auf der Bahn. Gerade probiert Miri mit den anderen Kids Tricks aus. Ihr Lachen ist bis an die gegenüberliegende Bande zu hören.

Unvermittelt wendet sich Abby Rena wieder zu. »Weißt du eigentlich, dass du voll die Wirkung auf Männer hast? Guck jetzt nicht hin, aber der Typ von eben schaut schon die ganze Zeit hierher.« Erstaunt dreht Rena sich verstohlen um. Sehen tut sie nur seinen Rücken. Sie zuckt gleichgültig die Schultern.

»Muss an den neuen Brüsten liegen.«

Abby lacht und schüttelt den Kopf. »Glaub ich nicht, du hast da so ein Glitzern in den Augen, wenn du mit Männern sprichst. Ist mir schon vorher aufgefallen.«

»Was?«, prustet Rena und versucht, die Beobachtung ins Lächerliche zu ziehen. Nicht dass sie Tom Flausen in den Kopf setzt und er sich zu irgendeiner miesen Aktion verleiten lässt. Seine spitze Bemerkung mit dem »Partyhasen« kam damals ganz unerwartet.

»Na vorhin, beim Punschkauf. Da hattest du wirklich einen echt kecken Blick drauf.«

»Ich habe ganz normal bestellt und der war mindestens schon fünfzig!«, empört sich Rena.

»Macht nichts, Glitzern ist Glitzern. Die Verabschiedung eben war auch nicht nach seinem Geschmack. Der hätte mich am liebsten weggescheucht.«

»Jetzt übertreibst du aber.« So langsam wird ihr das Thema unangenehm.

»Bestimmt nicht. Tom ist es auch aufgefallen.« Überrascht reißt sie die Augen auf. Unruhig zupft sie ihre Handschuhe zurecht. »Ja, und da hattest du noch nicht deine neuen Babys.« Abby grinst.

»Was meinst du damit?« Renas Stimme ist belegt. Jetzt kommt sie vielleicht der Ursache für Toms kalte Schulter auf den Grund. »Er hatte mir damals von der Stuttgarter Lagune erzählt. Dass die beiden dich und deine Freundin zufällig getroffen haben und an der Bar nicht nur Eric, sondern auch die Kellner und Männer von anderen Tischen die Augen kaum von dir lassen konnten.«

Verständnislos schaut sie ihre neue Freundin an. »An dem Abend war ich total unsicher. Als ich Eric gesehen habe, wäre ich am liebsten im Boden versunken. FKK, das war einfach der totale Schock. Und Abby, ich kann das beim besten Willen nicht nachvollziehen. Ich bin kein Model. Ich sehe durchschnittlich aus, war damals sogar noch flach wie ein Brett.« Rena schüttelt energisch den Kopf.

»Ich finde, du hast was Besonderes«, beharrt Abby und winkt Miri schließlich zu sich. »Zeit, zu gehen, Schatz.«

- 36 -

Die rauchige Stimme des Club-Managers ertönt aus der ersten Reihe. »Okay. Danke. Die Nächsten bitte.« Gelangweilt winkt er den drei Frauen am Bühnenrand zu. Nervös tupft Rena ein letztes Mal den Schweiß von den Händen und steigt hinter einer großgewachsenen Blondine die Stufen zur Bühne hoch. An der Bar erkennt sie Greta, die ihre gedrückten Daumen hochhält und breit grinst. Das Blondchen bleibt unerwartet stehen und nimmt die Pole im Zentrum der Bühne für sich in Anspruch. Rena und die kleine Frau hinter ihr müssen mit dem Rand vorliebnehmen. Egal, sie wird die Aufmerksamkeit auf sich lenken, da kann die Mitte einpacken. Mehrere Tage lang hatte sie ihren Castingauftritt vorbereitet. Eine Mischung aus Freestyle, Stripperclass-Elementen und Beginnerfiguren will sie präsentieren. Schade, dass die Kraft für die Kopfüberfiguren noch nicht reicht, aber es muss auch so gehen. Sie fühlt sich gut. Sexy. Bereit für ihr Stripperabenteuer. Sie hatte sich extra eine Perücke aus Echthaar bestellt. Nur um auf Nummer sicher zu gehen. Na ja, und um ihre nächtliche Leidenschaft ein Stück weit abgrenzen zu können.

»Okay, falls ihr es noch nicht mitbekommen habt, ich bin Tris Devato, Manager der Candy Bar und des Macapasións. Jetzt seid ihr dran. Stellt euch kurz vor: Name, Alter, Erfahrung und dann zeigt, was ihr könnt. Macht uns hier unten an. Gebt, was das Zeug hält. Ich will hier nicht wieder einschlafen.« Er macht eine unbestimmte

Bewegung, die vage Richtung Umkleide geht. »Der Song dauert fünf Minuten. Am Ende will ich Brüste sehen, kapiert? Für Anfänger haben wir eine Karenzzeit, je nachdem wie gut sie sind, aber sonst gilt, je mehr Haut desto besser.« Er reibt sich die Hände und fixiert die Blonde. Na toll, hat er sich etwa schon auf die eingeschossen? Rena lächelt noch etwas breiter und geht stärker ins Hohlkreuz. Die perfekte S-Kurve.

»Hi, ich werde Ms. Barbie genannt und bin einundzwanzig Jahre jung. Ich bin in Ludwigsburg schon aufgetreten«, stellt sich das Blondchen vor und spitzt kess die Lippen.

»Ich bin Lexi, sechsundzwanzig, liebe es zu teasen und trainiere Poledance seit fast zwei Jahren«, schnurrt Rena mit sanfter Stimme. Die Vorstellung der dritten Tänzerin nimmt sie nicht mehr wahr. Die Kleine hatte noch nicht mal Heels an.

Als die Musik startet, gibt Rena alles. Zu Beginn hält sie sich an die zurechtgelegten Moves. Registriert den einen oder anderen Pfiff, ob er ihr oder Ms. Barbie galt, wird immer nebensächlicher. Sie wird mitgerissen von der Melodie, schaltet den Kopf aus und überlässt die Regie ihrem Körper. Fast verpasst sie so das Ende des Liedes. Schwungvoll reist sie sich das Oberteil runter und schmiegt sich aufreizend an die Stange. Die plötzliche Nacktheit nagt an ihrem Selbstbewusstsein. Das war wohl etwas, was man nicht alleine im Wohnzimmer üben konnte.

»Okay, Ms. Barbie und Lexi. Das war nicht schlecht. Könnt ihr noch ein bisschen Floorwork machen?« Sie nicken. Rena greift wieder zu ihrem Oberteil, während die Blondine es vom Bühnenrand fegt, »um mehr Platz zu haben«. Egal, sie wird ihre neuen Brüste jedenfalls nicht am schäbigen Tanzboden schmirgeln. Der nächste Song beginnt. Diesmal eine langsame, gefühlvolle Nummer. Unauffällig schielt Rena zu ihrer Kontrahentin. Die Bewegungen sind alles andere als flüssig oder gar elegant. Da zahlt sich das Training aus. Das sieht auch Tris Devato. Nach der Runde ist Rena weiter und erhält am Ende des Castings direkt einen Vertrag auf Stundenbasis. »Glückwunsch Lexi, willkommen in der Familie. Wir melden uns dann.« Er zwinkert ihr zu, ehe er durch den Vorhang verschwindet.

Aus ihrem Umfeld weiß keiner Bescheid. Nicht mal Caro. Mit einem Stripperjob geht man eben noch weniger hausieren als mit Poledance als Hobby. Wie Eric reagieren würde, sollte er je hiervon erfahren, will Rena sich vorerst nicht ausmalen. Sie geht ja nicht fremd. Von daher sollte eigentlich als cool sein. Oder? Aufgeregt parkt sie in einer Parallelstraße. In einer Stunde steht sie gemeinsam mit Greta und einer weiteren Anfängerin auf der Bühne. Eine Choreo gibt es nicht. Teasen, was das Zeug hält, und das ganze fünfzehn Minuten. Dasselbe dann noch mal eine halbe Stunde später. Sie atmet mehrmals tief ein und aus und steigt schließlich aus dem Auto. Eric hatte sie von einem neuen Ehrenamt erzählt. Ein Seelsorgetelefon, praktisch wie die Nummer gegen Kummer. Das musste vierundzwanzig Stunden besetzt sein und ist enorm angewiesen auf ehrenamtliche Helfer. Ihr Freund zeigte sofort Verständnis und Renas schlechtes Gewissen meldete sich prompt. Vielleicht sollte sie es sich wenigstens mal anschauen, wäre dann nicht ganz so verwerflich. Sie schlüpft durch den Hintereingang der Candy Bar und steuert die Umkleide an. Wildes Stimmengewirr empfängt sie. Es sind bestimmt ein Dutzend Mädels da. Sie entdeckt Greta an einem der Schminkspiegel und stellt sich neben sie.

»Ich wusste, du schaffst es«, wird sie von der Rothaarigen begrüßt. Rena erwidert grinsend den High five und zieht dann ihr mitgebrachtes Outfit an.

»Aufgeregt?«, fragt Greta.

»Und wie! Ist viel los, oder?«, sagt Rena und reibt sich nervös über die Arme.

»Halb so wild. Versuch einfach, Spaß zu haben und die Show zu genießen.«

Die Latinaschönheit vom Nachbarspiegel beugt sich kichernd zu ihnen rüber. »Wenn du failst, gibt's für sie mehr Mäuse. Musst dich also entscheiden, ob dir die Kohle wichtiger ist als die Gunst deiner Kollegen«, sagt sie bedeutungsvoll und weicht dann geschickt Gretas Klaps aus.

»Vergiss sie. Die hat nur von sich selbst geredet. Es genügt vollkommen, wenn die andere Neue es versaut«, beteuert Greta mit ernster Miene. Angespannt schaut Rena sie an. »Chill ab, das war ein Scherz.« Lachend greift Greta nach ihren Flamingos und winkt dem anderen Neuzugang zu.

»Keine fünf Minuten mehr Babys, dann ist Showtime.«

Ausgelassen gehen sie zu dritt den Flur entlang, zwinkern dem postierten Sicherheitsmann aufreizend zu und betreten kichernd die Bühne.

Es ist schummriger als all die Abende zuvor. Die Stangen erstrahlen im Spotlight. Die gut besuchte Bar ist kaum mehr zu erkennen. Der starke Lichtkegel blendet Rena. Schon lange hatte sie sich nicht mehr so im Fokus gesehen wie jetzt. Ein klassisches Präsentierteller-Déjà-vu. Allen Blicken ausgesetzt. Kein Entkommen möglich. Wie nah die Männer sind, kann sie nicht abschätzen. Sie schwitzt. Das hier hat definitiv nichts mehr mit Sport zu tun. Hatte sie das Casting noch wie einen Wettkampf gesehen, kann sie die Erotik, die in der Luft liegt, nun nicht mehr leugnen. Heute wird sich zeigen, ob Exotic Dance oder vielmehr Striptease wirklich etwas für sie ist. Die Musik beginnt und Rena schließt die Augen. Nimmt die Vibes in sich auf, spürt dem Bass nach. Ihre Bewegungen sind anmutig. Fließend. Jedoch sehr zurückhaltend und fast schon schüchtern.

»Zeigt's uns, Bitches.«

»Mach disch nackisch.«

»Komm doch mal näher.«

»Wie viel für ein Private?«, wird aus der Menge gegrölt.

Rena errötet leicht. Sie ist doch keine Nutte.

»Ausziehen. Ausziehen. Ausziehen«, skandieren mehrere Männer. Sie wirft Greta einen Blick zu. Deren Oberteil ist bereits verschwunden. Zusammen mit ein paar Geldscheinen liegt es zu ihren Füßen. Auch bei der anderen Tänzerin befindet sich schon der ein oder andere Schein. *Verdammt.* Wie lange sind sie nun auf der Bühne? War das jetzt das zweite Lied oder schon das dritte? Rena gibt sich einen Ruck. Hab Spaß. Genieß die Show. Du kannst das. Es steckt in dir, feuert sie sich an. Die Musik nimmt an Tempo zu. Wird intensiver. Langsam trägt die Selbstsuggestion Früchte. Das Unwohlsein, all die Zweifel verschwinden. Ihre Bewegungen werden selbstbewusster. Akzentuierter. Die Freude am Tanzen ist zurück. Die ersten Geldscheine landen vor ihr. Spornen sie an. Überwältigt von den Emotionen, explodiert sie innerlich. Es ist ein Zustand wie im Rausch. Ein Tanzgasmus.

Der Song wird leiser. Die Schweinwerfer werden gedimmt. Außer Atem steht Rena an ihrer Pole. Die Beine zittern. Der Busen hebt und senkt sich in raschem Tempo. Das Oberteil hat sie anbehalten. Hatte gar nicht mehr dran gedacht, es auszuziehen. Trotzdem ist ein stattliches Sümmchen zusammengekommen. Stolz zählt sie in der Umkleide ihre Einnahmen. Achtzig Euro. Zufrieden befreit sie ihre Füße aus den Plateau-High-Heels, lehnt sich zurück und bereitet sich mental auf ihren nächsten Auftritt vor. Eigentlich ist es wie Achterbahn fahren, resümiert sie. Du siehst das Gerüst, innerlich fängt es an, bei dir zu kribbeln. Siehst die lachenden Gesichter der Aussteigenden und denkst, es ist bestimmt Fun pur. Wenn du einsteigst und die erste Steigung hochfährst, werden dir die Knie weich und du denkst, warum sitze ich nur hier. Warum tue ich mir das an? Dann rast du auf den Abgrund zu. Du schreist vor Angst und dann schreist du vor Freude. Hast das beklemmende Gefühl von vorher überwunden, das Adrenalin pusht dich hoch. Bei Fahrtende hast

du zwar wacklige Beine, trotzdem strahlst du übers ganze Gesicht und willst direkt noch mal. Die Angst besiegen. Den Kick erleben. Im Rausch sein.
Der zweite Auftritt läuft von Anfang an besser. Rena hat sichtlich Spaß. Genießt die Wirkung, die ihr Tanz im Publikum hervorruft. Zu den ordinären Sprüchen geht sie innerlich auf Distanz. Belächelt sie zuweilen. Nimmt nichts persönlich. Zumindest versucht sie es. Am Ende schwebt sie glücklich von der Bühne. Wieder trägt sie noch ihr Oberteil. Egal, vielleicht das nächste Mal. Alles ganz in ihrem Tempo.

- 37 -

»Bereit?«, fragt Rena und unterdrückt ein Grinsen. Diesmal ist es Eric, der nervös am Gastgeschenk spielt und sich viel zu viele Gedanken macht. Ihr Freund nickt verhalten und Rena betätigt die Klingel. Mit einem Ruck wird die Tür aufgerissen und ihre Cousine Michele schaut sie mit großen Augen an. Um Worte verlegen, tritt sie nach einer peinlichen Schweigesekunde zur Seite und lässt das Paar herein.

»Michi, wer ist gekommen?« Die tiefe Stimme ihres Vaters ertönt aus dem Wohnzimmer. Während Rena und Eric sich die Schuhe ausziehen und die Jacken weghängen, drängelt sich Michele vorbei, um als Erste im Wohnzimmer zu sein.

»Rena«, haucht sie. »Und ein Mann«, fügt sie dramatisch hinzu.

Als die zwei eintreten, schaut die gesamte Familie Süßholz, inklusive Micheles Freund Pete, neugierig auf. Ihr großer Auftritt. Rena schmunzelt. So viel Aufmerksamkeit wird ihr bei Familienfesten sonst nie zuteil. Sie nickt zur Begrüßung in die Runde.

»Darf ich vorstellen: Das ist Eric Renz. Mein Freund.« Ihr Stolz ist unüberhörbar. Die anwesenden Frauen nicken anerkennend.

»Guten Abend«, sagt Eric und reicht ihrem Vater die Hand. Dieser mustert ihn bedächtig und brummt dann eine kurze Begrüßung.

»Rena, ich wusste ja gar nicht. Also welch schöne Überraschung. Ich bin Evelyn, hallo.« Freudig klatscht ihre Mutter in die Hände, ehe sie Eric umarmt.

»Ähm, ich hatte dir doch schon am Telefon gesagt, dass ich mit Eric komme«, meint Rena.

»Ja, natürlich. Aber das Wichtigste hast du dir aufgespart.« Sie schaut ungeniert auf Renas neue Rundungen. Stimmt, da war was. Die letzten Tage hatte Rena hin und her überlegt, wie sie die Brust-OP ihren Eltern am besten beibrachte. Gerade die finanzielle Frage bereitet ihr Sorgen. Zu einem Ergebnis ist sie nicht gekommen. Vielmehr hatte sie die Thematik verdrängt. So begeistert, wie ihre Mutter gerade schaut, ist wohl doch alles halb so wild.

»Ich wusste nicht so recht, wie ich es euch sagen sollte. Und na ja, ich bin froh, dass ihr es so gut aufnehmt«, erleichtert lächelt Rena und sucht Erics Blick. Liebevoll erwidert er ihn und legt seinen Arm um sie.

»Ach Renali, wir freuen uns so für dich. Nicht wahr, Thorsten?«

»Ja, Gratulation«, pflichtet er seiner Frau bei. Äußert im nächsten Atemzug jedoch seine Bedenken. Ob sie sich das auch gut überlegt hätten und wo denn ihr Ring sei. Verwirrt setzt Rena zu einer Antwort an. Doch Oma Rosalie ist schneller.

»Wann ist es denn so weit? Und wisst ihr schon, was es wird?«

Unschlüssig nagt Rena an ihrer Unterlippe. Ist ein Baby womöglich die Lösung, um ihre vergrößerten Brüste zu erklären? Sie beschließt, dass es zumindest kurzfristig die beste Option ist. Lieber stellt sie sich peinlichen Hochzeitsfragen, anstatt eine Debatte über Beauty-OPs loszutreten.

Rena schüttelt den Kopf. »Dauert noch«, murmelt sie und zwickt leicht in Erics Arm. Er zwinkert ihr kaum merklich zu und stellt sich dann dem Schwall von Fragen, der selbst beim Essen nur langsam abnimmt. Renas Mutter hatte gemeinsam mit Oma Rosalie ein wahres Festmahl zubereitet. Nudelsalat, Braten, Kartoffelgratin und eine Auswahl an leckeren Nachspeisen. Rena hofft, dass sie an den Feiertagen bei Erics Familie nicht ebenfalls so reichlich verwöhnt werden. Speckröllchen und Schwimmreifen sind in der Candy Bar sicherlich nicht gerne gesehen.

»Du hast zwar schon wieder einiges mehr auf den Rippen, aber für eine gesunde Schwangerschaft ist das nicht ausreichend«, sagt Oma Rosalie und wendet sich besorgt an Eric. »Achte gut auf unsere Rena. Sie muss ordentlich essen. Und gerade Stress ist jetzt Gift für sie.« Hinter vorgehaltener Hand beugt sie sich zu Rena. »Ist er das?« Fragend runzelt Rena die Augenbrauen. »Na dein Liebeskummer vom letzten Jahr.« Sie spürt Erics Blicke von der Seite und merkt, wie sie zu glühen beginnt.

»Hmpf«, hüstelt sie in ihr Glas und sucht vergebens nach einem neuen Gesprächsthema. Melanie kommt ihr zuvor.

»Apropos letzte Weihnachten. Hast du noch mehr von diesen mysteriösen Briefen bekommen?«, will ihre Cousine wissen. Renas Vater zieht die Stirn kraus.

»Was für mysteriöse Briefe? Mutter?« Die alte Frau lächelt beschwichtigend.

»Oma Rosalie hat verruchte Liebesbriefe erhalten«, prescht Michele vor.

»Verrucht?«, erstaunt tauschen Renas Eltern kurze Blicke aus.

»Versaut und unanständig trifft es wohl eher«, meint Melanie besserwisserisch.

»Nun lassen wir mal die Kirche im Dorf. Ehrlich gesagt hab ich die total vergessen. Und nein, es kamen keine weiteren Briefe.« Neben Rena zuckt Eric zusammen. Er ist ein wenig blass um die Nase.

»Oh mein Gott, Rena«, flüstert er. »Dieser Max ist ein Stalker von Rosalie? Warum hast du denn nichts gesagt?« Bestürzt berührt er sie am Arm.

»Das hättest du mir doch niemals geglaubt. Das … Das klingt einfach zu weit hergeholt.« Zerknirscht gibt er ihr recht. »Schon okay«, sagt sie leise und drückt seine Hand.

- 38 -

Abgehetzt kommt Rena in der Candy Bar an. Herr Devatos knappe Nachricht erreichte sie bei ihrer abendlichen Pflegeroutine. Ob sie heute kurzfristig einspringen kann. Greta sei krank und er erwartet mehrere Gruppen. Eigentlich hatte sie sich auf einen ruhigen Filmabend eingestellt. Sich aber als Neuling beweisen zu können und Tris Devato zu zeigen, dass die Entscheidung für sie und gegen Ms. Barbie die richtige war, reizte Rena gewaltig. Außerdem zog es sie förmlich auf die Bühne.

In der Umkleide wirft sie einen Blick auf den heutigen Einsatzplan. Greta war hauptsächlich für *Privates* eingetragen gewesen. Ein Lapdance in der Lollipop-Kabine, eine halbe Stunde später gemeinsam mit einer anderen Tänzerin ein Double in der kleinen Wild-Berry-Lounge und als Letztes noch ein Soloauftritt im Sweet Cherry. Irgendein Junggesellenabschied. Muss wohl eine größere Gruppe sein. Das Rondell bietet nämlich Platz für bis zu zehn Gäste. Dafür war die Tanzfläche um die Stange nicht wirklich abgesichert. Um trotzdem für einen gewissen Anstand zu sorgen, ist immer einer von der Security vor dem Eingang postiert. Rena hofft, dass sie ihn niemals brauchen wird.

Sorgfältig drapiert sie ihre Perücke, sichert sie mit zusätzlichen Klammern und legt noch ein wenig Rouge auf. Perfekt. Mit langen Schritten stolziert sie zur Kabine, setzt ein, wie sie glaubt, verführerisches Lächeln auf und geht langsam auf den jungen Mann zu. Er dürfte um die zwanzig sein. Sein unsicherer Blick lässt sie selbstbewusst um ihn herum schreiten. Ihre Hand streicht spielerisch über seinen Oberkörper, fährt an der nicht sonderlich ausgeprägten Schulterpartie entlang, ehe sie seinen Nacken berührt und ihm den Haaransatz krault. Sein leichtes Erzittern entgeht ihr nicht. Es beflügelt sie. Bei Lapdance-Einheiten war sie bislang nur Zuschauerin gewesen, und im Grunde genommen weiß Rena auch noch nicht, ob es tatsächlich was für sie ist. Klar, das Teasen ist spitze, doch der enge Kontakt zu den Gästen ist ihr ein wenig unangenehm. Außerdem ist es harte Knochenarbeit. Die Anstrengung macht sich allmählich bemerkbar. Die ungewohnten Bewegungen bescheren ihr morgen sicher einen ordentlichen Muskelkater.

Nachdem das dritte Lied endet, fährt die Beleuchtung wieder hoch. Erleichtert verabschiedet sich Rena mit einem letzten Bootyshake und flitzt in den Pausenraum. Mehrere Fünf- und Zehneuroscheine stecken an ihrer knappen Ledershorts sowie zwischen den dünnen Latexstreifen an ihren Beinen. Der Knirps hatte recht lange durchgehalten. Der Gedanke, dass er kommt, während sie da unten in der Nähe war, bereitete ihr dermaßen Sorgen, dass sie gegen Ende den Schwerpunkt auf sexy Floorwork gelegt hat. Wenn sie Glück hatte, war das sein erster Lapdance und er beschwerte sich nicht bei Devato. Erschöpft lässt sich Rena auf den nächstbesten Hocker fallen und zupft das Geld aus ihrem Outfit. Sechzig Euro inklusive Trinkgeld, nicht schlecht für fünfzehn Minuten Arbeit.

»Kommst du? Double-Time!« Grinsend lässt die junge Tänzerin ihre Brüste auf und ab hüpfen. Rena zieht vielsagend die Augenbrauen hoch und folgt ihr in die kleine Lounge. Abgesprochen haben sie sich nicht. Dafür ist das Motto vorgegeben: Good Girl vs. Bad Girl. Sexy Cop vs. sexy Gangsta. Entsprechend kostümiert liefern sie sich nun eine laszive Verfolgungsjagd in Form eines Freestylings an der Stange. Die Überwältigung der Gangsterin, gespielt von Rena, erfolgt als sinnliche Balgerei am Boden. Das Publikum tobt. Die Scheine regnen auf sie herab. Nun ja, Letzteres ist mehr als übertrieben, aber dennoch gehen sie mit einem guten Gefühl in die Umkleide, klatschen sich ab und kichern über die testosterongesteuerten Ausrufe.

»Steck ihn ihr rein«, prustet Rena und imitiert den dicklichen Typen mit der Glatze. Voller Eifer hatte er am Rande des Tanzbereichs gestanden und wie ein Box-Coach seinem Schützling Anweisungen zugebrüllt. Ihre Tanzpartnerin lacht lauthals und beginnt sich umzuziehen.

»Was steht bei dir noch auf dem Plan?«, fragt sie.

»Ein JGA, danach zum Glück nichts mehr. Ich bin fix und foxy«, erwidert Rena und wechselt ihr Outfit. Etwas Süßes und Braves, am besten mehrlagig, damit die Zeit schnell vergeht. Die Power für anstrengende Kopfüberfiguren hat sie nämlich nicht mehr.

»Okay, ich muss los, viel Spaß dir noch!«

Rena nickt ihr zu und versucht, sich eine kleine Choreo auszudenken. Gretas Tipp kommt ihr in den Sinn. »Wenn dir einfach nichts mehr einfällt, dann steh eben nur da und zeig deine Titten, das zieht immer.« Vielleicht war das in ihrem Zustand das Sinnvollste. Rena gähnt ausgiebig und betritt den Raum. Das schummrige Licht lässt sie nicht viel erkennen. Schemenhaft sieht sie die Umrisse von mindestens sechs Typen. Muskulös und deutlich alkoholisiert. Johlend wird sie begrüßt. Rena lächelt verhalten und versucht sich auf ihr Sexy-Ich, auf Lexi, zu konzentrieren. Sie braucht keine Angst zu haben. Die Security ist gleich hinter dem Vorhang. Verdammt! Das hier ist nur eine kleine Show, kein verkappter Horrorstreifen. Nachdem die erste Schicht Stoff zu Boden gesegelt ist und Rena ein paar gewagte Posen vollführt hat, kehrt ihr Selbstbewusstsein zurück. Die anfeuernden Rufe pushen sie und lassen sie ihre Kraftreserven anzapfen. Kurzerhand geht sie in den *Cross Leg Release*. Kopfüber zieht sie ihren Glitzer-BH aus und zeigt einen kleinen Busen-Shimmy. Dann greift sie hinter sich an die Pole und lässt sich in die *Iguana* rutschen. Die Füße oben an der Stange eingehakt, präsentiert sie ihre Frontseite, ehe sie langsam ein Bein löst und Richtung Kopf führt. Ein perfekter *Bow & Arrow*. Der Beinahe-Spagat ermöglicht den Jungs einen Blick auf ihren verdeckten Ladypart. Hoffentlich ist nichts verrutscht. Sie spürt, wie ihr Fuß angefasst wird und Scheine in den High Heel gesteckt werden. »Philipp, Philipp!« Die Männer grölen. Durch den Druck fällt es ihr schwer, das Gleichgewicht zu halten. Die Stange wird immer glitschiger, der Boden rast auf sie zu. Mit Schwung bewegt sie das Bein wieder an die Pole zurück und geht in einen kontrollierten Handstand über. Der leider mehr einem Kopfstand ähnelt. Schnell lässt sie sich zu Boden gleiten. Zur Abwechslung dann eben ein bisschen den …, wie sagt Greta immer? »Den Boden ficken.« Rena schmunzelt. So langsam gewöhnt sie sich an die derbe Sprache im Club. Mit einem gespielten Stöhnen drückt sie ihren Rücken durch, hält die *Cobra* für drei Sekunden und dreht sich dann auf den Rücken, die Beine in der Luft, weit gespreizt. Das letzte Lied fängt an und Rena beschließt, in ihren Posen noch deutlicher zu werden. Schließlich sollte der Bräutigam in spe ordentlich auf seine Kosten kommen. Sie geht zu dem Kerl, der am nächsten an der Tanzfläche steht. Kniet sich vor ihm hin, grätscht die Beine und wippt langsam auf und ab. Ihre Hände berühren ihre Oberschenkel und wandern dann zu ihren Brüsten. Das sollte ihn rasend machen. Ihre Mundwinkel zucken. Mit ihrem einstudierten Schlafzimmerblick fixiert sie ihn. Das Lächeln gefriert ihr auf der Stelle. Ihr Herz setzt aus. Der Atem stockt. Ruhig bleiben, Rena. Du bist verkleidet, er kann dich nicht erkennen.

Doch Tom Burchard erkennt sie. Seine zu gefährlichen Schlitzen verengten Augen verraten es. Zittrig zieht sich Rena zurück in die Mitte der Tanzfläche, hin zu ihrer geliebten Pole. Die anderen Typen rufen ihr weiterhin schmutzige Sprüche zu. Wedeln mit Zwanzigern, wollen, dass sie wieder an den Rand kommt. War Eric auch hier? Um sicherzugehen, müsste sie noch mal nach vorne. Rena überlegt. Das Denken fällt ihr schwer, die ganze Situation überfordert sie. Eric musste gar nicht da sein, es reicht vollkommen, dass sein bester Freund hier ist. Schockiert steht sie steif an der Stange, fasst sich alibimäßig ein wenig in die Perücke und zählt die Sekunden, bis die Musik ausgeht und sie endlich flüchten kann. Wenn Blicke töten könnten … Nur schwer kann sie sich seinen eisigen Augen entziehen. Schwer atmend stürzt Rena aus dem Rondell. Ihre wackligen Beine tragen sie nicht weit. Sie knickt um. Apathisch hievt sie sich wieder hoch. Vor ihr steht Tom. Seine Muskeln sind angespannt, das Gewicht ist, wie bei einem Boxer, nach vorne verlagert. Sie riecht die Bierfahne und schlingt schützend die Arme um den nackten Körper.

»Weiß Eric, mit was für einem Flittchen er zusammen ist?«, presst Tom hervor. Er spuckt aus. »Er hat was Besseres verdient.« Bedrohlich geht er einen Schritt auf sie zu. Instinktiv weicht Rena zurück. Die kalte Wand des Flures im Rücken zuckt sie zusammen.

Ihre Stimme ist dünn. »Bitte Tom, erzähl ihm nichts. Ich flehe dich an.« Tränen brechen sich Bahn, als ihr das ganze Ausmaß der Situation klar wird. Eric würde sich von ihr trennen. Abby und Miri dürfte sie sicherlich auch nicht mehr sehen. Vielleicht ist Tom sogar so wütend, dass er sie bis zur Arbeit verfolgt und sie dort in Misskredit bringt. Ihr gesamtes Leben futsch. Auf einen Schlag. Wäre sie doch nur zu Hause geblieben. Plötzlich brennt ihre Haut, sie schmeckt Blut. Erschreckt sieht sie auf. Fassungslos steht Tom vor ihr, kann womöglich selbst nicht glauben, was er da gerade getan hat. Energisch wird er von einem kräftigen Mann am Arm gepackt und Richtung Ausgang gezerrt.

Bow & Arrow

or Iguana Variation

- 39 -

Die Klingel reißt Rena aus einem unruhigen Schlaf. Zögernd tappt sie zur Tür.

»Morgen, du Schlafmütze.« Eric wedelt mit einer Brötchentüte. »Wenn der Prophet nicht zum Berg kommt, muss der Berg zum Propheten.« Er grinst und versucht, sich an ihr vorbei zur Küche zu schlängeln. Geistesgegenwärtig hält Rena ihn fest und schiebt ihn ins Treppenhaus zurück.

»Nein, nicht reinkommen, ich hab eine Überraschung vorbereitet, die ist noch nicht eingepackt.« Erstaunt bemerkt er, dass Weihnachten doch schon vorbei sei. »Warts ab.« Rena ringt sich ein Lächeln ab und gibt sich geheimnisvoll.

»Ach du meine Güte. Rena, Liebling! Was ist passiert?« Besorgt mustert er ihre Wange. Einen Augenblick lang ist sie ratlos, Erics gute Laune hat sie den gestrigen Abend für kurze Zeit vergessen lassen.

»Hm, nichts Wildes. Musste nachts aufs Klo und bin gegen die Tür gestoßen«, murmelt sie.

»Autsch.« Eric verzieht das Gesicht. »Okay, du kommst dann runter?«

Rena nickt und schließt die Tür. Reglos starrt sie auf ihre Füße. Eric hat anscheinend immer noch keinen Schimmer von ihren nächtlichen Aktivitäten. Rena hofft inbrünstig, dass Tom es sich anders überlegt hat. Schließlich sieht er ja, wie glücklich sein Freund mit ihr ist.

»Du hast die freie Auswahl: Nutella, Marmelade oder Honig?« Lächelnd beobachtet Eric, wie Rena sich ihre Brötchenhälften vorbereitet. »Sollen wir später nach Stuttgart fahren? Das Feuerwerk dort hat bestimmt mehr Bumms als hier im Kaff.«

Ihr zweites gemeinsames Silvester. Wie doch die Zeit verflogen ist. Hungrig beißt sie in ihr Marmeladenbrötchen.

»Ich frag mal Tom und Abby, ob sie spontan mit wollen.«

Rena verschluckt sich an ihrem Bissen. Mit den Gedanken ganz bei den abendlichen Plänen nimmt Eric das nur am Rande wahr. Er sucht derweil sein Handy. Wie auf heißen Kohlen sitzt Rena am Frühstückstisch. Was soll sie tun? Es selber ansprechen. *Hey Eric, ich war gestern gar nicht bei dem Seelsorgetelefon, stattdessen hab ich Tom im Club getroffen. Komischer Zufall, was? Von ihm kam übrigens auch die Ohrfeige. Kannst du das verstehen? Er hat mich geschlagen, nur weil ich ein wenig getanzt habe. Das ist doch echt krass, oder?*

»Mist. Hab ganz vergessen, es über Nacht aufzuladen.« Eric verbindet es mit dem Ladekabel. Rena schließt die Augen.

Eric

Nach einer Weile beginnt das Display endlich zu leuchten. Eric will gerade eine Nachricht tippen, als ihm auffällt, dass er einen verpassten Anruf hat. Tom Burchard. Verärgert seufzt er auf. Tom war gestern auf einem Junggesellenabschied gewesen. Irgendein Phil oder Philipp, den er von der Arbeit kannte, hatte ihn eingeladen. Die geplante Kneipentour mit Eric fiel daher kurzfristig ins Wasser. Ob Tom seine Pläne geändert hatte? Eric hatte sich zwei sterbenslangweilige Filme angeschaut und gehofft, dass seine Freundin früh von ihrem Ehrenamt zurückkehrte. Nun, er braucht nicht länger zu rätseln. Sein Kumpel hatte auf den AB gesprochen. Laut hört er ihn ab. Vor Rena hat er keine Geheimnisse. Worüber er und Tom sich austauschten, ist in der Regel für Frauen sowieso uninteressant. Beklommen lässt er die Nachricht erneut abspielen. Tom klang gar nicht gut. Hackevoll lallte er, dass er ihm unbedingt etwas erzählen müsse. Es sei wichtig. Eric solle sofort zurückrufen. Der Anruf ging nachts um ein Uhr dreiundzwanzig ein. Eric wählt umgehend Toms Nummer. Es nimmt niemand ab. Besorgt sieht Rena ihn unverwandt an. »Wird schon nichts sein«, sagt er und versucht, beruhigend zu lächeln. »Ich probiere es später einfach noch mal.« Eric trägt das Geschirr in die Küche. Wenn Tom erstmal seinen Rausch ausgeschlafen hat, würden sie in Ruhe reden und sich dann auf den Abend freuen. Ein Vierer-Date. Eric schmunzelt. Vielleicht sogar mit Miri. Ein Feuerwerk im großen Stuttgart ist sicherlich spannend für sie.

Rena

Was ist sie doch für ein Feigling. Statt zu ihren Taten, zu ihrer Leidenschaft, ja letztendlich zu sich selbst zu stehen, macht sie sich lieber fast in die Hose und hofft auf eine glückliche Fügung. Rena ist sich zu hundert Prozent sicher, dass Eric es nicht verstehen wird. Regelrecht ausflippt. *Wie, du hast dich vor fremden Männern ausgezogen? Ist dir denn nichts heilig? Hast du dich anfassen lassen? Mit jemandem geschlafen?* Ihr ist, als wäre sie mit einer tickenden Bombe im Raum.

Mittags haben sie auf dem Sofa gekuschelt. Die Komödie, die sie sahen, lenkte sie nicht ausreichend ab. Sobald der Abspann lief, hatte sie ihm ins Ohr geflüstert, wie sehr sie ihn liebt. Für Eric das Stichwort, sie direkt in sein Bett zu tragen. Leidenschaftlicher Sex folgte. Verzweiflung begleitete jede ihrer Bewegungen. Fast gleichzeitig sind sie gekommen. Eine Premiere. Danach hat sie heiß geduscht. Zu heiß, fast so, als würde sie sich bestrafen wollen. Mit nassen Haaren tritt sie nun ins Wohnzimmer. Stolpert beinahe, als sie Eric steif auf der Couch sitzen sieht. Seine Augen sind weit aufgerissen, starren durch das Fenster. Sein Entsetzen füllt den gesamten Raum aus. Vollkommen entrückt merkt er nicht, wie Rena näherkommt. Ihr wird schwindlig. Das Blut rauscht ihr in den Ohren. Nun ist es also so weit. »Eric?«, flüstert sie.

Eric

Schweigend erhebt er sich. Hölzern geht er auf sie zu. Verunsichert steht sie vor ihm. Die Augen angstvoll aufgerissen. »Ich habe gerade einen Anruf bekommen.« Eric atmet tief durch.

»Tom?« Beunruhigt schaut sie ihn an.

Er nickt ernst, erwidert nichts. Wie soll er es ihr nur sagen? Er wollte doch alles Übel von ihr fernhalten. Sie beschützen. Doch das, was er soeben erfahren hatte, stellte alles auf den Kopf. Er kommt damit nicht alleine klar. Er braucht seine geliebte Partnerin. »Das war die Polizei.« Mühsam schluckt er den großen Kloß runter. Seine Augen füllen sich mit Tränen. Rena greift nach seinen Händen. Angespannt wartet sie, dass er fortfährt. »Tom und Abby hatten heute Nacht einen Autounfall.« Seine Stimme bricht.

»Wie geht es ihnen?«, wispert seine Freundin. Seine Hände krallen sich schmerzhaft an den ihren fest. Doch sie scheint es nicht zu kümmern.

»Tom liegt im Koma.« Sein Atem geht stoßweise. »Abby hat nicht überlebt.«

»Was?« Ihre Stimme ist schrill. Rena zittert am ganzen Körper, ehe sie bewusstlos zu Boden sackt.

- 40 -

Der Regen peitscht auf den Rollladen. Seit Wochen hat Rena ihn nicht bewegt. Im Schlafzimmer als auch im Wohnzimmer herrscht Dunkelheit. Vierundzwanzig Stunden. Sieben Tage die Woche. Antriebslos starrt sie auf den Wecker. Fast elf Uhr. In einer Stunde muss sie runter zu Eric und Miri. Kochen helfen und den kleinen Gast bespaßen. Ablenken vom Tod der Mutter, ablenken vom nicht anwesenden Vater. Fröstelnd reibt sich Rena über die Arme. Schon wieder Gänsehaut, schon wieder bläulich-lila angelaufene Fingernägel. Am liebsten würde sie sich das gesamte Wochenende über im Bett verkriechen. Nicht dem Zwang ausgesetzt sein, funktionieren zu müssen. Werktags steht sie nonstop unter Spannung. Eine Stunde früher als sonst steht sie auf, richtet sich innerhalb einer Viertelstunde her und eilt dann die Treppen runter, um Miri für die Schule fertigzumachen. In den ersten Tagen schlief Rena direkt bei ihr in Erics Bett. Wachte über ihren Schlaf und fühlte sich morgens extrem gerädert. Permanent in die verzweifelten Gesichter zu schauen, erinnerte sie ständig daran, die Starke zu mimen. Andernfalls würde alles zusammenbrechen.

Mühsam setzt Rena sich auf. Nur langsam kommt ihr Kreislauf in Schwung. Als Erstes würde sie sich einen Tee machen oder heiß duschen. Was sollte sie heute mit den beiden unternehmen? Wieder ein Ausflug ins Krankenhaus? Toms reglose Hand halten, sehen, wie seine Tochter unzählige Tränen vergießt und Eric mit unbeweglicher Mimik steif am Fußende steht und versucht, sich am Riemen zu reißen. Wie lange kann sie das noch durchhalten? Wer kümmerte sich denn um sie? Stand ihr keine Trauer zu? Nur weil sie die Familie Burchard nicht ihr Leben lang kannte, heißt das doch nicht, dass sie die Tragödie kalt lässt. Zwar nicht lang, aber Abby war ihre Freundin gewesen! Klar, Miri trifft es besonders hart. Mehrmals die Woche ist sie bei der psychologischen Betreuung. Selbst Eric war bereits ein, zwei Mal dort. Rena wurde nicht gefragt. Zählte nicht zum engen Kreis der Betroffenen. Sie beginnt zu weinen. Stemmt sich benommen aus dem Bett. In ihrer Wohnung kann sie sich gehen lassen. Hier sieht sie niemand. Hört sie niemand. Die Vorwürfe, die sie sich macht, lassen sie nicht zur Ruhe kommen. Jemand hatte ihre Stoßgebete erhört. Tom kann Eric nichts mehr erzählen. Doch um welchen Preis? Könnte sie die Zeit zurückspulen, sie würde nicht zögern. Eher opferte sie ihre geliebte Beziehung, als dass ein Mensch sein Leben lassen musste. Ausgerechnet Abby. Die liebevolle Mutter, die sich sorgende Ehefrau, die Tom abgeholt hatte und auf dem Rückweg mit einem Lkw kollidiert war. Es jetzt Eric zu beichten, wäre unmöglich. Zudem würde sie so nur ihr schlechtes Gewissen beruhigen. Und bestimmt hatte er keinen Kopf dafür. Ist nicht bei klarem Verstand und würde sie aus dem Bauch heraus verurteilen. Schlimmer noch. Würde ihr die Schuld am Unfall geben.

Wimmernd lehnt sich Rena an die kalten Kacheln der Dusche. Ihr Problem hatte sich in Luft aufgelöst. Sie könnte das Thema abhaken. Doch was, wenn die Ärzte recht behalten und er eines Tages aufwacht? Ohne Amnesie und ohne körperliche oder geistige Einschränkungen? »Unwahrscheinlich!«, brüllt ihre innere Stimme. Aber wenn doch? Tom würde toben, wenn er erfuhr, dass das »Flittchen« sich um sein Kind kümmerte. Die Sorgerechtsverfügung, die Abby und Tom zu Miris Geburt ausgestellt hatten, sieht strenggenommen vor, dass nur ihr Pate Eric die Vormundschaft für die Personensorge erhält und für die Erziehung zuständig ist. Selbst die Großeltern sind ausgeschlossen.

Schniefend trocknet sich Rena ab und geht in die Küche. Während das Wasser im Kocher brodelt, vibriert ihr Handy.

»Ja?«, sagt sie mechanisch. »Hi. Ich habe gerade deine Nachricht gelesen. Ich weiß, viel zu spät. Aber in den Bergen hatten wir keinen Empfang und …«, Esther stockt kurz. »Es tut mir ja so leid! Wie geht es der kleinen Miri? Ist sie tapfer?«

Rena räuspert sich. »Ja, sie macht sich ganz gut. Kinder glauben ja noch an den Himmel und dass der Papa nur tief schläft und man eben nicht weiß, wann er wieder aufwacht.« Sie legt den Kopf in den Nacken und blinzelt die aufsteigenden Tränen weg.

»Und dein Eric? Der Arme. Über Nacht Vater geworden und den besten Freund verloren. Das wünscht man niemandem.«

»Er sieht nicht gut aus«, flüstert Rena und denkt an sein blasses Gesicht. Die kummervollen Blicke, die er ihr zuwirft, kann sie nur schwer ertragen. Es beschäftigt ihn immer noch, was Tom ihm Wichtiges erzählen wollte. »Miri zuliebe tut er aber so, als wäre er gut gelaunt.« Renas Meinung nach gelang ihm das aber nur mäßig, umso wichtiger war es, dass sie den Part des Felsens in der Brandung übernahm.

»Hm, verständlich. Wie war die Beerdigung?«

Rena war nicht da. Hatte Schiss, dass die JGA-Arbeitskollegen seiner Frau die letzte Ehre erwiesen. »Gut«, antwortet sie knapp.

»Ach, was für ein Start ins neue Jahr. Es kann ja nur besser werden. Du musst dich jetzt gut um die beiden kümmern!« Impulsiv unterbricht Rena die Verbindung und schleudert das Handy auf die Küchentheke. Ihre Fäuste sind geballt. Sie krümmt sich nach vorne, die Augen sind zugekniffen, der Mund weit aufgerissen. Der Schrei bleibt stumm. Steckt tief in ihrer Kehle, traut sich nicht, herauszukommen. Sie muss stark bleiben.

- 41 -

Konzentriert schaut Miri auf Renas Lippen. »Der kleine Bär steppt voller Freude …«

»Was ist schteppen?«, fragt sie.

»Eine Tanzform. Da hat man Schuhe mit Eisenplatten an und dann macht es klack, klack, klack.« Rena steht kurzerhand auf und demonstriert ein, zwei Steppschritte. Sie folgt dabei ihrem Gefühl und der Erinnerung an eine Show, die sie als Kind im Fernsehen gesehen hatte. Richtig gelernt hatte sie es nicht. Miri hüpft auf und macht es ihr nach. »Wenn du willst, schauen wir später eine Steppshow auf YouTube.« Die Kleine springt begeistert in die Luft.

»Jetzt?«, fleht sie. Rena schüttelt den Kopf. »Nein Madame, erst üben wir das Diktat fertig. Ich möchte, dass du für nächste Woche gut vorbereitet bist.« Miri zieht einen Flunsch, setzt sich aber gehorsam wieder an den Tisch. »Also gut. Der kleine Bär steppt voller Freude im Kreis. Stefanie Langfinger stibitzt währenddessen …« Langsam geht Rena Satz für Satz durch. Als Kind hatte sie Diktate gehasst. Gut, dass Miri in der Hinsicht pflegeleicht war und ohne allzu großes Theater bereitwillig übte. Nicht dass sie sonst besonders anstrengend ist. Ganz im Gegenteil, Rena scheint es, als wäre Abbys Tochter seit dem Unfall viel ruhiger und in sich gekehrter. Was sie jedoch beunruhigt und ihre Bemühung, sie aufzuheitern, verdoppelt. Ihr eigenes Tief hat sie weitestgehend überwunden.

Zum Glück. Schleichend hat der Heilungsprozess stattgefunden, bis sie eines Tages aufwachte und ihr erster Gedanke nicht dem Drama unter ihr galt, sondern einer Belanglosigkeit. Da wusste Rena, dass sie es geschafft hatte. Und auch Eric, der keinen privaten Rückzugsraum mehr hatte, verarbeitete den Schock schneller als erwartet.

»Fertig!«, ruft Miri und lässt den Stift fallen. Rena korrigiert den Text und macht sie auf ihre Fehler aufmerksam. Nach einem zweiten Durchgang sieht das Ergebnis schon viel besser aus. Erleichtert beendet Rena die Übungszeit und sucht am Computer nach einer Steppshow. Länger hätte sie Miri ohnehin nicht am Tisch halten können. Die Konzentration war aufgebraucht.

»Bin wieder da!« Eric kommt erschöpft ins Wohnzimmer und lässt sich neben Rena aufs Sofa fallen. »Wo ist Miri?«

»Im Schlafzimmer, spielen. Hast du Hunger?« Ihr Freund nickt. Als sie aufsteht, greift er nach ihrer Hand.

»Warte, das musst du nicht. Ich mach mir gleich selber was.« Er beugt sich zu ihr und küsst sie sanft. »Weißt du eigentlich, wie wundervoll du bist?«, raunt er. Rena lächelt und kuschelt sich in seine Armbeuge. Zärtlichkeiten waren in Miris Anwesenheit selten. Sie schließt die Augen und atmet tief den vertrauten Geruch ein. »Ich bring Miri gleich ins Bett. Wann musst du morgen raus?«

Rena seufzt und richtet sich ein Stück weit auf. »Sieben Uhr. Ich kann sie dann nachmittags vom Hort abholen.«

»Du bist ein Schatz. Gut, dass die Stundenreduzierung bei dir geklappt hat. In der Praxis geht es grad drunter und drüber. Ich hoffe, das ändert sich bald.« Insgeheim hofft Rena dasselbe. Weniger Arbeit bedeutet eben auch weniger Gehalt. Da die Lebensmitteleinkäufe auf Erics Konto gehen, beschränken sich ihre Ausgaben hauptsächlich auf die Fahrtkosten, die Kreditrate und die Miete. Von der er immer noch keinen blassen Schimmer hat, dass sie sie nur mithilfe ihrer Eltern stemmte. Aktuell kommt sie am Monatsende auf eine glatte schwarze Null. Trainingsstunden gönnt sie sich nur alle drei Wochen. Der Drang, zu tanzen, ist nach wie vor ungebrochen, auch wenn sie nun immer ein angespanntes Kribbeln zum Studio begleitet. Immerhin ging sie nicht mehr in die Candy Bar. Sie will das Schicksal nicht unnötig herausfordern.

»Mal was anderes«, sagt Eric und zieht sie wieder näher an sich. »Weißt du noch der Silvestermorgen? Als ich nicht in deine Wohnung durfte?« Verwirrt hält Rena inne. »Was ist denn aus dem Überraschungsgeschenk geworden?« Mit einem breiten Grinsen streicht er ihr eine Haarsträhne aus dem Gesicht.

»Ach ja, die Überraschung«, sagt Rena gedehnt. »Ich … Also …«, stottert sie. »Ich hatte neue«, sie räuspert sich und senkt die Stimme, »Dessous gekauft und im Wohnzimmer ausgebreitet und …«

Erics Blick verdunkelt sich. »Dessous, hm? Wann kommen die denn mal zum Einsatz? Nach dem Film hattest du sie ja noch nicht an«, sagt er interessiert. Rena lächelt und zwinkert ihm zu. »Vielleicht wenn Miri mal bei einer Freundin übernachtet oder wir beide früher Feierabend haben?«

»Klingt gut«, raunt er in ihr Ohr, ehe er sie leidenschaftlich küsst.

»Uh. Schlabberbabber.« Plötzlich steht Miri vor der Couch und schneidet eine Grimasse. Mit Mühe kann Eric ein Seufzen unterdrücken. Er steht auf. »Komm, ich bring dich ins Bett, kleine Maus.« Folgsam trottet Miri hinter ihm her. Auf Höhe des Badezimmers dreht sie plötzlich um, sprintet zum Sofa zurück und drückt Rena einen nassen Kuss auf die Wange.

Nach der Arbeit eilt Rena mit großen Schritten in ihre Wohnung. Sie hatte noch eine Stunde Zeit, ehe sie losmusste, um Miri abzuholen. Rasch wechselt sie in ihr Sportoutfit und stellt die Musik an. Dreht laut auf. Um diese Uhrzeit ist sowieso niemand im Haus. Nach einem kurzen Warm-up probiert sie sich an einer Reihe von fortgeschrittenen Figuren. Etwas aus der Übung funktioniert nicht alles beim ersten Mal. Auch nicht beim zweiten. Aber Rena bleibt beharrlich. Als dann letztendlich auch der *Miracle Sit* klappt, schießen die Glückshormone in die Höhe. Kurz vor ihrer Brust-OP hatte sie die Figur auf Instagram entdeckt und tagelang geübt. Scheinbar ohne wirklichen Halt saß man in der Luft, neben sich die Stange. Breit grinsend lässt sich Rena hinabgleiten und setzt noch einen *Reverse Grab Spin* hinterher.

»Wow!«, tönt es von der Zimmertür.

Vor lauter Schreck fasst sie beim Umgreifen ins Leere und landet schmerzhaft auf dem Steißbein. »Miri«, stößt Rena hervor. Ihre Augen suchen panisch den Raum hinter der Kleinen ab. Wacklig steht sie auf, wirft verstört einen Blick auf die Wanduhr. Hatte sie die Zeit vergessen? »Warum bist du nicht im Hort? Wie bist du hergekommen?« Mit zittrigen Fingern streckt sie sich nach ihrem Hemd. Miri schlappt währenddessen zum Sofa.

»Brendas Mama hat mich mitgenommen. Ich dachte, das wär in Ordnung. Dann musst du nicht extra kommen. Was hast du da gemacht?«

Reglos steht Rena vor ihr. Dass Miri einen Schlüssel zu ihrer Wohnung besitzt, hatte sie vollkommen vergessen. Warum wurde sie nicht vom Hort angerufen? Da könnte doch jeder kommen und die Kinder mitnehmen. Verärgert kneift sie kurz die Augen zusammen. Was soll sie jetzt machen? »Ich turne ein wenig. Du hast mich ganz schön erschreckt. Geh bitte nicht noch mal mit irgendjemanden mit, okay? Da mach ich mir nur Sorgen.«

Miri nickt zögernd. »Bringst du es mir bei?«, fragt sie und zeigt auf die Stange.

»Das ist ein anstrengender Sport, Miri, ich bin mir nicht sicher, ob Eric damit einverstanden wäre.«

»Bitte. Wir müssen es ihm ja auch nicht sagen.« Renas Puls beschleunigt sich. Ist das die Möglichkeit, um … Aber kann sie einem Kind vertrauen? Was, wenn sie es in der Schule herumerzählt? Vor Eric dann doch unbedarft ausplaudert? Sollte Tom je aufwachen und erfahren, dass sie seine Tochter zum Poledancing verführt hatte, ist sie ihres Lebens nicht mehr sicher. »Liebste Renamama, bitte bitte, bring es mir bei.« Miri schlingt ihre dünnen Ärmchen um sie und blickt mit großen Augen zu ihr auf. Rena seufzt.

»Also gut. Dann turnen wir eben gemeinsam. Aber kein Wort zu Eric, sonst verbietet er es bestimmt.«

Die Kleine verspricht es hoch und heilig. Die nächste Stunde vergeht wie im Fluge. Begeistert von der schnellen Drehung im Spinning-Modus tobt sich Miri an einer Reihe von einfachen Bewegungen aus. Ihre Augen strahlen. So ausgelassen hat Rena sie zuletzt auf der Schlittschuhbahn erlebt.

- 42 -

Eric

Nervös tastet Eric seine Jackentasche ab. Das ist jetzt bestimmt das sechste Mal gewesen. Er atmet tief ein und aus, ehe er zu Rena und Miri aufschließt.

»So süß. Ich will auch ein Tier haben.« Um das Eichhörnchen an seiner Futterstelle besser beobachten zu können, lehnt sich sein Patenkind begeistert über die Brüstung. Sanft wird sie von Rena zurückgezogen. »Vorsicht«, mahnt sie. Eric lässt den Blick achtlos über das beeindruckende Schwarzwaldpanorama schweifen. Augen hat er nur für seine zwei Ladys. Ein Leben ohne die beiden kann er sich nur noch schwer vorstellen.

»Es ist wirklich schön hier.« Rena hakt sich bei ihm ein und Eric beglückwünscht sich einmal mehr zu seiner Idee, den Baumwipfelpfad vorgeschlagen zu haben. Gemächlich laufen sie hinter Miri her, die schon die nächste Station zielstrebig ansteuert.

»Ja, den Tipp hab ich von Sabine. Sie war vor zwei Wochen hier und hat allen Kollegen davon vorgeschwärmt.«

»Kann ich nachvollziehen. Wir sollten unbedingt noch mal kommen, wenn alles richtig blüht.«

»Gerne.« Rena nickt erfreut und bleibt einen Moment lang stehen. Ihre Lippen sind leicht geöffnet, verträumt schaut sie in die Ferne. Sacht bewegen sich ihre Haare im Wind. Ihr bezaubernder Busen hebt und senkt sich gleichmäßig. Er ist zutiefst ergriffen. In den letzten Wochen schlich sich der erste Gedanke an gemeinsame Kinder bei ihm ein. Er ist knapp über dreißig. Tom hatte gut vorgelegt. Miri würde dieses Jahr noch auf eine weiterführende Schule wechseln. Die plötzliche Vaterrolle hatte ihm gezeigt, dass er schon so weit war. Außerdem brauchten sie eine neue Wohnung. Eine, die groß genug ist, um zu dritt oder gar zu viert zusammenzuwohnen. Dass sein Schlafzimmer zu Miris Kinderzimmer umfunktioniert wurde, erschien zunächst sinnvoll. Eine Dauerlösung ist es aber auf keinen Fall. An das letzte Liebesspiel mit Rena kann er sich nur noch vage erinnern. Dicht stellt er sich hinter seine Freundin und liebkost ihren Hals mit seinen Lippen. Kichernd windet sie sich aus seinen Armen.

»Eric Renz, wir sind hier nicht zuhause!« Sie hebt den Zeigefinger und versucht, möglichst streng zu schauen. Was ihr definitiv nicht gelingt.

»Ist mir egal. Soll ruhig jeder wissen, wie verrückt ich nach dir bin.«

Sie errötet leicht, was ihn zu einer Planänderung motiviert.

Rena

Plötzlich wird Eric ernst und fällt vor ihr auf die Knie. Rena stockt der Atem. Passiert das wirklich? Ist es das, wonach es ausschaut? Ihre Kehle wird trocken.

»Rena, ich weiß, wir kennen uns noch nicht ewig. Aber ich kann mir ein Leben ohne dich einfach nicht mehr vorstellen. Wir haben zusammen den Schicksalsschlag zu Silvester gemeistert, was mir gezeigt hat, dass ich mich auf dich verlassen kann. Ich fühle mich mit jeder Faser meines Seins zu dir hingezogen. Du bist der erste Gedanke, wenn ich morgens aufwache, und der letzte, bevor ich einschlafe. Du bist meine Familie. Du machst mich unendlich glücklich. Dich kennenzulernen, ist das Beste, was mir passieren konnte …« Erics Augen werden feucht. Fahrig gleiten seine Finger in die Jackentasche und ziehen ein weißes Kästchen hervor.

»Liebe Rena, willst du mich heiraten?«

Still steht Rena da. Die Sonntagsausflügler um sie herum drosseln ihr Tempo und spähen neugierig zu ihnen hinüber. Miri stellt sich hinter Eric und tänzelt aufgeregt auf der Stelle. Hoffnungsvoll, aber auch leicht angespannt warten sie auf Renas Entscheidung. Wäre jetzt ein geeigneter Zeitpunkt, um reinen Tisch zu machen? *Lieber Eric, ich kann mir ein Leben ohne dich ebenfalls nicht mehr vorstellen, aber weißt du was, du kennst mich gar nicht richtig. Ich hab da noch eine Seite an mir, die wird so gar nicht in das Bild, was du dir von mir gemacht hast, passen. Ich liebe es, zu strippen, und wenn das für dich kein Problem ist, können wir gerne heiraten*. Rena schluckt. Nein. Nicht hier in der Öffentlichkeit, nicht vor Miri.

»Ja, ich will!«, flüstert sie schließlich. Mit einem freudigen Ausruf schnellt Eric in die Höhe und nimmt sie in den Arm. Ein kräftiger Applaus ertönt und Erics Patenkind drängt sich strahlend in die Umarmung. Er lacht. Behutsam nimmt er Renas Hand und steckt ihr den schlichten Verlobungsring an den Finger.

»Hab ich ausgesucht«, ruft Miri und klatscht begeistert in die Hände.

Rena lächelt und hält Erics Hand fest. In einem verzweifelten Versuch, das Richtige zu tun, flüstert sie: »Ich liebe dich, Eric. Bitte versprich mir, dass du mich so akzeptierst, wie ich bin. Ich …« Sie schluckt einen Kloß hinunter. »Ich bin nicht perfekt«, schließt sie verlegen. Okay, jetzt ist es offiziell. Sie ist der größte Feigling und der größte Drückeberger, den die Welt je gesehen hat.

»Mach dir keine Sorgen, Liebes, ich bin für dich da. Und für mich bist du es. Perfekt.«

»Für mich auch!«, kräht Miri dazwischen und tippelt hin und her.

Rena schmunzelt, spürt, wie sich eine einsame Träne auf den Weg macht. Mit dem Daumen streicht Eric sie liebevoll weg und nimmt sie wieder fest in den Arm. Währenddessen zupft Miri an Erics Jacke.

»Warum hast du nicht bis oben gewartet? Ich wollte doch was singen.« Die Kleine zieht eine Schnute.

»Hat sich einfach so ergeben, Miri. Geh doch schon mal vor, wir kommen gleich nach«, erwidert er bestimmt. »Ich bin so froh, dass du Ja gesagt hast«, murmelt er und küsst sie sanft.

- 43 -

Der Krankenhausflur ist gespenstisch still. Das grünliche Flurlicht flackert alle paar Minuten, der Geruch nach Desinfektionsmittel liegt stechend in der Luft. Zur Feier des Tages durfte ein Besuch an Toms Krankenbett natürlich nicht fehlen. Hauptsächlich Miri zuliebe, die die frohe Kunde über die Verlobung direkt ihrem Vater erzählen wollte. Mit einem Schaudern tritt Rena wieder in das sterile Zimmer. Ihr Gang zum Klo kommt ihr wie eine Ewigkeit vor, in Wirklichkeit sind nicht einmal zehn Minuten vergangen. »Es sind weitere Tests von Nöten.« Verwundert bleibt Rena an der Zimmertür stehen. Zwei Pfleger und drei Ärzte hatten sich um das Bett versammelt und führen eine rege Diskussion im reinsten Fachchinesisch.

»Rena!«, Miri kommt freudestrahlend auf sie zugeschossen. »Stell dir vor, wir haben Papa gerade erzählt, dass ihr heiraten werdet und«, die Hände der Kleinen fuchteln wild hin und her, »da haben sich seine Augen bewegt und weißt du was noch?« Außer Atem hält sie inne. »Sein rechter Zeigefinger!«, ruft sie aus und schaut erfreut zu Eric.

Dieser nickt und nimmt sie beide in den Arm. »Scheint, als ob sich Tom mit uns freut.« Seine Stimme ist heiser. Tränen der Freude, der puren Erleichterung brechen sich Bahn. »Er wird ganz bestimmt wieder gesund«, sagt Eric.

Rena wird von ihren Emotionen überwältigt. Sie hatte sich in den letzten Wochen damit arrangiert, dass Tom nicht mehr präsent war. Dass ihr Problem sich in Luft aufgelöst hatte. Andererseits braucht Miri ihren Papa. Gerade weil sie selbst Abby niemals vollständig ersetzen kann. Ihre Quasi-Adoptivtochter hat das Recht auf eine behütete Kindheit, das Recht, von den eigenen Eltern großgezogen zu werden. Verdammt, sie hat die Kleine so sehr ins Herz geschlossen, dass sie sich nur das Beste für sie wünscht. Und für Tom? Bei so einem Schicksalsschlag kann man eigentlich niemandem etwas Böses wünschen. Was wäre sie für ein Mensch, wenn sie hofft, dass er sich nicht mehr an alles erinnert? Oder dass er vielleicht nicht mehr richtig sprechen kann. Rena fühlt sich schlecht.

»Aktuell können wir keine Aktivitäten messen, aber das kann sich jederzeit wieder ändern. Ich möchte Ihnen nicht zu früh Hoffnungen machen. Es ist eine Reihe von Untersuchungen notwendig. Auch können wir jetzt noch nicht von einer Genesung ohne Folgeschäden ausgehen. Wenn überhaupt …« Mit einem Blick auf Miri fügt der Arzt mit der dicken Hornbrille dennoch hinzu: »Aber ja, es sieht ganz gut aus.«

Den restlichen Nachmittag sitzen sie an Toms Bett, halten abwechselnd seine Hand und erzählen von Miris jüngsten Erlebnissen. Allerdings ohne irgendeine erkennbare Reaktion. Es dauert nicht lange und für Rena rückt das Intermezzo mit den Ärzten in den Hintergrund. Der Besuch unterscheidet sich nicht mehr groß von den unzähligen anderen. Sie entspannt sich.

»Gut. Zeit fürs Bettchen, Miri. Morgen ist schließlich Schule«, sagt Eric und tätschelt Toms Schulter zur Verabschiedung. Miri verteilt noch drei letzte feuchte

Schmatzer auf seine bereits glänzende Stirn und folgt Eric in den Flur. Zaghaft drückt Rena Toms Hand.

»Miri schlägt sich sehr tapfer. Ich denke, sie fühlt sich bei uns wohl«, murmelt sie. Während sie aufsteht, spürt sie deutlich die kurze Bewegung von Toms Finger. Toms Fingern. Hektisch wirft sie einen Blick durch die offene Tür. Eric und Miri laufen bereits zum Fahrstuhl. Soll sie sie noch mal rufen? Die Hand liegt wieder reglos auf der Bettdecke. Vielleicht war es doch eine Sinnestäuschung. »Ich gehe jetzt«, sagt sie laut. Nichts geschieht. Fröstelnd zieht sie ihre Jacke über und verlässt das Zimmer. Den Blick starr geradeaus gerichtet.

»Wir sollten dem Vorschlag der Ärzte folgen.« Mit ernster Miene studiert Eric die vor ihm ausgebreiteten Formulare. Zu zweit sitzen sie in seiner Küche. Knappe zwei Wochen waren seit ihrer Verlobung und Toms ersten Reaktionen vergangen. Miri war praktisch täglich bei ihm. Sein Zustand verbesserte sich drastisch. Noch schneller könnte es mit einer intensiveren Betreuung mittels Physiotherapie und Ergotherapie gelingen. Doch das kostet, denn die Extraeinheiten würden nicht von der Kasse übernommen werden. Zwar haben sich neben Eric und seinem Vater viele Kollegen freiwillig gemeldet, um in ihrer Freizeit Übungen mit Tom zu machen, aber das konnte nur eine vorübergehende Lösung sein. Sollte Tom vollständig aufwachen, würde er, je nach Verfassung, vermutlich auch einen Logopäden brauchen. »Hier gibt es dieses Team, was auf Komapatienten spezialisiert ist. Die verfolgen auch alternative Methoden. Ich denke, das klingt sehr gut und sollten wir ausprobieren.« Eric zeigt auf den ockerfarbenen Flyer. »Zu dumm, dass wir nicht auf Toms Konto zugreifen können. Es ist eine Menge Geld, aber ich denke, wir würden das Richtige tun. Stell dir nur vor, wie glücklich Miri wäre, wenn Tom wieder bei uns ist.«

Rena schweigt und nickt bestätigend. Sie fühlt sich merkwürdig schwerelos. Ein bisschen wie in Watte gepackt. Die Zeit rauscht an ihr vorbei, ohne dass sie das Gefühl hat, aktiv daran teilzuhaben.

»Wenn wir Hälfte-Hälfte machen oder zwei Drittel, ein Drittel, du arbeitest schließlich nicht in Vollzeit, bin ich optimistisch, dass wir das schaffen. Zur Not probier ich noch mal, Kontakt zu Toms Mutter aufzunehmen, wobei ich mir nicht sicher bin, ob er das gut fände. Die beiden stehen sich nicht besonders nah.«

»Okay«, sagt Rena schnell und schaut scheinbar interessiert in den Flyer. Selbst ohne die Ausgaben für Toms Sonderbehandlung rutscht sie diesen Monat bereits ins Minus. Aber das jetzt erwähnen? Eric würde sie für kleinlich halten, vielleicht sogar egoistisch. Nein, in so einem Moment erwartet man bedingungslose Hingabe, oder? Sie würde alles tun, um ihre liebsten Menschen glücklich zu sehen. »Ich ruf da jetzt an«, sagt Eric entschlossen und steht auf. Leise hört sie ihn im Wohnzimmer telefonieren. Mit klammen Fingern tippt sie eine Nachricht in ihr Smartphone.

»Bin wieder am Start, Gruß Lexi.«

Wenig später erscheint die Antwort auf dem Display.

»Heute dreiundzwanzig Uhr, Mittwoch ein Uhr, Donnerstag zwei Uhr. Candy Bar. Sei pünktlich. T. Devato«
Renas Puls beschleunigt sich. Das Wattegefühl verflüchtigt sich gerade. Es kribbelt sie überall. Die Vorfreude, wieder auf der Bühne zu stehen, rollt trotz aller Bedenken in großen Wogen über sie hinweg.

»Gute Nachrichten. Sie haben noch Kapazitäten und nehmen Tom auf.« Erleichtert lässt sich Eric auf den Stuhl fallen.

»Das ist gut. Ich überweise dir morgen mein Drittel.« Rena lächelt, gepusht durch den Adrenalinschub sagt sie spontan: »Ich wollte mit dir noch was besprechen.« Aufmerksam wird sie von Eric gemustert. »Schieß los.«

»Ich hab zufällig dieses Sportstudio entdeckt. Hier ganz in der Nähe, die bieten da Polefitness-Kurse an, auch für Kinder. Ich würd mir das mal mit Miri anschauen wollen. Ich finde, das hört sich interessant an und ist bestimmt eine nette Abwechslung. Bewegung schadet ja nicht.« Rena unterbricht ihren Redefluss und wartet gespannt auf seine Reaktion. Eric zieht die Stirn kraus, dennoch macht er einen absolut entspannten Eindruck.

»Was soll das sein? Polefitness?«

Sie zuckt mit den Schultern. »Praktisch wie Geräteturnen. Liegt anscheinend voll im Trend. Auf der Website heißt es, dass es da auch Wettkämpfe gibt. Und einen Trainerschein kann man auch machen. Da könnt ich noch was hinzuverdienen. Also wenn es mir zusagt und ich überhaupt Talent mitbringe.« Verlegen neigt sie den Kopf zur

Seite. Mit den Gedanken noch bei dem Spezialisten-Team lächelt Eric ihr aufmunternd zu. »Okay. Scheinst dich ja schon gut informiert zu haben. Meinetwegen, nimm Miri mit.« Rena grinst. War doch alles halb so wild. »Aber Rena? Das hat doch nichts mit Strippen oder so zu tun?«

Schnell schüttelt sie den Kopf. »Das ist eine ganz normale Sportart, da ist nichts Verwerfliches dabei«, betont sie.

»Okay, ich vertrau dir. Bin gespannt, was ihr dann erzählt«, sagt Eric und räumt die Unterlagen vom Tisch.

- 44 -

»Miri, das ist Caro.« Schüchtern reicht Miri Renas Freundin die Hand. »Na dann wollen wir mal.« Neugierig betreten sie Petras Polestudio. Im Gegensatz zum Stuttgarter Studio befindet sich die Tanzwerkstatt in einem Hinterhof. Mit Kreide bemalte Pflastersteine und Kübel voller Sträucher weisen den Weg. Eine Frau um die vierzig nimmt die drei in Empfang.

»Du musst bestimmt Miri sein?«, fragt sie und beugt sich zu dem Mädchen hinunter. »Ich bin Petra. Du kannst dich da drüben umziehen und dann in Saal zwei gehen. Die meisten Kids sind schon da.« Miri murmelt etwas und trottet zur Umkleide. Rena nickt ihr lächelnd zu. »Im Studio haben wir Sitzgelegenheiten, da könnt ihr es euch, bis eure Probestunde anfängt, bequem machen. Ihr bringt ja beide schon Erfahrung mit, hatte ich verstanden?« Caro und Rena bejahen und machen es sich gemütlich.

»Auch wenn das hier nur eine Alibi-Eintagsfliege wird, ich bin gespannt, was die hier so können«, sagt Caro und fängt dann ohne Umschweife an, von ihrem letzten Wochenende zu erzählen. Party am Killesberg mit heißen Jura-Studenten. Rena hört nur mit halbem Ohr zu. Aufmerksam verfolgt sie das Kindertraining. Miri scheint mächtig Spaß zu haben, auch wenn sie mittlerweile wohl an ihre Grenzen gekommen ist. »Du solltest echt mal wieder mitkommen. Nächste Woche geht's ins Chase. Weißt du noch die Jungs vom Wettkampf? Hach!«

Kurz presst Rena die Lippen aufeinander. Die Episode mit Marek letztes Jahr hatte sie, so gut es ging, verdrängt. »Hmpf. Hab aktuell einfach nicht die Zeit, auszugehen. Jetzt wo Miri bei uns lebt und sich der Zustand ihres Vaters langsam verbessert, sind die Tage bei uns komplett durchgetaktet. Sorry.« Sie zieht entschuldigend die Schultern hoch.

Caro seufzt. »Dann lass uns jetzt eben Spaß haben. Denke, die Babys hier sind fertig.« Sie stehen auf und streifen Hose und Oberteil ab. Ihr Outfit haben sie bereits drunter.

»Rena, das war cool! Kommen wir wieder?«, Miri fegt wie ein Blitz zu ihnen, nicht ohne sich vorher mit zwei anderen Mädchen abzuklatschen.

»Ja, ich frage Petra später nach einem Aufnahmeformular oder was die hier haben. Setz dich solange und ruh dich aus, Schatz.« Der Altersdurchschnitt der fortgeschrittenen Klasse liegt deutlich höher als in Stuttgart. Viele Mamis, die ihren Töchtern zugeschaut haben, gehen nun selber an die Stangen. Und auch wenn Caro und Rena die gezeigten Tricks bereits beherrschen, ist die Stunde lustig und abwechslungsreich.

»Na, meine Damen. Hattet ihr Spaß?« Eric stoppt den Film und macht eine einladende Geste. Miri und Rena lassen sich rechts und links neben ihm auf die Couch fallen.

»Ja und wie. Ich hab alle Tricks hinbekommen. Rena hat es aber auch voll drauf. Sie hat übrigens die Anmeldung dabei, ist auch nicht so teuer. Bitte Eric, meldest du mich an?«, fragt Miri aufgedreht.

»Was hast du für einen Eindruck, Liebling?«

Rena überlegt kurz. »Petra, die Lehrerin, ist nett. Alles dort ist sauber und die anderen Kinder und Mütter sind auch sehr sympathisch. Ich denke, wir sollten es probieren. Ehrlich gesagt haben wir uns auch schon eine Stange reserviert, um sie dann bei Anmeldung zum Üben mit nach Hause zu nehmen.« Sie grinst und faltet die Hände im Schoß zusammen. Hofft, dass Miri schnell genug schaltet und nicht mit einer unbekümmerten Frage dazwischen grätscht.

»Soso.« Eric schüttelt belustigt den Kopf und unterschreibt das Anmeldeformular.

- 45 -

Eric

Es ist ein Wunder. Kaum ein Monat ist vergangen, seit sie das Spezialisten-Team gebucht haben. Jeden Tag gab es deutlichere Reaktionen und gestern Abend war es dann endlich so weit gewesen.

Tom ist vollständig aufgewacht.

Als der Anruf aus dem Krankenhaus kam, waren sie alle in Tränen ausgebrochen. Tom ist Herr seiner Sinne und kann sich auch bedingt ausdrücken. Vor Erleichterung haben sie die Nacht kein Auge zugedrückt.

Mit Schwung drückt Miri nun die Tür zu Toms Zimmer auf. »Papa!«, ruft sie und stürmt an sein Bett. »Mi…«, wispert er. Er ist kaum zu verstehen. Sein Grinsen wirkt aufgesetzt. Der Blick verloren. Trauernd. Zu Erics Beruhigung hatten die Ärzte es übernommen, ihn über den Unfall und Abby zu informieren. Er setzt sich direkt hinter Miri auf die Bettkante.

»Wir freuen uns so sehr, dass du wieder wach bist, Kumpel.« Vorsichtig drückt Eric Toms Hand. Dieser grunzt. »Du wirst sehen, du bist ruckzuck wieder fit.«

Rena

Zögernd stellt sich Rena auf die andere Bettseite. Ihre Atmung ist flach. Noch hat Tom sie nicht bemerkt. All seine Aufmerksamkeit liegt auf seiner Tochter.

»… und in Deutsch hab ich eine Zwei plus geschrieben. Rena und ich üben nämlich oft Diktat«, erzählt Miri stolz.

Ihr Vater kneift die Augen zusammen.

»Ja, die beiden unternehmen viel miteinander. Und es gibt noch weitere gute Nachrichten. Ich weiß nicht, ob du dich erinnerst, aber vor paar Wochen waren wir alle im Schwarzwald.«

»Auf den Bäumen!«, schießt Miri dazwischen.

»Genau, im Baumwipfelpfad. Da hab ich Rena gefragt, ob sie mich heiraten will.« Eric lächelt ihr zu. Unendlich langsam dreht Tom seinen Kopf. Seine Mimik ist eingefroren. Okay, nichts ist vergessen und vergeben. Äußerlich versucht sie, entspannt zu wirken. In ihrem Kapuzenpulli jedoch ballt sie vor Anspannung die Fäuste. Tom holt rasselnd Luft. »Flitt…chen … rau…ss!«, stößt er mühsam hervor. Im Zimmer wird es mucksmäuschenstill.

»Tom, ich bins! Rena. Weißt du nicht mehr? Erics Freundin. Verlobte«, erwidert Rena tapfer und zuckt zu Eric und Miri gewandt mit den Schultern.

»Ssch weiß. Du Hu…re!« Das Gerät, an dem Tom angeschlossen ist, beginnt, laut zu fiepen.

»Tom?«, verständnislos blickt Eric zwischen Rena und seinem Freund hin und her. »Was ist los? Erkennst du sie nicht mehr? Rena, meine Nachbarin.« Toms Brustkorb hebt und senkt sich heftig. Seine Augen sind weit aufgerissen. »Miri schnell, hol einen Arzt.« Besorgt rennt die Kleine aus dem Zimmer.

»Weischd … schtrippt? Hab se geshn. Club. JGA. … ausende Typn … deine heil… Verlob… nackt. Luder.«

Eric wird blass. »Rena? Was erzählt er da? Stimmt das?«, flüstert er geschockt.

Rena wirft unsicher einen Blick zu Tom. Der funkelt wild zurück. Was soll sie tun?

»Ich tanze doch nur.« Ihre Stimme bricht. Wacklig geht sie um das Bett herum. Eric weicht zurück. Sie beginnt zu weinen. Eric setzt mehrmals zum Sprechen an, bevor er ein »Warum?« hervorbringt. Er schüttelt fassungslos den Kopf.

»Es macht mir Spaß. Es fühlt sich gut an. Ich lebe …« Zwei Ärzte stürmen in das Zimmer und kontrollieren Toms Werte. »Herr Burchard braucht Ruhe, bitte kommen Sie wann anders wieder.«

Während sie ihm etwas zur Beruhigung geben, stolpert Rena dicht gefolgt von Eric auf den Korridor. Miri, die neben der Tür innehält, blenden sie aus. »Eric, Schatz. Bitte. Ich liebe dich.«

Aufgebracht schnaubt er und bedeutet ihr, stehenzubleiben, nicht näher zu kommen. Vage fühlt sich Rena an den Neujahrsmorgen erinnert, wo Eric die Fanpost gefunden hat und ausgeflippt ist. Ob er jetzt auch daran denkt?

»Verschwinde«, bellt er.

»Eric, lass uns darüber reden.« Renas Stimme ist unnatürlich hoch. Ihr Augenlid zuckt unkontrolliert. »Ich will dich nicht verlieren.«

»Das hättest du dir vorher überlegen sollen«, knurrt er.

»Bitte verzeih mir, dass ich dir nicht eher was gesagt habe. Ich wusste nicht, wie ich es dir am besten sagen sollte. Also so, dass du es auch verstehst. Du bist mir so wichtig. Aber das Tanzen eben auch. Das bin ich. Ich fühl mich dann so lebendig … bei dir und … wenn ich auftrete.« Die Wärme und Geborgenheit, die Erics Augen sonst ausstrahlen, sind verschwunden, haben Platz gemacht für grenzenlosen Zorn und Abscheu. »Verpiss dich, Rena«, sagt er kalt.

Eric

Ein großes Loch tut sich vor ihm auf. Er hatte ihr vertraut. Wie konnte sie ihm das antun? Wie hatte er es bloß übersehen können. Er weiß nicht, was ihn rasender macht, seine eigene Naivität, Dummheit und letztendlich Blindheit oder Rena selbst. Unschuldige Rehaugen, die die Täuschung perfektioniert haben. Schon wieder eine Frau, an die er sein Herz verloren hat und die ihm das Blaue vom Himmel erzählt hat. Seine Rena nackt vor anderen Männern. Womöglich mit anderen Männern. Wer weiß, ob sie ihm da nicht auch nur eine Lüge aufgetischt hat. »Ich bin nicht komplett nackt. Der Slip bleibt immer an«, hatte sie entgegengehalten. Doch was bitte änderte das? Während er sie bei der Seelsorge wähnte, strippte sie. Und weshalb? Wegen Geld? Weil es sie aufgeilte, wenn fremde Männer sie so sahen? Der Selbstverwirklichung zuliebe? Welcher intelligente Mensch muss sich in zwielichtigen Bars selbstverwirklichen? Wie soll das eigentlich gehen? Bestimmt war das Caros Idee gewesen. Und dann die Sache mit der OP. Von wegen, sie fühle sich unvollständig. Je größer die Titten, desto mehr Kohle gab es. Tom hatte von Anfang an recht. Er hätte auf ihn hören sollen. Die

Freunde kennen einen nun mal am besten. Wäre Rena in dieser einen Nacht nicht in diesem Club gewesen, hätte Tom sie niemals gesehen. Wäre nicht fassungslos rausgestürmt, hätte Abby vielleicht erst später angerufen. Dann wäre der Laster schon längst vorbeigefahren. Wäre Abby noch am Leben. Abby! Mit Wucht donnert Erics Faust auf die Klokabinentür des Krankenhauses. Der darauf einsetzende Schmerz ist ihm gleichgültig. Diese verlogene Schlampe hatte keinerlei Skrupel gegenüber Miri gehabt. Einem Kind. Hat ihr eingeredet, dass es nichts Schlechtes wäre. Geräteübungen wie bei den Turnern. Gequält lacht Eric auf. Tom wird nicht erfreut sein.

- 46 -

Eine Woche später.

Eric

»Eric.« Miri schaut ihn mit weinerlichem Blick an. So mitgenommen hat er sie zuletzt nach Abbys Tod gesehen. Beruhigend streichelt er ihren Rücken. »Wann kommt Rena wieder? Ich vermisse meine Renamama.« Unwillkürlich versteift er sich, seine Kiefer malmen. »Bitte nicht mehr sauer sein. Sie hat doch niemandem was getan.« Miri schluchzt auf. Eric bemüht sich um Selbstbeherrschung. Allein schon die Erwähnung des Namens sorgt für einen gewaltigen Stich in sein Herz und geballte Wut im Bauch.

»Das verstehst du noch nicht. Das ist Erwachsenenkram«, erwidert er kurz angebunden.

»Poledance ist nichts Schlimmes! Wenn ihr das mal ausprobieren würdet, wüsstet ihr das. Und ich find's doof, dass ich nicht mehr ins Training darf. Das ist so unfair«, schreit sie und zielt auf seinen Arm. Kurz darauf rennt sie tränenüberströmt in sein früheres Schlafzimmer und knallt die Tür hinter sich zu. Erschöpft fährt er sich durch die Haare und steht frustriert auf.

»Miri«, setzt er an und starrt auf die verschlossene Zimmertür. Weiß selber noch nicht, was er sagen soll. Wie würde Rena reagieren? Sie konnte sich so gut in Kinder einfühlen. Er hatte sie als die Mutter seiner Kinder gesehen. Seine Augen werden feucht. Langsam lässt er sich am Türrahmen runterrutschen. »Ich hab sie doch immer noch lieb«, wispert er. Ob zu Miri oder sich selbst, spielt in diesem Moment keine Rolle. Es ist totenstill in der Wohnung.

»Bitte Eric«, dringt es leise durch das Holz. Sein Patenkind musste ebenfalls sitzen, die Barriere zwischen ihnen als Schutz vor seiner Wut auf ihre tolle Renamama. Eric schmunzelt. Gleichzeitig ist er besorgt. Hoffentlich holt sie sich keine Blasenentzündung auf dem kalten Boden. Er drückt probehalber die Klinke runter. Natürlich hatte sie abgeschlossen.

»Miri, mach auf.« Ihr trotziges Nein kommt postwendend. »Dann steh auf oder setz dich auf die Decke. Was soll denn dein Vater denken, wenn du krank wirst?« Stille. Guter Zug, Tom mit ins Spiel zu bringen. Eric rechnet jeden Moment mit ihrer Kapitulation. Stattdessen sagt sie schnippisch:

»Ich steh erst auf, wenn du aufhörst, sauer zu sein, und sie zurückholst.«

Dieser raffinierte Zwerg! Eric holt tief Luft, um sich zu beruhigen. »Es ist nur so, dass Rena und ich beschlossen haben, mal eine Pause einzulegen. Das tun manche Menschen eben von Zeit zu Zeit. Besonders wenn sie sich eben gerne haben.«

»Warum?«

»Weil sie sich dann wieder besser über ihre Gefühle klar werden.«

»Du hast sie lieb, sie hat dich lieb. Deine Pause ist unnötig.«

Fräulein Neunmalklug gibt sich mit seinem Geschwafel nicht zufrieden. Eric verdreht die Augen. »Unabhängig davon, dass sie etwas macht, was einfach nicht okay ist …«

Schnaubend wird er von Miri unterbrochen. »Wer sagt das?«

Gute Frage. Es ist eben so. Ein ungeschriebenes Gesetz von Moral und Anstand. Man zieht sich eben nicht grundlos vor anderen aus. Vor allem nicht, wenn man einen Partner hat. Das hat auch was mit Respekt zu tun. Da ist sich Eric sicher. »Sie hat sich vor fremden Männern ausgezogen. Das gehört sich nicht.«

»Papa sagt immer, nur wenn einem was gehört, darf man damit machen, was man will. Gehört dir Rena?«

»Nein, um Gottes willen, wir sind hier nicht mehr in den Dreißigern«, antwortet Eric entrüstet.

»Warum darf sie dann nicht machen, was sie will?«

Ja, warum erdreistete er sich überhaupt, über ihren Körper zu bestimmen? »Sie hat mich damit verletzt.« Vor allem aber wegen der Lüge. Er war immer ehrlich zu ihr. Eric schnäuzt sich.

»Das wollte sie bestimmt nicht. Sie sah immer so glücklich aus beim Training. So wie Mama, wenn sie Klavier gespielt hat.« Er hört die Sehnsucht in ihrer Stimme und beißt sich auf die Zunge.

»Du hast recht, Miri. Ich werde …«

Ja, was will er denn eigentlich? Eine Familie, schießt es ihm durch den Kopf. Er war schon immer ein Familienmensch, hatte es trotz der Umstände, die dazu führten, genossen, Miri um sich zu haben. Gemeinsam mit Rena für ihr Wohl zu sorgen. Er schluckt hart. Verdammt. Er vermisst sie. Nachts fand er keinen Schlaf. Redete sich ein, dass er eben zu viel im Kopf hatte. Langsam dämmert es ihm, dass er unbewusst immer ein Ohr zum Treppenhaus gerichtet hatte. Seine Sorge um Rena war es, die ihn wach hielt. Nicht seine Wut. Nicht die Enttäuschung. Entschlossen richtet er sich auf. Ich werde sie zurückholen, Miri. »Ich bringe das wieder in Ordnung«, sagt er laut. »Wo hast du deinen Schlüssel zu Renas Wohnung?« Die Tür öffnet sich einen Spalt und Miris hoffnungsvolle Augen lugen hervor.

»In der roten Jackentasche …« Die Kleine beißt sich auf die Lippen.

»Was ist?«, fragt ihr Pate und fischt das Metall aus den Tiefen der Regenjacke.

»Ich war schon oben. Sie ist nicht da.« Niedergeschlagen und ein klein wenig schuldbewusst schaut sie unglücklich zu ihm hoch.

»Wann warst du oben?«

Sie druckst herum, ehe sie sich durchringt, die Wahrheit zu sagen. »Zwischen Schule und Hort. Ich habe auf dem Sofa gesessen und auf sie gewartet, aber sie kam nicht.« Eine Träne kullert ihre Wange hinab. Energisch wischt sie sie weg. Eric nickt und nimmt sie an die Hand. Weiß nicht, ob jetzt der passende Zeitpunkt wäre, sie für die verbotenen Solofahrten zu schelten. Dass das niemand bemerkt hatte!

Wenig später stehen sie in Renas Wohnzimmer. Die Luft ist abgestanden und Eric fühlt sich wie ein Einbrecher.

Woher nimmt er das Recht heraus, hier zu sein? Entschieden schiebt er den Zweifel beiseite und sieht sich aufmerksam um. Im Grunde genommen ist alles unverändert. Auf dem Sofa liegt immer noch ihre Schlabberhose achtlos zwischen zwei Kissen. Die drei Saftgläser von ihrem Filmabend stehen unberührt auf dem Sofatisch. Auch in der Küche wartet Geschirr in der Spüle. Fast macht es auf ihn den Eindruck, als wäre Rena nur kurz auf Besorgung und würde jeden Moment zurückkommen. Im Schlafzimmer öffnet er den Schrank. Ob was fehlt? Ratlos schaut Eric die Stapel von T-Shirts und Hosen an, die bis zur Schrankdecke reichen. Als er das gemachte Bett sieht, durchfährt ihn ein Schauer. Was, wenn sie seit dem Streit nicht mehr hier war? Was, wenn etwas passiert war? Hektisch zieht er sein Handy aus der Hose und wählt ihre Nummer. Hätte er schon viel früher machen sollen. Sekunden verstreichen, ehe der Piepton ertönt und er angespannt abwartet. Eine vertraute Melodie wird immer lauter.

»Eric. Renas Handy klingelt. Sollen wir drangehen?« Miri hält ihm das Smartphone samt Ladekabel entgegen. Er unterbricht die Verbindung.

»Das war ich. Schauen wir mal in ihr Adressbuch, vielleicht ist sie bei ihren Eltern.« Leichter gesagt als getan. Das Display ist gesperrt und er kennt die Wischkombination nicht. Was jetzt? Ein Geistesblitz durchzuckt ihn. Klar, sie könnten online im Telefonbuch nachschauen. Mit der Kleinen im Schlepptau geht er zurück in seine Wohnung, nicht ohne vorher noch einen Zettel an den Spiegel ihrer Garderobe geklebt zu haben.

Liebe Rena, bitte melde dich. Dein Eric.
PS: Ich bin nicht mehr sauer.

Das PPS konnte er sich nicht verkneifen.

PPS: Wir machen uns Sorgen – mal wieder, ich weiß!

Süßholz ist zum Glück kein weitverbreiteter Name. Ganze sechs Einträge lassen sich finden. Die richtige Familie ist schnell identifiziert. Mit klopfendem Herzen wählt er die Nummer. Nach genau dreimaligem Klingeln wird der Hörer abgenommen. »Süßholz.« Die ruhige Stimme von Renas Mutter weckt Hoffnung.

»Evelyn, hallo. Hier ist Eric. Eric Renz.«

»Oh hallo, Eric. Was für eine nette Überraschung! Wie geht es dir?«

Rena hatte ihr wohl nicht erzählt, dass sie sich gestritten hatten. »Könnte besser sein. Ich …«

»Tut mir leid, ich habe ganz vergessen, dass dein Freund ja im Koma liegt. Rena hat erzählt, dass ihr euch um seine Tochter kümmert. Armes Ding.«

»Tom ist aufgewacht. Ihm geht es den Umständen entsprechend gut. Miri ist solange noch hier. Kann ich bitte Rena sprechen?«

»Sie ist nicht hier. Was ist denn los?«, fragt Evelyn verwundert. Betrübt schüttelt er zu Miri gewandt den Kopf.

»Wir haben uns vor Kurzem gestritten und seitdem habe ich sie nicht mehr gesehen. Miri und ich waren eben in ihrer Wohnung und«, er stockt kurz und fährt dann zögernd fort, »es ist alles unberührt. Es sieht aus, als wäre sie seit Tagen nicht mehr dagewesen und da habe ich gehofft, dass sie bei euch ist.« Seine Stimme bricht.

»Herr im Himmel!«, ruft Evelyn Süßholz alarmiert aus. »Nein, sie hat sich hier nicht gemeldet. Thorsten, Schatz. Hast du was von Rena gehört?« Eric hört, wie ihr Mann näher kommt und verneint. »Warum hast du uns denn erst jetzt angerufen Eric. Oh mein Gott, was, wenn etwas passiert ist.«

»Es war ein großer Streit.« Voller unbedachter vorschneller Anschuldigungen.

»Worum ging es?«

»Das ist privat.«

»Eric Renz. Du sagst mir jetzt sofort, worum es ging!« Ihre Stimme rutscht gleich zwei Etagen höher.

Er holt tief Luft, ehe er herauspresst. »Rena hat mich angelogen und mir ihren Nebenjob verschwiegen und ich kam damit nicht klar. Es war einfach ein Schock. Ich hab Zeit gebraucht ...«

»Was für ein Nebenjob?«, hakt Evelyn nach.

Eric windet sich. Wenn ihre Eltern auch nicht eingeweiht waren, dann wird die Sache für Rena sicherlich noch unangenehmer. Ein erster Versöhnungsschritt sieht anders aus. Kurz überlegt er, aufzulegen. Doch die Hoffnung, dass die zwei ihm irgendwie helfen konnten, sie zu finden, überwiegt. »Sie strippt.« Jetzt war die Katze aus dem Sack.

»Wie bitte?«, ruft Renas Mutter entgeistert aus. Es hat ihr glatt die Sprache verschlagen. Anders der Vater.

»Unsere Rena macht so etwas nicht«, poltert Thorsten los. »Das ist ja wohl ein schlechter Scherz.« Seine Frau versucht, ihn zu besänftigen, und fragt ängstlich nach dem Baby. »Ist das nicht gefährlich? Also jetzt auch speziell für das Kind?«

Eric holt abermals tief Luft. »Rena ist nicht schwanger. Ihr habt das falsch interpretiert.«

»Ja, aber sie hat deutlich zugelegt. Sie war vorher immer eher knabenhaft und jetzt …«

»Brust-OP«, antwortet Eric lapidar und versucht, die hektischen Luftschnapper von ihrem Vater auszublenden.

»Also doch«, grollt Thorsten.

»Wir hätten was merken müssen. Die Großstadt bekommt ihr nicht. Ich wusste es von Anfang an. Oh mein Gott, was, wenn sie irgendwo liegt? Mit Drogen vollgepumpt! Mein Baby, mein Kind!«

Hysterisch schrill ist Evelyns Stimme. Eric muss sich den Hörer weiter weg halten. Den Anruf bereut er inzwischen.

»Wir sollten vielleicht eine Vermisstenanzeige aufgeben«, schlägt er vor.

»Gute Idee, Eric«, sagt Evelyn, während ihr Mann sich weiter hochschaukelt. »Wenn sich das in der Gemeinde rumspricht. Warum tut sie uns das nur an? Was denkt sich das Fräulein dabei?«, tobt Thorsten.

»Schatz, bitte. Wir müssen doch was unternehmen.«

»Evelyn, deine Tochter strippt.«

»Sie ist unser Kind«, hält seine Frau wacker dagegen. »Eric, bitte finde sie. Bitte finde Rena.«

»Ich werde sie suchen. Sobald ich etwas Neues weiß, gebe ich Bescheid«, verspricht Eric.

»Wenn ihr da was passiert, ist sie selbst schuld«, donnert Thorsten noch ein letztes Mal, ehe Eric auflegt.

Puh. Das ging mächtig nach hinten los. Kein Wunder, dass Rena zu Hause nichts erzählt hat.

Morgen würde er in der Mittagspause zu ihrer Arbeit fahren. Wenn sie da nicht war, würde er in jeden verdammten Club im Umkreis nachsehen gehen. Er würde sie finden. Seine Freundin. Seine Verlobte. Sein Ein und Alles.

- 47 -

Eric

In dem Unternehmen hatte man Rena länger nicht mehr gesehen. Ihre Chefin war gar nicht gut auf sie zu sprechen. Auf dem Weg zum Auto hatte ihn eine Kollegin eingeholt. Sie hat sich als Sara vorgestellt und gemeint, dass Rena versucht hat, sich freistellen zu lassen. Ein sogenanntes Sabbatical wollte sie einlegen. Margot war nicht begeistert gewesen, hat es kategorisch abgelehnt. Ihr sogar mit fristloser Kündigung gedroht, wenn sie am nächsten Tag nicht kommt. Rena war nicht gekommen. Hatte sich auch nicht von Sara verabschiedet, was diese komisch findet, weil sie das Gefühl hatte, einen engen Draht zu Rena gehabt zu haben.

Und jetzt? Jetzt ist er schon die dritte Nacht in Folge unterwegs. Zwei bis vier Clubs schafft er an einem Abend. Fühlt, wie diese andere Welt ihn immer mehr umhüllt. Beeinflusst. Ihn in einen undefinierbaren Sog zieht. Tagsüber ist er unkonzentriert und gereizt. Nackte Haut verfolgt ihn in seinen Träumen, wenn er denn mal Schlaf findet. Gegen fünf Uhr morgens torkelt er vor Müdigkeit nach Hause, bezahlt den Babysitter und legt sich ungeduscht auf die Couch. Seine Klamotten stinken nach abgestandenem Rauch, Schweiß und Alkohol. Er selbst trank nichts, trotzdem ließ sich der Dunst nicht vermeiden. Zwei Stunden später klingelt der Wecker und er macht Miri für die Schule fertig. Sie hatte ihm hoch und heilig versprechen müssen, Tom nichts von seinen nächtlichen Ausflügen zu erzählen. Die Gewissensbisse nagen auch so schon an ihm. »Hauptsache, du findest Rena«, hatte sie ihm ihre Loyalität versichert.

Wie lange konnte er das durchhalten? War er bereit für das, was er dann letztendlich vorfand? Kaum zu glauben, dass sich Rena in solchen Etablissements wohlfühlt.

Mit einem Seufzen stellt er den Motor aus und geht forschen Schrittes auf den Eingang des ersten Clubs auf seiner heutigen Liste zu. Als er das Foyer betritt, staunt er nicht schlecht. Das Macapasión erinnert auf den ersten Blick an einen gediegenen Zigarrenclub. Stroboskopische Effekte, klebrige Tische oder vulgäre Kommentare sucht man hier vergebens. Diese typisch verruchte Atmosphäre, die in den bisherigen Stripclubs immer einen kalten Schauder bei ihm bewirkte, gab es hier nicht. Das Publikum macht einen gehobenen Eindruck. Geschäftsmänner, die sich leise unterhalten. Ab und zu an ihrem Whiskey nippen und sich entspannt in den grünen Ledersesseln zurücklehnen. Das Licht ist gedimmt. Eric stellt sich an die Bar. Mit seinem verknitterten Hemd und der alten Jeans fühlt er sich deplatziert. Dass sie ihn reingelassen haben, wundert ihn. Vielleicht weil er den günstigsten Tarif gewählt hatte. Zwei Stunden für stolze fünfzig Euro, Getränke exklusive. Er erfährt, dass an manchen Tagen der Eintritt nur Club Membern vorbehalten ist. Heute ist dem nicht so. Er hat also Glück. Wie viel man für eine Mitgliedschaft zahlt, will sich Eric lieber nicht ausmalen. Allein das Tarifsystem hat ihn stutzig gemacht. In den anderen Bars und Tabledance-Clubs kam er entweder für einen Appel und ein Ei rein oder musste gar nichts zahlen. Unabhängig davon gab es keine zeitliche Begrenzung.

Plötzlich wird es noch dunkler und die Soul-Stimme einer opulenten Frau erklingt. Sie steht auf einer kleinen Bühne. Gleißendes Licht umhüllt sie. Hinter ihr kann er eine Band erkennen. Sobald der Song Fahrt aufnimmt, gehen mit einem Klacken drei weitere Scheinwerfer an. Die Tänzerinnen strahlen Eleganz und Erotik aus. Die Outfits sind geschmackvoll, aber ebenso knapp und dürftig wie in den anderen Bars. Er erkennt Rena sofort. Sein Puls beschleunigt sich. Er hat sie gefunden. Endlich.

So gestylt hat er sie noch nie zuvor gesehen. Die Haare in einer aufwändigen Steckfrisur, gebändigt durch Klammern, voll besetzt mit funkelnden Steinchen. Das Make-up auffällig, aber nicht ordinär. Ihr Körper durchtrainiert und mit Glitzer bestäubt. Wie ein Diamant sieht sie aus. Präsentiert sich den Bewunderern. Sinnlich bewegt sie sich zum Takt der Musik. Nach einer Drehung folgt ein koketter Augenaufschlag, ehe sie eine spektakuläre Figur zeigt. Verhaltener Applaus ist die Folge. Im Vergleich zu den anderen Tänzerinnen ist ihre Darbietung etwas Besonderes. Er muss sich eingestehen, dass ihr Tanz ihn fasziniert. Er kann gar nicht anders, als jeder ihrer Bewegungen bewundernd zu folgen, sich zu fragen, wie sie das Vorangegangene noch toppen kann. Er geht näher ran. Kann ihre Augen sehen. Sieht die Leidenschaft, die Begeisterung. Täuscht er sich? Er meint, eine gewisse Melancholie erkennen zu können. Verführerisch schiebt sie nun den linken Träger ihres Oberteils zur Seite. Bewegt aufreizend die Hüfte und lässt sich mit gestrecktem Bein und einer Hand an der Stange zu Boden gleiten. Eric fühlt, wie er hart wird. Die anderen Männer nimmt er nicht mehr wahr. Es existieren nur noch sie beide. Nach einer lasziven Pose am Boden erhebt sie sich graziös. Ihr Oberteil ist verschwunden. Sie sieht wunderschön aus. Die Sängerin stimmt ein neues, schnelleres Lied an und die Tänzerinnen treten zurück in die Dunkelheit. Werden abgelöst von neuen Mata Haris, die die Zuschauer augenblicklich in ihren Bann ziehen.

- 48 -

Rena

Der Auftritt lief ganz okay. Zwar keine Glanzleistung, aber Herr Devato wird sicherlich zufrieden sein. Vielleicht bekommt sie in Zukunft mehr Einsätze im Macapasión zugeteilt. Mindestens zwei die Woche hier, den Rest der Abende in der Candy Bar. Für ihre Miete würde das bestimmt reichen. Zumal die Trinkgelder in diesem Nobelschuppen deutlich höher ausfallen. Rena schaut seufzend in den großen Schminkspiegel. Sie sieht gut aus, zumindest wenn man die sorgfältig überschminkten Augenringe ignoriert. Seit der Trennung von Eric und der Kündigung ihres Marketingjobs ist sie zur Nachteule geworden. Schlief am Tage auf Gretas alter Couch und ging dann abends mit ihr in die Candy Bar. Oder eben alleine ins Macapasión. Wegen der Tattoos will Tris Devato sie hier nicht tanzen lassen. Schnell wechselt sie ihr Show-Outfit mit den geborgten Straßenklamotten. Die Hose ist schon wieder zu weit. Innerhalb weniger Tage kann sie den Gürtel ganze zwei Löcher enger schließen. Mit geübten Griffen entfernt sie die Haarspangen und macht sich einen lockeren Zopf. »Dann bis nächste Woche, Ladys.« Mit einer kurzen Umarmung verabschiedet sie sich von den anderen beiden und tritt in den Flur.

Unvermittelt bleibt sie stehen. Wenige Schritte vor ihr steht Eric. Ihr Herz macht einen Satz, ihre Beine konkurrieren mit Wackelpudding. Schweigend lehnt er an der

Wand. Traut seinen Beinen wohl auch nicht so recht. Er sieht fix und fertig aus. Sein Blick ist liebevoll. Sehnsuchtsvoll. Das komplette Gegenteil seines Wutausbruchs. Zornig war er gewesen, die Augen hasserfüllt. Zumindest kam es ihr so vor. Die Nerven lagen schließlich auch bei ihr blank. In ihre Wohnung hatte sie sich nicht mehr getraut. Eine erneute Konfrontation hätte sie nicht verkraftet. Blind ist sie aus dem Krankenhaus gerannt, hatte sich in die nächstbeste S-Bahn gesetzt und die Umwelt teilnahmslos an sich vorbeirauschen lassen. Irgendwann wechselte sie aus einem Impuls heraus in eine Linie der Stadtbahn. Ist mehrmals quer durch den Kessel gefahren. Das Ganze natürlich ohne Fahrschein und mit nur einem lausigen Zehner in der Tasche. Rena war es gleichgültig. Nachdem sie vor aller Augen in Tränen ausgebrochen war, fühlte sie sich schwerelos. Leer. Nach Reden war ihr nicht zumute, daher zögerte sie bis zum letzten Moment, zu Caro zu fahren. Alternativ bliebe der Park. Aber das war ihr dann doch zu unheimlich. Wie sich herausstellte, war Caro gar nicht da. Stattdessen ließ eine der Mitbewohnerinnen sie rein. Nur um auch gleich wieder in ihrem Zimmer zu verschwinden. Rena war es recht. Vor Erschöpfung schlief sie ruckzuck ein. Die nächsten Tage erlebte sie im Delirium. Irgendwie hatte sie es geschafft, ihrer geordneten Welt den Rücken zuzukehren. Hatte einen radikalen Schnitt vollzogen. Ihr Leben endgültig auf den Kopf gestellt. Ihren Schmerz, ihre Gefühle für Eric hatte sie weitestgehend verdrängt. Stattdessen musste sie oft an Miri denken. Tom hat einen großen Einfluss auf sie. Nicht auszuschließen, dass ihre Kleine auch nichts mehr mit ihr zu tun haben wollte. Der Gedanke daran zerbrach ihr beinahe das Herz. Ungeachtet dessen versuchte sie sich davon zu überzeugen, dass es so besser war. Kein Verstecken mehr, weder beruflich noch privat. Das war eine große Last, die da von ihr abfiel. All die Regeln, gesellschaftlichen Konventionen oder Erwartungen konnte sie zum ersten Mal in ihrem Leben getrost abschütteln. Ignorieren. Was andere von ihr dachten, spielte auf einmal keine Rolle mehr.

Eric geht langsam auf sie zu. Sein intensiver Blick wirbelt all die verborgenen Emotionen wieder hoch. Die Tränen beginnen ganz von selbst zu fließen. Behutsam nimmt er sie in den Arm. Reflexartig schmiegt sich Rena an ihn.

Ihr Anker.

Akzeptiert er sie so, wie sie ist?

Hoffnungsvoll schaut sie zu ihm auf. Sie fühlt sich sicher und geborgen. Und auch wenn ihr Verstand diese Art von Gedanken in den letzten Tagen nicht zuließ, erkennt sie, dass ihr was gefehlt hat. Mit Eric an ihrer Seite ist sie vollständig.

»Komm, wir gehen nach Hause«, sagt er und zieht sie mit sich.

ENDE

Lieber Leser (m/w/d),

vielen Dank für Deine Zeit mit meinem Liebesroman »VERTICAL LOVE #Polerina«. Ich hoffe, Du hattest unterhaltsame Lesestunden, den ein oder anderen Kenn-ich-Moment sowie Inspirationen für Dein eigenes Training. Und wenn Du vorher noch nie mit Poledance in Berührung gekommen bist, hoffe ich, dass ich Dir diese wundervolle Sportart ein Stück weit näherbringen konnte und Deine Lust auf mehr geweckt habe.

Die Geschichte von Rena ist eine Hommage an die Leidenschaft zum Tanzen. Egal ob Tanz, Musik oder Zeichnen – wenn Du für eine Sache brennst, dann lebe sie aus. Schüre das Feuer und gib anderen Menschen oder gar Vorurteilen nicht die Möglichkeit, es zu löschen.

Etwas zu finden, was einem so viel Freude bereitet, dass man die Zeit dabei vergisst und die Anstrengung nicht mehr wahrnimmt, ist ein Geschenk. Im Arbeitsleben spricht man von Berufung. Im Privaten von Liebe.
Ich spreche von Leidenschaft.

Du siehst das genauso?
Über ein Feedback in Form einer Rezension auf Amazon oder auf meiner Website würde ich mich sehr freuen!

Viele Grüße
Deine Vero

Vero Lind | Autorin & Polerina | verolind.de

Vero Lind
Poledance-Blog: #Polerina by R. Süßholz
www.verolind.de

Lightning Source UK Ltd.
Milton Keynes UK
UKHW040622121219
355254UK00002B/541/P

9 783748 178729